タッカー&ケイン
チューリングの遺産

［上］

ジェームズ・ロリンズ
グラント・ブラックウッド

桑田 健［訳］

War Hawk

James Rollins
and
Grant Blackwood

シグマフォース外伝

竹書房文庫

WAR HAWK

by James Rollins and Grant Blackwood

Japanese translation rights arrangement with
BAROR INTERNATIONAL
through Tuttle Mori Agency Inc., Tokyo Japan

目次

上巻

主な登場人物

タッカー・ウェイン……………元アメリカ陸軍レンジャー部隊の大尉
ケイン……………………………軍用犬。タッカーの相棒
ジェーン・サバテロ……………陸軍時代のタッカーの友人
サンディ・コンロン……………陸軍時代のタッカーの友人
フランク・バレンジャー………米国陸軍の曹長
ノラ・フレイクス………………オリッサ・グループの研究員の一人。サンディの元同僚
ベアトリス・コンロン…………サンディの母親
ルース・ハーパー………………米国国防総省の秘密特殊部隊シグマの隊員
プルーイット・ケラーマン……ホライズン・メディアのCEO
ローラ・ケラーマン……………ホライズン・メディアの広報部長。プルーイットの娘
ラファエル・リヨン……………プルーイットの警護隊長
カール・ウェブスター…………プルーイットのプロジェクトのセキュリティ担当

シグマフォース外伝

チューリングの遺産　上

タッカー&ケイン シリーズ ②

戦場にいるすべての四本足の兵士たちと……
その傍らに付き添う者たちに捧げる。
彼らの献身と務めに感謝の言葉を贈りたい。

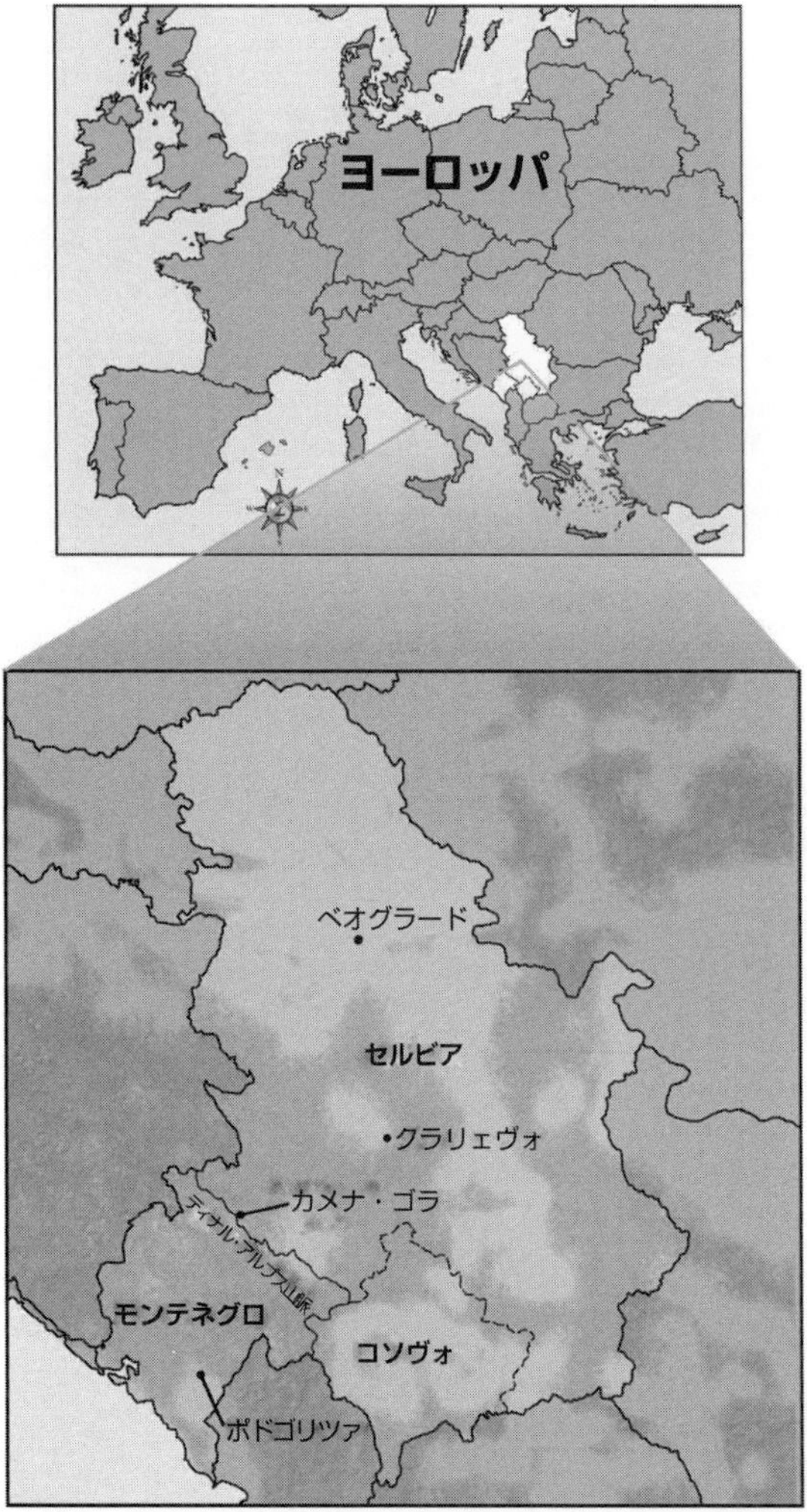
ヨーロッパ
ベオグラード
セルビア
クラリェヴォ
カメナ・ゴラ
ディナル・アルプス山脈
モンテネグロ
コソヴォ
ポドゴリツァ

トリニダード・トバゴ

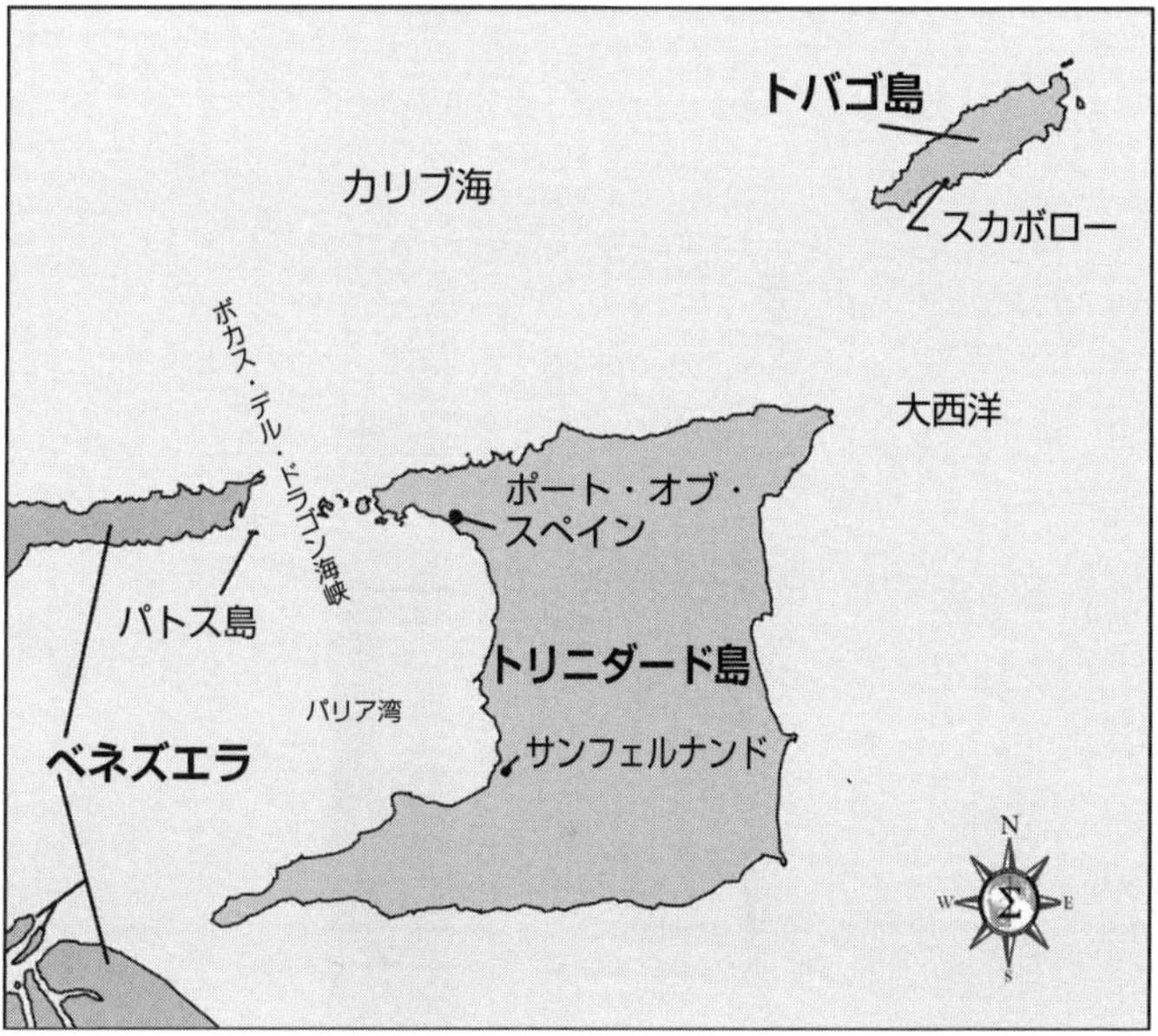
トバゴ島
カリブ海
スカボロー
ボカス・デル・ドラゴン海峡
大西洋
ポート・オブ・スペイン
パトス島
トリニダード島
パリア湾
ベネズエラ
サンフェルナンド
N
W
E
S

プロローグ

一九四〇年春
イギリス　バッキンガムシャー

アプヴェーアの軍事情報部内で彼の本名を、あるいは彼がイギリス国内のこの地にいる目的を知る者はほとんどいない。そのスパイのコードネームは「ガイスト」、ドイツ語で「ゴースト」を意味する。彼の人生において、失敗という選択肢は存在しない。

ガイストは氷に覆われたガマの葉が顔に当たる中、ぬかるんだ溝で腹這《はらば》いになっていた。深夜の寒さも、凍《こご》えるように冷たい風も、冷え切った関節の痛みも無視する。顔にぴたりとつけた双眼鏡を通して見える光景に意識を集中させる。

自らの率いる班員たちとともにガイストがいるのは、小さな湖の岸辺だ。百メートルほど先に見える向こう岸には、暗闇の中に趣《おもむき》のある大邸宅が何棟もそびえている。暗幕の隙間から漏れる黄色い光の筋が、ところどころに確認できる程度だ。それでも、ガイストはある敷地の庭を囲む壁の上に鉄条網が設置されていることに気づいた。

あそこがブレッチリー・パークだ。

コードネーム「ステーションX」としても知られる場所。

これといった特徴のない田舎風の屋敷は、イギリスの情報機関が進める作戦の隠れ蓑《みの》として使用されており、その裏にはＭＩ６と政府暗号学校が関与している。田園風景の間に建てられた木造の小屋群の中に、連合軍は世界各地から最優秀の数学者や暗号学者を結集させており、そのうちの一人のアラン・チューリングは、そんな同僚たちと比べても数十年は時代を先取りしていると言われる。ステーションＸの目標は、ここに集められた天才たちの頭脳が生み出す道具によって、ドイツ軍の暗号「エニグマ」を解読することにある。すでに解読チームは「ボンブ」と呼ばれる電動式解読機の製造に成功しているほか、世界初のプログラム可能な電算機「コロッサス」の構築という新たなプロジェクトも進めているとの噂も飛び交っている。

しかし、ガイストの今夜の目標は、そうした装置の破壊ではない。

この敷地内には、上官たちの想像すらも超えるような戦利品が隠されている。世界の運命を変えてしまう可能性を秘めた画期的な発見がある。

〈それを我が物にするつもりだ——この命を賭してでも〉

ガイストは心臓の鼓動が速まるのを感じた。

空から冷たい雨が落ちてきたのに合わせて、左手にいる副班長のホフマン中尉が上着の襟元をしっかりと留め直した。体を動かす副班長の口から、つぶやきが漏れる。「ゴット・フェアラッセネン・ラント」

ガイストは双眼鏡をのぞいたまま、副班長を叱責《しっせき》した。「静かにしろ。おまえがドイツ語を話しているところを人に聞かれたら、戦争が終わるまでここに監禁されることになるぞ」

自らの指揮下にある八人の兵士に対しては、厳しく接する必要がある。班員たちがアプヴェーアによって選抜された基準の中には、格闘技の優れた能力だけでなく、英語の理解力も含まれている。イギリスでもここのような地方においては、軍隊の姿こそ見えないもののの、それに代わって市民たちが監視の目を光らせていた。

「トラックです！」ホフマンがかすれた声で伝えた。

ガイストは肩越しに振り返り、背後の森を抜ける道路に目を向けた。ヘッドライトを黒い幕で半ば隠した一台のトラックが、こちらに近づいてくる。

「呼吸を止めろ」ガイストはささやいた。

通りがかりの運転手に自分たちの存在を察知されるわけにはいかない。ガイストと班員たちが顔を低く下げている間に、通過したトラックのエンジン音が次第に遠ざかっていく。

「もう大丈夫です」ホフマンが知らせた。

ガイストは腕時計を確認してから、再び双眼鏡で様子を探った。

〈なぜこんなにも長い時間を要しているんだ？〉

すべては寸分の狂いもない正確なタイミングにかかっていた。ガイストと彼の率いる班は、五日前にUボートから人気《ひとけ》のない海岸に上陸した。その後、彼らは二人または三人ずつの組に分かれ、事前に用意した日雇いの労働者あるいは農場労働者であることを示す書類とともに、イギリスの田園地帯を移動した。目的地に到達すると、班は近くにある狩猟小屋に再集結した。小屋の中にはイギリス国内に潜む「スリーパー」と呼ばれるスパイたちの手で、ガイストの班の到着に先立って手配された武器一式が揃えられていた。

残る問題はあと一つだけ。

ガイストの目がブレッチリー・パークに隣接する敷地内で瞬《またた》く光をとらえた。一度消えた光が、再び点灯する——その後、またしても暗闇が訪れた。

ずっと待ち続けていた合図だ。

ガイストは肘を突いて半身を起こした。「行動開始の時間だ」

ホフマンの部下たちが武器を配布した。アサルトライフルとサイレンサー付きの拳銃だ。最も体格のいい班員——クラウスという名の雄牛のような男は、毎分千二百発を発射可能なMG42汎用機関銃を担ぎ上げた。

ガイストはまわりに集まった男たちの黒塗りの顔を眺めた。三カ月間にわたって、ブレッチリー・パークの実物大の模型の中で訓練を積んできた班員たちだ。今では目隠しをされていたとしても、敷地内を自由に歩き回ることができる。唯一の不確定要素は、現地の防御態勢の厳重さだ。研究施設は民間人を装った兵士や見張りたちによって守られている。

ガイストは計画の最終確認を行なった。「敷地内に侵入したら、各自が割り当てられた建物に火をつける。できる限りのパニックと混乱を引き起こすように努めること。その騒ぎに乗じて、ホフマンと俺が荷物の回収を試みる。銃撃戦が始まったら、動くものはすべて始末しろ。わかったか？」

班員たちはうなずいた。

全員の準備が整うと――必要とあらば死ぬ心構えができると――班は移動を開始し、もやに包まれた森の中を選びながら湖に沿って進んだ。ガイストを先頭とする一行は、近隣の敷地を通り抜けていく。古い建物の大半は鎧戸《よろいど》が下ろされたままで、夏が訪れるのを待っている状態だ。間もなく召使いや使用人がやってきて、気候のいい季節の訪れを前にして邸宅の準備を始めることになるが、それまでにはまだ二、三週間ある。

ドイツ軍情報部を率いるヴィルヘルム・カナリス海軍大将が作戦遂行のためにこの時期を選んだ理由の一つはそこにある。ただし、そのほかにも急を要する事情が存在した。

「掩蔽壕《えんぺいごう》への入口まであと少しのはずだ」ガイストはホフマンに小声で伝えた。「部下たちの用意をさせておけ」

アドルフ・ヒトラーが間もなく空襲を仕掛けてくるはずだと判断したイギリス政府は、主要施設の地下に掩蔽壕の建設を始めており、ブレッチリー・パークもその対象になっている。ステーションXの掩蔽壕は未完成で、そこが敷地を囲む厳重な警戒網の唯一の隙間だ。

今夜、ガイストはその弱点を突くつもりでいる。

先頭を歩くガイストは、班員たちとともにブレッチリー・パークの隣にある邸宅に向かった。赤煉瓦《れんが》を使用したチューダー様式の建物で、黄色い鎧戸が下ろされている。ガイストは敷地を囲む石積みの塀に近づき、班員たちに向かって塀の陰に隠れるように合図した。

「どこに行くつもりなのですか？」ホフマンが小声で質問した。「掩蔽壕を通り抜けるのだと思っていたのですが」

「そのつもりだ」この最後の情報は、ガイストだけにしか与えられていない。

ガイストは低い体勢でゲートまで急いだ。鍵は開いている。先ほどの点滅する光は、ここでの準備が完了したことを示す合図だったのだ。

ガイストはゲートを押し開けて中に入ると、班員たちとともに芝生を横切り、邸宅の側面にあるガラス張りの温室に向かった。ここの扉の鍵も開いている。ガイストは八人とともに温室を抜け、足早にキッチンへと移動した。鎧戸の隙間から差し込む月明かりを浴びて、真っ白な食器棚が輝いている。

立ち止まることなく、ガイストは食器棚の隣にある扉に歩み寄った。扉を開けて懐中電灯をつけると、下に通じる階段がある。階段の先は石床の地下室だった。壁は白塗りの煉瓦でできていて、天井部分は梁《はり》を縫うように延びる水道管がむき出しになっている。地下室は邸宅の床下全体に広がっていた。

ガイストは班員たちとともにシートで覆われた箱の山や家具の脇を通り、地下室の東側の壁に向かった。あらかじめ指示されていた通りにラグをどかすと、床に掘られてまだ間もない穴があらわになる。これもまた、カナリスが送り込んだスリーパーたちの作業によるものだ。

ガイストが懐中電灯の光を向けると、穴の下を流れる水が照らし出された。

「これは何です?」ホフマンが訊ねた。

「古い下水管だ。湖の周囲にあるすべての敷地を結んでいる」

「ブレッチリー・パークも含めて、というわけですね」ホフマンが納得した様子でうなずいた。

「未完成の掩蔽壕も、ということだ」ガイストは告げた。「かなり狭いが、百メートルも進めば地下防空壕の建設現場にたどり着き、地上に出ることができる」

最新の情報によれば、建設中の掩蔽壕の地下部分は警備がゼロに等しく、敷地内の中心部まで容易にアクセスできるという。

「イギリス人どもは何が攻撃を仕掛けてきたのか、わけがわからないでしょう」ホフマンは不敵な笑みを浮かべた。

再びガイストが先頭に立ち、穴に足から潜り込むと、足首ほどの深さのある汚水に下り立った。カビの生えた壁に片手を添えながら、石造りの古い管に沿って進んでいく。下水管の直径は一メートル五十センチもないため、体をかがめて悪臭に耐えながら歩かなければならない。

数歩進んだ後、ガイストは懐中電灯のスイッチを切り、遠くに見える月明かりを目印代わりにした。下水管に沿ってより慎重に歩き、なるべく水音を立てないように努める。掩蔽壕の建設現場を巡回しているかもしれない見張りを警戒させるわけにはいかない。ホフマンたちもガイストにならって通路を移動する。

ようやくガイストは下水管の屋根の穴から月明かりが差し込む地点に達した。古い下水管に新たに掘削された入口は、仮設の格子でふさがれている。ガイストは指で鎖と南京錠に触れた。格子が固定されている。

〈想定外だが問題にはならない〉

ガイストの動きに気づいたホフマンが、ボルトクリッパーを手渡した。ガイストは南京錠の留め金を慎重に切断し、鎖を取り外した。中尉と目を交わし、全員の準備が整っていることを確認する――ガイストは格子を押し開け、穴から体を引き上げた。

穴の先にあったのは将来の掩蔽壕の基礎部分で、コンクリートがむき出しになったままだ。四方は建設途中の壁や、水道などの配管に囲まれている。足場や梯子《はしご》の先に目を向けると、敷地内の地上に通じる天井部分がぽっかりと口を開けている。ガイストは急いで足場の下に移動し、地上から直接見られない場所に身を隠した。一人、また一人と、八人の班員もリーダーに合流する。

ガイストは一呼吸置いて現在地を確認した。目標地点の八号棟までの距離は四十メートルもないはずだ。敷地内には緑色の板張りの建物が何棟もある。各建物はそれぞれ目的を担っているが、ガイストの班が目標とする建物には数学者兼暗号学者のアラン・チューリングの監督下にある研究部門が入っている。

ガイストは班員たちに集まるよう身振りで示した。

「いいか、発見されるまでは撃つことを禁じる。焼夷手榴弾《しょういしゅりゅうだん》を四号棟と六号棟に投げ込め。そこから先の仕事は炎に任せればいい。うまく事が運べば、火災が引き起こす混乱に乗じて脱出できるはずだ」

ホフマンが二人の部下を指差した。「シュヴァーブ、おまえは二人を連れて四号棟に行け。ファーバー、おまえたちは六号棟だ。クラウス、おまえは俺たちについてこい。問題が発生した場合は躊躇《ちゅうちょ》なくその機関銃を使用しろ」

指示を受けた部下たちはうなずき、梯子を上ると掩蔽壕の出口の外に姿を消した。ガイストもその後を追い、ホフマンとクラウスを従えて地上に出た。

ガイストは低い姿勢を保ちながら北の方角に向かい、八号棟の建物の羽目板にぴたりと背中をつけた。扉は建物の角を曲がったすぐ先にあるはずだ。呼吸を整え、警戒を促す声があがっていないことを確認する。

頭の中で秒読みを続けるうちに、東と西からそれぞれ叫び声が聞こえた。「火事だ！火事だ！」

その声を合図にガイストは建物の角を素早く回り込み、木製の段を上って八号棟の扉の前に達した。取っ手を回すと同時に、新たに燃え上がった炎が夜を赤く染める。

さらなる叫び声があがる中、ガイストは扉を押し開け、小さな部屋の中に入った。部屋の中央は架台式のテーブル二台が占めていて、その上にはパンチカードが山積みになっている。白漆喰《しっくい》の壁には、ナチのスパイの目と耳の存在を警告するプロパガンダ用のポスターがびっしりと貼ってある。

ガイストとホフマンは拳銃を構えて室内を一気に横切り、奥の扉を抜けて隣の部屋に飛び込んだ。二人の女性が長いテーブルに着き、パンチカードの山を整理している。右側の女性がすでに顔を上げていた。女性は椅子に座ったまま体を反転させ、壁に設置された赤い非常ボタンに手を伸ばした。

ホフマンが女性の側頭部に二発の銃弾を撃ち込んだ。サイレンサーが装備されているので、発砲音は強く咳《せ》き込んだ程度でしかしない。

ガイストは喉に一発の銃弾を貫通させ、もう一人の女性を始末した。仰向《あおむ》けに倒れた女性の顔は、驚きの表情で固まったままだ。

二人の女性は海軍婦人部隊の隊員で、ここで行なわれている作業の手伝いをしていたに違いない。

ガイストは最初に倒れた女性のもとに駆け寄り、ポケットを探ると、真鍮《しんちゅう》製の親指大の鍵を確保した。もう一人の女性のポケットからは鉄製の別の鍵を発見する。

戦利品を手にしたガイストは、急いで最初の部屋に戻った。

外から緊急事態の発生を知らせるサイレンの音が聞こえてきた。

〈今のところ、俺たちの存在はまだ――〉

短機関銃の連続する発砲音がガイストの思いを遮《さえぎ》った。それに続いて新たな銃声が聞こえる。ホフマンが悪態をついた。

「発見されたようです」中尉が警告した。

ガイストはあきらめる気などなかった。壁際に置かれた腰くらいの高さがある金庫に歩み寄る。予期していた通り、二本の鍵を同時に挿し込んで開ける方式の錠前が上と下に一つずつあり、真ん中にはダイヤル錠が備わっている。

「急がないと」ホフマンがかすれた声で伝えた。「どうやら外では人の動きが激しくなっているようです」

ガイストは扉を指差した。「クラウス、掩蔽壕までの帰り道を確保しておいてくれ」

大柄な兵士はうなずき、重量のある武器を担ぐと、扉の向こうに姿を消した。ガイストが二本の鍵を挿し込むのに合わせたかのように、クラウスのＭＧ42が外で火を噴き、轟音《ごうおん》を響かせる。

ガイストは手元の作業に神経を集中させた。まず一方の鍵を、続いてもう一方の鍵を回すと、「ガチャッ」という心地よい音が二回聞こえる。続いてダイヤル錠に手を伸ばした。アプヴェーアの真価が問われる瞬間だ。

ガイストはダイヤルを回した。９……29……４。

息を吸い込み、大きく吐き出してから、レバーを押し下げる。

金庫の扉が手前側に開く。

〈よし〉

すぐに内部を探したところ、あったのは品物が一つだけ――赤いゴムで留めた茶色のアコーディオンフォルダーだ。ガイストはステンシルを使って表紙に記された名前を目で追った。

ＡＲＥＳプロジェクト

「アレス」というのはギリシア神話に登場する戦を司《つかさど》る神だ。内容を考えると、実にふさわしい名前だと言えるだろう。だが、その名前はフォルダーの中身の本質をほのめかしているにすぎない。ＡＲＥＳの頭字語が意味するのは、それよりもはるかに大きく世界を揺るがすような、歴史を書き換えてしまうほど強力なものだ。ガイストは震える両手でフォルダーをつかんだ。自分の手の中にある戦慄《せんりつ》を覚えるような驚異を意識しながら、上着の内側にフォルダーを入れる。

副班長のホフマンが建物の扉に近づき、かすかに開くと外に向かって叫んだ。「クラウス！」

「コム！」クラウスはドイツ語で来るように促した。もはや身分を偽っても意味がないという判断だろう。「やつらが態勢を立て直す前にここを脱出しないと！」

ガイストは扉のところで待つホフマンと合流すると、焼夷手榴弾のピンを抜き、部屋の中央に放り投げた。二人が外に飛び出すと同時に背後で大きな爆発が起き、吹き飛んだ窓から炎の塊が噴き出した。

左手の方角からイギリス人兵士が二人、走りながら建物の角を回り込んできた。クラウスが機関銃で二人を始末する。だが、後続のイギリス人兵士たちが物陰に隠れて応戦するため、ガイストのチームは抜け道のある掩蔽壕から——唯一の脱出ルートから離れることを余儀なくされた。

敷地の奥へと後退するうちに、煙がさらに濃く立ちこめ、燃える木材のにおいが鼻を刺激するようになった。

煙幕の中から数人の人影が飛び出してきた。クラウスが真っ二つに引き裂いてやろうと武器を構えたものの、引き金を引く直前に味方だと認識して動きを止める。シュヴァーブが率いるチームだ。

「ファーバーたちはどうした？」ホフマンが訊ねた。

シュヴァーブはかぶりを振った。「殺されるのを目撃しました」

残るはこの六人だけ。

ガイストは素早く対応策を練った。「車両置き場を目指す」

ガイストは自ら先頭に立ち、懸命に走った。各自が走りながら手榴弾を投げて混乱に拍車をかけ、狭い通路では銃を乱射して動くものすべてをなぎ倒していく。

ようやく六人は小さな物置が連なる地点に到達した。五十メートルほど前方に目を移すとメインゲートが見える。十数人の兵士がコンクリート製の防壁の陰にうずくまり、銃を構え、撃つ相手を探している。スポットライトが一帯を照らしていた。

敵に姿を認められる前に、ガイストは班員たちをすぐ隣にあるかまぼこ形の建物内に導いた。荷台を幌《ほろ》で覆った小型トラックが三台ある。

「あのゲートを確保する必要がある」ガイストはホフマンと部下たちを見ながら告げた。

彼らに何を要求しているかは百も承知だ。脱出という望みを手に入れるために、多くが命を落とすことになるだろう。

中尉は視線をそらすことなく答えた。「お任せください」

ガイストはホフマンの肩を手のひらでぽんと叩き、感謝の意を伝えた。

中尉は四人の部下とともにその場を離れた。

ガイストは一台のトラックの運転席に乗り込んだ。キーはイグニッションに挿さったまだ。ガイストはエンジンをかけて温めてから、再び外に飛び降りた。残る二台のトラックに近づき、ボンネットを開ける。

クラウスの機関銃の奏でる死の調べが、遠くから鳴り響く。続いてアサルトライフルの銃声が聞こえ、手榴弾の爆発音がすべてをかき消す。

かすかな叫び声がようやくガイストのもとに届いた。

「クラー、クラー、クラー!」準備完了を告げるホフマンの声だ。

ガイストは二台のトラックのボンネット内に手榴弾を一個ずつ投げ込んでから、エンジンをかけたままのトラックに急いで戻り、運転席に乗り込んでギアを入れた。車両置き場の外にトラックを出してアクセルを踏み込むと同時に、後方で手榴弾が炸裂《さくれつ》する。

ガイストはメインゲートまでトラックを走らせ、急ブレーキを踏んだ。イギリス人兵士の死体が転がり、撃ち抜かれたスポットライトも消えている。ホフマンが血に染まった足を引きずりながらゲートを開いた。仲間に体を支えられたクラウスが、片足で飛び跳ねながらトラックの荷台に近づいてくる。ゲートから戻ってきたホフマンが助手席に乗り込み、憤然と扉を閉めた。

「シュヴァーブとブラーツを失いました」報告しながら、ホフマンは前方を指し示した。

「早く行きましょう」

死を悼《いた》んでいる時間はない。ガイストはアクセルをいっぱいに踏み込み、田舎道を高速で飛ばした。片目はサイドミラーからそらさず、追っ手の気配を探る。何度も角を曲がりながら、脱出ルートをたどられまいとする。やがてトラックはヨーロッパナラの林沿いに延びる未舗装の道に達した。突き当たりには屋根の半壊した大きな納屋が見える。左手には焼け落ちた農家がある。

ガイストは道の上に張り出した大きな枝の下にトラックを停め、エンジンを切った。

「怪我《けが》の手当てをする必要がある。すでに多くの優秀な班員を失ってしまった」

「降りろ」ホフマンが拳で運転席の後部を叩きながら命令した。

一行が車から降りると、ガイストは負傷の程度を調べた。「君たち全員の今夜の勇敢な戦いぶりは、騎士鉄十字章に値する。我々は――」

険しい口調のドイツ語の怒鳴り声が、ガイストの言葉を遮った。「ハルト！　ハンデ・ホーホ！」

武器を手にした十数人の男たちが、林の中や納屋の陰から姿を現した。

「全員、動くな!」再び声が聞こえた。トミーガンを手にした長身のアメリカ人だ。

班が追い込まれた状況を認識し、ガイストは両手を高く掲げた。ホフマンと生き残った二人の部下もガイストにならい、武器を捨てて両手を上げた。

終わりだ。

アメリカ人がホフマンたちの所持品を調べている間に、薄暗い納屋の扉の奥から一人の人物が現れ、ガイストに近づいてきた。45口径の拳銃をガイストの胸に向けている。

「こいつを縛り上げろ」男は部下たちに指示した。

ガイストの両手首がロープで手際よく縛られたのを確認すると、男は強い南部訛《なま》りで話しかけた。「第一〇一空挺《くうてい》師団のアーニー・ダンカン大佐だ。英語を話せるか?」

「ああ」

「君の名前を教えてもらえないだろうか?」

「シュヴァイネフント」ガイストはせせら笑いながら答えた。「ブタ野郎」の意味だ。

「おいおい、まさかそれが君の名前というわけじゃないだろう。私に向けた罵《のの》しりの言葉といったところか。それなら、君のことをフリッツと呼ばせてもらうことにしよう。これから君と私は話をする必要がある。楽しい話し合いになるか、それとも不愉快な話し合いになるかは、君次第だ」

アメリカ人の大佐は部下の一人に声をかけた。「ロス中尉、ほかの三人をトラックの荷台に乗せ、輸送の準備をしておきたまえ。部下たちと別れの挨拶をしておく方がいいぞ、フリッツ」

ガイストは班員たちに顔を向け、大声で叫んだ。「フューア・ダス・ファーターラント！」

「ダス・ファーターラント！」ホフマンたち三人は声を揃えて返した。

アメリカ人の兵士たちが三人の班員をトラックの荷台に移動させる一方で、ダンカン大佐はガイストを納屋に連れていった。建物内に入ると、大佐は扉を閉め、室内にある干し草や肥料の山を指し示した。

「こんな部屋しか用意できないが、悪く思わないでくれよ、フリッツ」

ガイストは大佐の方に向き直り、笑みを浮かべた。「君に会えて本当によかった、ダンカン」

「こちらも同じ気持ちだ、我が友よ。首尾はどうだった？　探し物は見つかったのか？」

「上着の下にある。どれだけの価値があるかはともかくとして、ドイツ人どもは決死の覚悟で戦ったよ。ブレッチリーはまだ燃えているだろうな。だが、一週間もすれば、活動を再開しているはずだ」

「それならいい」ダンカンは剃刀《かみそり》を使ってガイストの手首のロープを切断した。「さて、ここから先はどのようなやり方を希望するのかな？」

「股間のホルスターに小型のモーゼルを隠してある」ガイストは立ち上がり、手首をさすりながらスカーフを外すと、四角に折りたたんだ。ズボンの下に手を入れ、モーゼルを取り出す。

ガイストは後ろを振り返った。「裏口は？」

ダンカンが指差した。「あそこの古い馬房《ばぼう》の脇だ。納屋の裏手には誰もいないから、君の逃亡が目撃されることもない。ただし、わかっているとは思うが、信憑《しんぴょう》性を持たせてもらわないと困る。手加減せずに殴ってくれ。言うまでもなく、我々アメリカ人はタフだからな」

「ダンカン、そいつはあまり気が進まないんだが」

「戦時においてはそれも必要だ、我が友よ。アメリカに戻ったら、スコッチを一ケース、おごってくれ」

ガイストは大佐と握手した。

ダンカンは45口径の銃を床に落とし、笑顔を見せた。「おっと、すでに武器を奪われてしまった」

「我々ドイツ人が得意とするところさ」

続いてダンカンが迷彩服の胸元を引き剝《は》がすと、藁《わら》で覆われた床の上にボタンが飛び散った。「争った形跡も残っている」

「わかったよ、ダンカン。もう十分だ。あっちを向いてくれ。君の耳の後ろを殴りつける。目が覚めた時にはゴルフボール大のこぶができていて、割れるような頭痛がするだろうが、そっちから頼んできたんだからな」

「その通りだ」大佐はガイストの前腕部をがっしりと握り締めた。「ここを離れたら気をつけろよ。ＤＣまでの道のりは長いぞ」

背中を向けるダンカンを見ながら、ガイストはかすかな罪悪感を覚えた。しかし、務めを果たさなければならない。

ガイストは何重にも折りたたんだスカーフでモーゼルの銃口を包み、ダンカンの耳に突きつけた。

大佐がかすかに身じろぎした。「おい、いったい何を――」

ガイストは引き金を引いた。鋭い平手打ちに似た発砲音とともに、銃弾がダンカンの頭部を貫通する。頭が激しく振られたかと思うと、大佐の体は前のめりに倒れた。

ガイストは床の上の大佐を見下ろした。「悪いな、我が友よ。さっき君が言ったように、戦時においては必要なことなのさ。一ついいことを教えてあげよう。たった今、君は世界を変えたのだ」

ガイストは拳銃をポケットにしまうと、納屋の裏口に向かい、もやにかすむ夜の闇に姿を消した……本物の幽霊《ゴースト》のように。

第一部　人探し

1

十月十日　山岳部夏時間午後六時三十九分
モンタナ州ビタールート山脈

〈たった一本の釘《くぎ》がこれだけのトラブルを引き起こすとはな……〉

タッカー・ウェインはパンクしたタイヤの応急修理をすませた。ジープ・グランドチェロキーが停まっているのは、モンタナ州南部の森に覆われた山々を抜ける人気《ひとけ》のない一本道の路肩だ。数万平方キロメートルに及ぶマツの森、氷河が削った峡谷、ごつごつした山肌から成る一帯は、手つかずの大自然が残る地域としては北緯四十八度線以南で最も広い面積を誇る。

タッカーは伸びをして背中の凝りをほぐしながら、曲がりくねった舗装道路の先に目を向けた。道の両側は起伏に富んだ丘陵地帯とヨレハマツの鬱蒼《うっそう》とした森が広がっている。

〈ついてないよな。こんな何もないところで釘を踏んでしまうとは〉

SUVの野獣とも形容されるこの車が、小指よりも短い鉄の破片にやられてしまうなんて、ありえないとしか思えない。最新の科学技術をもってしても、屋根釘のような一昔前の金属片で走りを妨げられてしまうという事実は、肝に銘じておく必要があるだろう。

タッカーは後部のリアゲートを勢いよく閉じ、鋭く口笛を鳴らした。アメリカ横断の旅の仲間が、森の外れにあるハックルベリーの茂みの中から毛の生えた長い鼻を持ち上げ、タッカーの方を振り返った。濃いキャラメル色の瞳に浮かんでいるのは、道端での小休止が終わったことへの落胆の色だ。

「悪いな、相棒。だが、イエローストーンまでたどり着くには、まだまだ先が長いんだよ」

ケインはブラックタンの濃い体毛で覆われた体を震わせると、しっぽを垂れたままタッカーの方に向き直り、現実を受け入れた。ケインはタッカーがアメリカ陸軍のレンジャー部隊に所属していた頃からのパートナーで、何度となく派遣されたアフガニスタン各地で生死を共にしてきた仲だ。除隊の際、タッカーはケインとともに軍を離れた——正規の許可を得た行動ではなかったものの、問題はつい先頃、解決を見た。

一人と一頭は決して分かつことのできないチームとして、自分たちだけの意思で、新たな道のりを、新たな未来を探し求めている。常に一緒に。

タッカーが助手席側の扉を開けると、ケインが車に飛び乗った。鍛え上げた筋肉から成る体重三十キロの体が座席にぴったりと収まる。ケインはベルジアン・マリノアで、シェパードの中でもやや小型のこの犬種は、軍用犬や警察犬として一般的だ。忠誠心と鋭敏な知性で知られており、戦場における敏捷《びんしょう》さと力強さにおいても評価が高い。

だが、ケインの右に出る犬はいない。

タッカーは助手席側の扉を閉めたが、すぐには運転席に向かわずに、開け放たれた窓から手を突っ込んで相棒の体をかいてやった。指先で毛の下の古い傷跡に触れながら、自らの傷についても思いを馳せる。一目でわかる傷跡もあれば、表からは見えない傷跡もある。

「とりあえず、進み続けるしかないな」タッカーは過去の亡霊が忍び寄る前に小声で自分に言い聞かせた。

タッカーは運転席に乗り込み、ビタールート国有林の丘陵地帯を高速で飛ばした。ケインは助手席側の窓から頭を突き出し、舌を垂らしながらあらゆる香りを吸い込んでいる。走り始めたことでいつものように両肩から緊張が抜けていくのを感じ、タッカーの顔に自然と笑みが浮かんだ。

現在、タッカーは無職だ――可能な限り、その状態を維持するつもりでいる。金銭的な必要に迫られた時に、用心棒的な仕事を引き受けるだけだ。最後の仕事――米軍の研究・開発部門に所属する秘密組織シグマフォースからの依頼を終えた後、タッカーの銀行口座の残高は余裕のある状態が続いていた。

休養期間を利用して、タッカーとケインはこの数日間ルイスとクラークによる探検の足跡をたどってロスト・トレイル・パスを歩き、今は次の目的地のイエローストーン国立公園を目指す途中だった。人気のある観光地に向かうのを秋も深まったこの時期に合わせたのは、行楽シーズンの混雑を避けるためで、二本足で歩く生き物よりもケインと一緒にいる方が性に合うからだ。

薄暗いカーブを曲がると、蛍光灯の明かりが道路脇のガソリンスタンドを照らし出していた。入口の看板に「フォート・エドウィン・ガス・アンド・グローサリー」の文字がある。タッカーは燃料計を確認した。

〈ほとんどガス欠だ〉

タッカーはウインカーを点滅させ、こぢんまりとしたガソリンスタンドに車を入れた。宿泊しているモーテルはこの道のさらに五キロほど先にある。さっとシャワーだけ浴び、荷物をまとめ、交通量の少ない夜を利用して一気にイエローストーンまで向かう予定のはずだった。

だが、計画は思わぬ障害に見舞われた。何とか走れる状態とはいえ、パンクしたタイヤ交換をできるだけ早いうちに交換しなければならない。こんな人里離れたところでタイヤ交換のできる場所を、ガソリンスタンドの店員が知っていてくれるとありがたいのだが。

タッカーは一台の給油機の隣に車を停め、車外に出た。ケインも助手席側の窓から外に飛び降りる。タッカーとケインは並んでガソリンスタンドの建物に向かった。

タッカーがガラス戸を引き開けると、真鍮製のベルが甲高い音を鳴らした。店内はどこでも見かけるような配置になっている。スナック類や食品の棚が並び、店の奥の壁の手前には背の高い冷蔵庫が設置してある。空気は床にかけたワックスと電子レンジで温めたサンドイッチのにおいがする。

「こんばんは、こんばんは」男性の声が応対した。節をつけて歌うように上下する調子には聞き覚えがある。

タッカーはすぐに相手の訛りがダリー語風だということに気づいた。アフガニスタン各地の砂漠で過ごした経験から、その国の様々な方言に精通している。親しみの込められた口調だったものの、タッカーの胃の奥深くに過去の恐怖が重い塊のようによみがえった。同じ訛りの言語を話す男たちの手によって殺されそうになったことは、数え切れないほどある。それればかりか、その男たちがケインの兄弟を殺害したのだ。

タッカーの頭の中に、うれしそうに飛び跳ねる今は亡きもう一頭の相棒の姿がよぎった。互いに分かち合っていた絆を思い出す。タッカーはその記憶を過去の苦しみと悲しみと罪の意識の中にかろうじて押し戻した。

「こんばんは」カウンターの奥にいる男性が繰り返した。笑顔を浮かべていて、タッカーの体に走る緊張には気づいていない。店主の肌は栗色で、歯が真っ白に輝いている。頭頂部はすっかりはげ上がっていて、そのまわりに白髪交じりの髪が少し残っているだけだ。

タッカーを見るその目は、数年振りに友人と再会したかのようにきらめいていた。

従軍中に何百人ものアフガニスタンの村人を目にしたことのあるタッカーは、男性の態度に嘘がないことに気づいた。それでも、店内に足を踏み入れることができない。ためらうタッカーを見て、男性の眉間《みけん》に気遣うようなしわが寄る。「お入りください」

そう言うと、手を振りながら中に入るように促した。

「ありがとう」タッカーはようやく言葉を絞り出した。片手はケインの体に添えたままだ。「犬も一緒でかまわないかな？」

「ええ、もちろん。どなたでも歓迎しますよ」

タッカーは深呼吸をしてから、入口のすぐ脇にある棚を通り過ぎた。ビーフジャーキーやスリムジム、コーンチップスなどの包みが丁寧に並べられている。カウンターに近づいたタッカーは、客が店内に自分一人しかいないことに気づいた。

「そちらは素敵な犬ですね」男性が話しかけた。「シェパードですか？」

「ベルジアン・マリノア……シェパードの一種だ。名前はケイン」

「私の名前はアーシフ・カジ。このささやかな店の主人です」

店主はカウンター越しに手を差し出した。タッカーは手を握った。しっかりと握り返してくる手のひらは、日々のきつい仕事のためにいくらか皮膚が厚くなっている。

「君はカブール出身だな」タッカーは言った。

男性は眉を吊り上げた。「どうしてわかったのですか？」

「君の訛りだ。アフガニスタンで過ごした経験があるんでね」

「最近の話、ということですね？」

それほど最近ではないものの、つい昨日の出来事のように感じる時がないわけではない。「君はどうなんだ？」タッカーは訊ねた。

「私は子供の頃、アメリカにやってきました。一九七〇年代にソ連軍が侵攻した時、両親が賢明にもアメリカへの移住を選択したのです。妻とはニューヨークで出会いました」

アーシフは声を張り上げた。「リラ、お客様に挨拶しなさい」

店の奥の事務室から、白髪交じりの小柄なアフガニスタン系の女性が顔をのぞかせ、笑みを浮かべた。「こんばんは。いらっしゃいませ」

「それで、君たちはどうしてこんなところに？」

「こんな何もない田舎に、という意味ですか？」アーシフの笑みが大きくなる。「リラも私も、都会での生活に疲れてしまったのです。正反対の場所を希望したもので」

「望み通りのところを見つけたみたいだな」タッカーは客のいない店内を見回し、窓の向こうの暗い森を眺めた。

「ここは気に入っています。それに普段はこんなにも人がいないわけではありません。夏の観光客は姿を消しましたが、冬のスキー客が訪れるのにはまだ早いのです。それでも、常連のお客様はいらっしゃいますし」

その言葉を裏付けるかのように、外からディーゼルエンジンの音が聞こえてきたかと思うと、錆《さ》びついた白のピックアップトラックが一台、給油機の間に入ってきて、車体の後部を振りながら停止した。

タッカーはアーシフに視線を戻した。「どうやら繁盛している――」

店主の眼差《まなざ》しが険しくなり、顎《あご》にも力が入っている。軍がタッカーを軍用犬のハンドラーに選んだのは、「エンパシー」と呼ばれる共感能力のテストで類《たぐ》いまれな数値を記録したためだ。そうした能力のおかげで、タッカーは相棒とすぐに深い絆を結ぶことができた――同時に、他人の心の内も読み取ることができる。だが、アーシフが何かを恐れていることは、そんな能力とは関係なく誰が見ても一目瞭然だった。

アーシフは妻に向かって手で合図した。「リラ、事務室に戻りなさい」

リラは夫に向かって怯《おび》えた視線を向けてから、言いつけに従った。

タッカーは窓に近づいた。ケインも後についてくる。すぐさま状況を把握したタッカーは、あることに違和感を覚えた。トラックのナンバープレートが粘着テープで覆われている。

〈トラブルのもとなのは間違いないな〉

ナンバープレートを隠すようなやつにまともな人間はいない。

タッカーは大きく深呼吸をした。不意に空気が重くなり、電気を帯びているかのように感じられる。アドレナリンが流出したせいで、そんな気がするだけなのだということはわかっている。それでも、嵐の前触れなのは確かだ。ケインもタッカーの気分を察知し、背中の毛を逆立てながら低いうなり声を発した。

フランネルのシャツに野球帽というでたちの男が二人、運転席から出てきた。三人目の男が荷台から飛び降りる。運転手の男は薄汚れた赤毛の顎ひげを生やしていて、緑色の野球帽には「おまえの奥さんといいことしたい」の文字が縫い込まれている。

〈勘弁してくれよ……このごろつきどもはトラブルのもとだというだけじゃない。ユーモアのセンスも最悪ときている〉

後ろを振り返ることなく、タッカーは訊ねた。「アーシフ、防犯カメラはあるのか？」

「壊れています。修理する暇がなかったもので」

タッカーは大きくため息をついた。〈まずいな〉

三人組は肩で風を切りながら店の入口に近づいてきた。三人とも、木製のバットを手にしている。

「保安官に連絡しろ。信頼できる人間ならば、の話だが」

「彼は誠実な人です」

「だったら連絡するんだ」

「でも、いちばんいいのはあなたが何も――」

「いいから連絡しろ、アーシフ」

タッカーはケインとともに扉に向かい、相手が店内に入るより先に扉を押して外に出た。人数を考えると、動き回るためのスペースが必要だ。

タッカーは歩道の端で三人を呼び止めた。「やあ、こんばんは」

「よう」顎ひげ男が答え、タッカーの横をすり抜けようとした。

タッカーは男の前に立ちはだかった。「店は閉まっているぜ」

「嘘つけ」そう言いながら、仲間の一人がバットで指し示した。「おい、シェーン、ここからあのターバン親父が見えるぜ」

「あの間抜けか?」シェーンと呼ばれた男が答えた。「あいつが正気に返って追いかけてくる頃には、俺たちはとっくにおさらばしてるさ」

タッカーは笑みを浮かべたが、目は笑っていない。「そうはうまくいかないと思うぞ」

タッカーは無言でケインに合図を送った。人差し指を下に向けてから、握り拳を作り、指示をはっきりと伝える。〈脅せ〉

ケインは頭を下げ、歯をむき出すと、威嚇《いかく》のうなり声を発した。それでも、タッカーのそばにとどまったままだ。ケインは新たな指示を与えられない限り、あるいは身体的な危害を加えられそうにならない限り、行動を起こすことはない。

シェーンが一歩後ずさりした。「この野良犬が襲ってきたら、バットで頭をかち割ってやる」

〈この犬に襲われたら、反応する暇なんてないぜ〉

タッカーは相手に左右の手のひらを向けた。「まあ聞けよ、おまえら。俺にもわかる。金曜日の夜だから、ちょっと発散したい気分なんだろ？ 俺が頼んでいるのは、ほかの方法で発散してくれということだけだ。この店の人たちは一生懸命に働いているだけじゃないか。おまえたちゃ俺と同じなんだよ」

シェーンが鼻で笑った。「俺たちと同じだと？ イスラムの連中は俺たちとは違う。俺たちはアメリカ人だ」

「彼らもそうだ」

「俺は友達をイラクで失っ――」

「誰でもそんな経験がある」

「おまえに何がわかるって言うんだ？」三人目の男が問いただした。

「ここの店主夫婦と、おまえが話している人間の違いくらいはわかる」

タッカーはこの店を訪れた時の自分の反応を思い出し、かすかな心の痛みを覚えた。

シェーンはバットを持ち上げ、先端をタッカーの顔に向けた。「そこをどきな。さもないと、敵の側についたことを後悔するぜ」

タッカーはこれ以上の話し合いは無駄だと悟った。

それを証明するかのように、シェーンがバットでタッカーの胸を小突いた。

〈しょうがないな〉

タッカーはさっと左手を差し出し、バットを握った。強く手前に引っ張ると、シェーンがバランスを崩して前のめりになる。

タッカーは小声で相棒に指示を伝えた。「つかめ、倒せ」


ケインは言葉を耳にする——そして、反応する。ターゲットの中に脅威を認識する。息遣いに潜む危険、怒りが醸し出す汗の苦いにおい。指示が与えられると同時に、張り詰めていた筋肉が一気に解き放たれる。最後の言葉を耳にする前から、ケインはすでに行動を開始する。何が必要なのかを予測し、何をしなければならないかを理解しているから。

高く飛び跳ね、口を大きく開く。

歯が肉に食い込む。

舌に血の味が広がる。

シェーンの前腕部に嚙みつくケインの姿に、タッカーは満足感を覚えた。ケインが前足に体重をかけながら体をひねり、相手を地面に押し倒す。手から離れたバットが音を立ててコンクリートの上を転がった。

口から唾《つば》を吐き散らしながら、シェーンが悲鳴をあげた。「取ってくれ、こいつを取ってくれ！」

仲間の一人が突進し、ケインに向かってバットを振り下ろした。この攻撃を予期していたタッカーは、低い姿勢で飛び込み、バットによる打撃を自らの体で受け止めた。バットが当たる寸前に背中の向きを変えて衝撃を最小限に抑えると、手を伸ばして前腕部をバットに巻き付ける。バットをしっかりと固定したまま、タッカーは足を横に蹴り出した。かかとが相手の膝頭に食い込み、何かが外れるようなポンという音がする。

男は悲鳴をあげてバットから手を離し、後方にバランスを崩した。

タッカーは奪い取った武器を三人目の襲撃者に向かって振り回した。「もう終わりだ。バットを捨てろ」

最後の一人はしばらくにらみつけていたが、やがてバットを捨てた——

——その手を上着の下に入れ、再び腕を前に突き出した。

タッカーの頭はナイフの刃が発する鈍い光をかろうじて認識した。後ずさりしながら一撃目をかわす。だが、かかとが縁石の段差に当たってバランスを崩し、空のプロパンガスのタンクの列に倒れたはずみでバットを離してしまった。

男は同情のかけらもない笑みを浮かべながら、タッカーの顔をのぞき込み、ナイフを左右に振った。「おまえに教訓を与えてやるよ……」

タッカーは肩越しに手を伸ばし、背後の歩道を転がるプロパンガスのタンクの一つをつかんだ。そのまま低い軌道で振り回し、相手の脚を横に払う。驚きと苦痛の悲鳴とともに、男は地面に倒れ込んだ。

タッカーは体を回転させて男に近づき、手首をつかむと、手の甲の側にねじ曲げた。骨が折れる音とともに、ナイフが手から落ちる。手をつかんでうめき声をあげながら体を丸めてのたうつ男を尻目に、タッカーはナイフを回収した。男の左の足首も横に曲がってしまっている。おそらく折れていることだろう。

〈教訓はこれまで〉

タッカーは立ち上がり、シェーンのもとに歩み寄った。男は恐怖と痛みのあまり、唇をきつく結んだままだ。ケインが相手の動きを完全に封じていた。血まみれの腕に食い込んだ歯は、骨にまで達しているに違いない。

「離せ」タッカーは指示した。

シェパードは従ったが、相手のそばから離れず、シェーンに向かって血に染まった歯をむき出した。タッカーはナイフを使って相棒を後ずさりさせた。

森の向こうから聞こえるサイレンの音が、次第に大きくなる。

タッカーは腹部の筋肉が張り詰めるのを感じた。正当防衛とはいえ、ここは見ず知らずの土地だし、保安官の気分次第では逮捕されてもおかしくない状況だ。木々の間から点滅する警告灯の光が見えたかと思うと、パトカーが高速で駐車場に進入し、七メートルほど離れた場所で停車した。

タッカーは両手を上げ、ナイフを放り投げた。

勘違いされたら面倒なことになる。

「お座り」タッカーはケインに伝えた。「楽しそうに」

ケインは地面に尻をつけて座り、勢いよくしっぽを振りながら小首をかしげた。

店から出てきたアーシフは、タッカーが緊張していることに気づいたようだ。「ウォルトン保安官は公正な判断をする人ですよ」

「だといいんだがな」

結局は、アーシフの人を見る目が正しかったと証明された。保安官が駐車場に倒れた三人組とは顔見知りで、しかもあまり高く評価していなかったことも幸いした。「こいつらはもう一年近く、あちこちで騒ぎを起こしていたんだ」保安官は説明した。「だが、告発するだけの勇気がある人間もいなくて」

ウォルトン保安官はそれぞれから調書を取ったが、粘着テープで隠されたトラックのナンバープレートを見ると、やれやれといった様子で首を左右に振った。「これで三度目の有罪判決は確実だな、シェーン。聞いた話では、今年の州刑務所では赤毛の男がたいそうもてるらしいぞ」

シェーンはうなだれたままうめき声をあげた。

新たに二台のパトカーが到着し、三人の男たちが連行された後、タッカーは保安官に話しかけた。「このあたりにとどまる必要はあるのかな？」

「とどまりたいか？」

「そういうわけでもない」

「まあ、必要はないだろう。詳しい話は聞かせてもらったしな。法廷で証言するには及ばないと思うが、その場合は――」

「戻ってくるよ」

「わかった」ウォルトンが名刺を差し出した。タッカーは地元の保安官事務所の連絡先が書いてあるのだろうと思ったが、名刺にはフェンダーのつぶれた車をかたどったロゴが印刷されていた。「兄がウィズダムの町で修理工場を経営している。この道を真っ直ぐ行った隣町だ。あんたのパンクしたタイヤを特別価格で修理してやるように伝えておく」

タッカーは喜んで名刺を受け取った。「助かるよ」

問題が解決すると、タッカーはケインを乗せて車を走らせた。モーテルを目指しながら、シェパードに向かって名刺を見せる。「ほらな、ケイン。人助けをしてもトラブルに巻き込まれるだけだなんて、言うもんじゃないよな」

あいにく、それは早まった発言だった。モーテルの敷地に車を入れ、部屋の扉の前で停めたところ、ヘッドライトの光にありえない光景が浮かび上がった。

部屋の前のベンチに一人の女性が座っていた——過去からよみがえった亡霊だ。ただし、目の前の人物は砂漠用の迷彩服姿でも正装の軍服姿でもない。ジーンズと薄い青のブラウスの上に、ボタンを外したカーディガンを羽織っている。

タッカーは心臓が止まるかと思うほど驚いた。運転席に座り、エンジンをアイドリングさせたまま、なぜこの女性がここにいるのか、どうやって自分を探し出したのか、必死に答えを見つけようとする。

女性の名前はジェーン・サバテロ。彼女を最後に目にしてから、もう六年以上になる。無意識のうちに視線が相手の容姿をくまなく眺めている。遠い記憶が呼び覚まされ、過去と現在の境目がぼやける。ふっくらとした唇のやわらかさ、月明かりを浴びて銀色にきらめくブロンドの髪、朝を迎えるたびに瞳に輝く喜びの色。

タッカーは未婚だが、妻になる可能性のいちばん高かった女性がジェーンだ。

その女性が目の前にいて、自分のことを待っている——しかも、彼女は一人ではなかった。

ジェーンの隣には、幼い男の子がぴたりと体を寄せて座っていた。

ほんの一瞬、タッカーはその男の子が自分の——

〈いや、そうだとしたら話してくれたはずだ〉

タッカーはようやくエンジンを切り、車を降りた。ジェーンもタッカーに気づき、立ち上がった。

「ジェーンなのか？」タッカーは小声で問いかけた。

ジェーンが駆け寄り、両手でしっかりとタッカーを抱き締めると、そのままたっぷり三十秒ほどハグした後に体を離した。表情を探るジェーンの瞳は潤んでいる。タッカーはチェロキーのヘッドライトが照らすジェーンの頬骨の下に、黒いあざがあることに気づいた。コンシーラーでごまかそうとしているようだが、隠し切れていない。

それ以外にも隠し切れていないのは、表情に浮かぶ恐怖と焦りの色だ。

ジェーンは片手でタッカーの腕をつかんだままだ。その指が必死にしがみついている。

「タッカー、あなたの助けが必要だわ」

タッカーが口を開くよりも先に、ジェーンは男の子の方を振り返った。

「私たちを殺そうとしている人間がいるの」

2

十月十日　山岳部夏時間午後八時二十二分
モンタナ州ビタールート山脈

モーテルの部屋の扉を開いて手で支えながら、タッカーはジェーンの一挙手一投足を観察した。目の前を通り過ぎるジェーンは背中をこわばらせていて、指は男の子の肩をしっかりと握り締めている。部屋の隅々まで目で確認した後、ジェーンは室内に入った。中に誰もいないとわかってようやく、ジェーンの緊張がほぐれたようだが、それに代わって疲労が色濃く浮かび上がる。息子の手を引いて部屋を横切ると、ジェーンはツインベッドの一方に腰を下ろし、小さなため息を漏らした。

子供——ブロンドの髪をした三歳か四歳くらいの男の子がベッドによじ登り、ジェーンの体に寄りかかった。ジェーンが髪をなでてやると、すぐに男の子のまぶたが下がり始めた。

タッカーが向かい側のベッドに座ると、膝と膝が触れ合いそうになる。ジェーンが少し体の向きを変えた。警戒心から来る反射的な動作だ。

そんな動きを止めようとしたのか、ジェーンは片手を自分の膝に置いた。「ここまでずっと運転し続けていたから」ジェーンは説明した。

六年前は強気で有能だった女性を消耗させた原因が長時間に及ぶ運転ではないことくらい、タッカーは見抜いていた。だが、事情を問い詰めたりせずに、彼女が自分から話す気持ちになるのを待つことにした。

ケインがそばにやってきた。鼻先を床に近づけ、しっぽをゆっくりと振っている。ジェーンの体から漂う緊張感に気づいているのだろう。

口元に小さな笑みを浮かべると、ジェーンがベッドの上を軽く叩いた。「こんにちは、ハンサムさん」優しい口調で語りかける。「会いたかったわ」

その言葉を聞くと、ケインのしっぽの振り幅が大きくなった。ケインも相手のことを認識したのだろう。シェパードはジェーンの隣でまどろむ男の子を起こさないように、そっとベッドに飛び乗った。ジェーンの隣に寝そべると、鼻先を太腿に載せ、男の子のくしゃくしゃになった髪の毛のにおいを嗅いだ。

ジェーンに耳をさすってもらったケインが、満足げなため息を漏らした。

〈うらやましいぜ〉

ジェーンが男の子をベッドに寝かせ、毛布を掛けてやる様子を、タッカーはじっと見つめた。ジェーンは今でも目を見張るほど美しい。小顔で、瞳の色は深い海溝の水のような青さだ。今もなお、運動選手のような鍛え上げた体型を維持している。陸軍時代、ジェーンはマラソンで鳴らしたほか、剣道の腕前もなかなかのもので、「ゾロ」のニックネームで呼ばれていた。体をいじめ抜いた成果は、実に魅力的な曲線としても現れている。

息子を寝かしつけると、ジェーンはタッカーの方に向き直り、品定めをするような視線を返してきた。タッカーの方が一歳年上で、サンディブロンドの髪はジェーンよりもやや濃い色をしている。同じように鍛え上げた肉体をしているが、筋肉の分だけ大きく見える。ジェーンが探しているのは数多くの傷跡の下に隠れた若い頃の自分の姿なのだろう。あの頃のタッカーは会うたびにジェーンを両手で抱え上げ、その場でぐるぐると回していたものだ。あの頃は笑いが絶えなかった。寝汗をびっしょりかいて夜中に目覚めることもなかった。

年月という名の溝を挟んで、二人は互いを見つめた。

その深い溝を直視するのは難しいと判断したのか、ジェーンは向き合うのがより容易なケインに注意を戻した。

「ケインは大きくなったのね、タック。どうやったらそんな風になるの？」

タッカーの顔に小さな笑みがこぼれる。自分のことを「タック」と呼ぶのは、世界中でジェーン一人だけだ。

「ダンベルで鍛えているからな」

「はいはい。相変わらずかっこいいわね」ジェーンが再びタッカーに視線を向けた。「アベルのことは聞いたわ」

ケインの兄弟の名前を聞き、タッカーは心臓を一突きされたように感じた。目の前にナイフの刃先がちらつく。鼻の中にいきなり煙のにおいが充満する。耳には傷ついた仲間の隊員の悲鳴がこだまする。視界が狭まり、濃い茶色の体毛に覆われた動物が赤茶けた岩の上に横たわる光景だけしか見えなくなる。

〈アベル……〉

膝に触れた手が、タッカーを過去から現在に引き戻した。

「本当にごめんなさい、タック」ジェーンの指がきつく握り締める。「電話をするべきだったのに。もっと頻繁に連絡を入れるべきだったのに」

「気にするな」タッカーはかすれた声で答えた。「ケインと俺は移動の多い生活を送っているから」

ジェーンは背中を伸ばし、膝の上の手をケインの体に添えた。「あなたたちが彼のことをどれほど愛していたかはわかっているわ」

タッカーは大きく息をのんだ。

「ともかく」ジェーンは続けた。「昔の仲間の大部分が再会できたということね。ウェイン、ジェーン、そしてケイン」

過去を懐かしむ思いが、ジェーンの表情を和らげた。アフガニスタン駐留中、韻を踏む名前の響きが仲間内ではお決まりのジョークだった。

タッカーは数呼吸の間を置いて十分に気持ちを落ち着かせてから、眠っている男の子を顎でしゃくった。「ところでジェーン、俺たちの新しい仲間について教えてくれ」

男の子を見たジェーンの表情が、肌からにじみ出るかのような愛情でいっそうやわらかくなる。「名前はネイサン。あと二カ月で四歳になるわ。実を言うと、あなたに連絡しなかったもう一つの理由は彼にあるの。何だかつらくて。ずっと思っていたけど、きっとあなたと私が……わかるでしょ?」

〈わかるよ〉

「五年前、素敵な人に出会ったの。名前はマイク。保険の外交員よ。信じられない話でしょうけど」

「どうして信じられない話なんだ?」

「私がアドレナリン中毒なのはわかっているはずよ。心のどこかで、きっと危険なにおいのする人と一緒になるんだろうなって思っていた。あなたでなかったとしても、ロデオをする人とか、登山家とか、洞窟探検家とか。でも、マイクと出会ったの。彼は楽しくて、優しくて、ハンサムだった」ジェーンがかぶりを振った。思い出が笑みを引き出す一方で、目には悲しみがあふれている。「恋に落ちて、私は妊娠した」

「それで、マイクは今どこに？」

ジェーンはネイサンの方を見た。「この子が生まれた三週間後、交通事故で亡くなったわ。あんなにも喜んでいたのに……あんなにもうれしそうだったのに……」

タッカーが予想すらしていない答えだった。みぞおちに強烈な一発を食らったかのような気分だ。「それは気の毒なことだったな、ジェーン」

ジェーンはうなずき、片方の目を手でぬぐった。「それからはみんなとの関係を絶ったの。この子と仕事にすべてを捧げるようになった。あなたのことを探そうかと思ったこともあったけど、すでに連絡が途絶えてからずいぶんと時間がたっていたし、何を言ったらいいのかすらわからなくて」

「なるほどな」タッカーはモーテルの狭い室内を見回しながら、あまり気まずくない話題に変えようと考えた。そんなジェーンが今になって姿を現したからには、何らかの理由があるはずだ。「ところで、どうして俺がここにいるとわかったんだ？」

ジェーンは肩をすくめた。「裏の人脈を通じて」

タッカーは片方の眉を吊り上げた。

「正直に言うと、クレジットカードから調べたの。本気で人に見つかりたくないんだったら、もう少しうまくやらないとだめよ」

ジェーンとしては冗談のつもりで言ったのだろうが、タッカーは貴重な忠告として心に留めておくことにした。このところ、自分の足跡を隠す作業がややおろそかになっていたことは否めない。

〈迂闊《うかつ》だった〉

ジェーンが親指と人差し指を使って、右の耳にかかった髪をかき上げた。タッカーはそれがジェーンの癖だということを思い出した。彼女のこの仕草が昔から好きだったものの、なぜなのかはいまだによくわからない。おそらく、理由などないのだろう。ふと我に返ると、タッカーはジェーンのことをまじまじと見つめていた。

「何なの?」タッカーの視線に気づき、ジェーンが訊ねた。

「何でもない。今はどこに住んでいるんだ?」

ジェーンが口ごもった。「言わないでおくわ。あなたを信用しないというわけじゃないの。あなたの持つ情報は、少なければ少ないほどいいということ」

ほかの人物が相手だったら、タッカーはこのような裏に陰謀でも存在するかのような話の進め方を鼻で笑っていただろう。だが、ジェーンの口から出た言葉だ。彼女は誰よりも冷静沈着な判断ができる。ジェーンは第七十五レンジャー連隊の中でも最優秀の情報分析官で、特殊部隊大隊に所属していた。過去にジェーンとタッカーは幾度となく密接に連携して任務を遂行したことがある。ジェーンはタッカーよりも七カ月早く、陸軍を除隊になった。

「ジェーン、君はさっき自分自身が危険な状態にあると言っていた。君たちを殺そうとしている人間がいると」

ジェーンは大きく深呼吸をした。「ただの被害妄想なのかもしれない。仕事柄、それから逃れることはできないわ。でも、ネイサンがいるから、単にやり過ごすわけにはいかないのよ」

「わかった。だったら、何が起きているのか話してくれ」

「サンディ・コンロンを覚えている？」

タッカーがその名前に思い当たるまで、一瞬の間があった。ずいぶんと昔の話だ。

ジェーンがポケットから一枚の写真を取り出し、タッカーに手渡した。大口を開けて笑う若い自分が写っている。胸を張って片腕をジェーンの肩に回しているが、彼女は隣に立つもう一人の女性の肩に手を回していた。背が低く、細身で、髪の毛はくすんだ茶色、黒縁の眼鏡をかけている。三人の足もとにいるのは二頭の立派な若い犬――ケインとアベルだ。

写真が撮影された時のことを思い出し、タッカーの口元に穏やかな笑みが浮かんだ。サンディはジョージア州フォート・ベニング駐屯の第三レンジャー連隊付きの民間人の情報分析官だった。タッカーたちの仲間の輪にしばしば加わっていた女性だ。思い返すと、サンディの皮肉たっぷりのユーモアや、はじけるような笑い声が記憶の中によみがえってくる。彼女との友情が途切れてしまったことにも、タッカーは後悔の念を覚えた。

「サンディがどうかしたのか？」タッカーは訊ねた。

「行方不明なの。一カ月近く連絡が途絶えていたから、三日前に彼女の母親に電話したのよ。ハンツヴィル郊外の山奥に住んでいるわ。寂れた田舎町。バンジョーに、スクエアダンスに、密造酒、そんなところ」

「楽しそうな町だな。母親の話から何かわかったのか？」

「あまり多くはわからなかったけど、不安を覚えるには十分だったわ」

「詳しく頼む」

ジェーンは深呼吸をした。「一年半くらい前、サンディは新しい仕事に就いた。それ以前はＤＩＡで分析官として働いていた」

〈アメリカ国防情報局〉

「実を言うと、私がＤＩＡでの仕事を得たのは、サンディの口添えがあったおかげなの。彼女が転職するまで、二人で同じ作業に取り組んでいたわ」

「君は今もそこで働いているんだな」

ジェーンはうなずいた。

タッカーはそれ以上深く追求することを差し控えた。ジェーンの能力を考えれば、機密扱いの作業に携わっていたことは想像に難くない。

ジェーンは説明を続けた。「サンディの転職後も、私たちは連絡を取り合っていた。週に二、三回のメールのやり取りとか、月に二、三回の電話とか、そんな程度だけど。でも、行方不明になる数カ月前から、彼女の様子がおかしいことに気づいたのよ。最初は仕事で頭がいっぱいなのかと思ったけど、いくら問いただしても、大丈夫だという答えが返ってくるばかりで」

「だが、そうじゃなかったんだな」

「声の調子からわかったのよ。特に最後に電話で話をした時。怯えた様子だったわ」

タッカーの記憶の中にあるサンディは、ちょっとやそっとのことで怯えるような女性ではなかった。鋼《はがね》のような強い精神力の持ち主だった。

「新しい仕事というのはどこだったんだ？」タッカーは訊ねた。

「レッドストーン」

タッカーはその名称が意味するところに気づいた。「レッドストーン兵器廠《へいきしょう》か？」

ジェーンはうなずいた。

レッドストーン兵器廠はアラバマ州ハンツヴィルにあるアメリカ陸軍の駐屯地だ。数多くの軍事関係の組織の本拠地でもあり、アメリカミサイル防衛局やＮＡＳＡのマーシャル宇宙飛行センターをはじめとして、その多くは航空宇宙産業と関連している。

「それで、仕事内容は？」

「彼女は一言も言わなかったわ。言えなかった、ということじゃないかしら。コンサルタントのような身分で雇われていたと思っていたのよ。何らかの極秘プロジェクトに関わっていたんだろうって」

「ところが今は行方不明なんだな？」タッカーは再確認した。「しかも、誰にも何の連絡もないんだな？」

「母親の話だと、サンディは三週間前に実家を訪れて、二週間ほど連絡ができなくなるけど心配しないでと言っていたらしいわ。でも、私が腑《ふ》に落ちなかったのは、サンディが母親に対して、兵器廠に電話をかけたり問い合わせをしたりしないでって伝えたこと」

「確かに、そんなことを言うとは奇妙だな」

「私もそう思ったのよ」ジェーンは言葉を切り、タッカーの反応を待った。

「推測でいいから言ってくれないかな」タッカーは訊ねた。「何が起きたんだと思う？」

「何者かが彼女を拉致《らち》したのよ」

確信の込められた言葉に、タッカーは思わず居住まいを正した。「なぜそう考えるんだ？」

「サンディの母親と話をした後、私の方からさりげなく探りを入れて、友達の友達とかに問い合わせてみたの。彼女の方だけでなく、私の知り合いにも。誰かが何かを知っているはずだと思ったから。ところが、私たちの共通の同僚がほかにも二人、姿を消してしまっていたことが判明したのよ。それよりもはるかに気味が悪いのは、ほかに四人が死んでしまっていたこと」

「死んだのか？」

「全員がこの一カ月の間に。一人は自宅で一酸化炭素中毒死、一人は心臓発作、あとの二人は交通事故で死亡」

〈偶然の一致にしては人数が多すぎる〉

「君たちの間の共通点は何だ？」タッカーは質問した。「何かの作業に一緒に取り組んでいたのか？　全員が同じ場所で勤務していたのか？」

ジェーンはタッカーの目を見つめたが、何も言わなかった。それが彼女の答えだ。ジェーンのことをよく知るタッカーは、彼女が何かを隠していると見抜いていたが、それ以上は問い詰めないことにした。さっきのジェーンの言葉を思い出す。〈あなたの持つ情報は、少なければ少ないほどいいということ〉

「なぜ俺のところに来たんだ？」タッカーは訊ねた。

ジェーンは自分の手のひらに視線を落とした。「この段階では、誰を信じたらいいのかわからなくて。でも、あなたのことは世界中の誰よりも信頼している。それにあなたは……あなたは……」ジェーンの眼差しがタッカーをとらえる。「いろいろと頼りになるから。しかも、この件とは関わりのない人間だし」

「君を助けるだろうとは誰一人として予想していない人間ということか」タッカーはつぶやいた。

「それに新たな視点から見てくれる。うわべにごまかされることなく真実を見抜くあなたの能力を忘れるわけがないでしょ。その力が必要なの。あなたが必要なのよ」

ジェーンを見つめながら、タッカーは最後の言葉の裏には深い意味が、この場で探るにはあまりに危険な意味が込められていることを察した。ほかの人間が相手だったら、すぐに部屋から追い出して扉を閉め、ここから先は足跡を残さないようにしなければならないと決心していただろう。だが、タッカーは身を乗り出し、ジェーンの手を取った。彼女の指が小刻みに震えているのを感じる。

「俺に任せてくれ……あと、ケインもいる」

ジェーンが笑顔で見上げた。再び深い意味を意識させられる。「また一緒になれたのね」

3

十月十一日　東部夏時間午前七時二十二分
メリーランド州スミス島

プルーイット・ケラーマンは最上階の執務室からの景色を一望できる窓の前に立っていた。眼下にはチェサピーク湾が広がっているが、少し体の向きを変えればワシントンＤＣの建物群まで見通すことができる。

まだ朝の早い時間のため、首都の街並みはうっすらと霧に包まれていた。そのおかげで記念塔や議事堂のドームがかすみ、大都会特有の冷たいとげとげしさを和らげてくれている。プルーイットは霧がＤＣのうわべを融かし、その本性があらわになる様を想像した。取るに足らないものから壮大なものまで含めて、街中で増殖する野心の流れこそが、ワシントンという都市の真の原動力になっているのだ。

ガラスに映る自分の姿が首都の遠景と重なるのを見て、プルーイットは笑みを浮かべた。目に映るものすべてを支配しているのはこの自分だ。

この二十年強の間、プルーイットは首都が持つ権力への夢や、その希望と恐怖をつかみとり、すべてを金に換えてきた。ホライズン・メディアは、注目を求める人々、やり直したいと訴える人々、トップの座をつかみたいと必死の人々にとっての主要な媒体になった。彼の率いるメディア帝国は無数の情報通信メディアを支配下に置いている——テレビ、ラジオ、新聞、インターネット。年月を経るうちに、プルーイットは情報の流れの操作がいかに容易なことかを学んだ。一部のルートを制限しながら、別のルートを解放するだけでいいのだから、実に簡単な話だ。

ほとんどの人はまだ理解できていないが、「情報は力である」という古い格言はもはや通用しない。今日の力の真の源は、その情報の操作と配信にある。簡潔な情報がもてはやされ、注意持続時間が短い現代においては、印象がすべてだ。印象を自在に作り上げることができるプルーイットは、DCにある光り輝く城への鍵を手に入れた。

プルーイットの影響力が及ばない政治家や政府関係者は存在しない。選挙が間近に迫ると、政治家たちは与野党を問わず、彼のご機嫌うかがいに余念がなくなる。彼らは自分たちの野望を左右する人物が誰なのかを認識しているのだ。

そんな連中から少し距離を置くために、プルーイットはホライズン・メディアの本社をチェサピーク湾に浮かぶ島に建設した。スミス島はメリーランドとヴァージニアの州境に位置しており、その大部分は国立野生動物保護区に指定されているものの、少し圧力を加えれば、なかなか首を縦に振らない地区指定委員会も思い通りに動かせる。プルーイットは島の外れの海岸にいちばん近い土地を選んだ。香港から専門の作業員を呼び寄せ、侵食が進みつつある塩性沼沢地の浚渫《しゅんせつ》と埋め立てを行ない、地盤を強化した。私有の橋までも建設したほか、訪問客の送り迎え用に数隻の水中翼船も購入している。

扉をノックする音を耳にして、プルーイットは我に返った。いつものように、ガラスに映る自分の姿を確認する。

年齢は五十代半ばだが、背筋はぴんと伸びていて、肩幅も広い。髪の毛を剃《そ》り上げているのは、相手を威圧する目的と同時に、後退する一方の生え際を隠すという見栄のためでもある。これ以上の加齢の兆候を隠す目的で、若さの源泉とされるヒト成長ホルモンの注射を始めたばかりだ。贅肉《ぜいにく》が付かないようにも努めている。多くの人は、彼を見て実年齢より十歳以上は若いと信じる。

プルーイットはシルクのネクタイの位置を調節した。

〈印象がすべてだ〉

プルーイットの返事を待たずに背後の扉が開いた。普通ならそのような行ないに立腹するところだが、この聖域に堂々と入り込める大胆さを持ち合わせている人物は一人しかいない。振り返ったプルーイットの物腰から険しさが消え、口元に笑みが浮かぶ。

「ローラ」落ち着いたネイビーブルーのビジネススーツ姿の若い女性に向かって声をかける。「こんなに朝の早い時間から、何をしているのかな?」

女性は同じように親密さのこもった笑みを返しながら、もやにかすんだ朝の景色を指し示した。「父と娘の考えることは同じでしょ」

〈やれやれ、そうではないといいんだが〉

机に歩み寄る女性は、小脇にフォルダーを抱えている。「一日のスタートは早い方がいいと思って」

プルーイットは長いため息を漏らしながらうなずき、椅子に座るよう身振りで示した。彼の執務室はスウェーデンの現代建築の傑作とも言うべき作品で、明るい色調で統一した木製の調度品にくすんだステンレスがアクセントを添えており、装飾品は最小限に抑えてある。室内で最も目を引くのは、会議用テーブルの後方の壁に設置された何台もの巨大なスーパーハイビジョンのフラットスクリーンだ。画面にはプルーイットが所有する複数の放送局の映像が流れていて、キャスターの口は動いているものの音声は消してあり、ニュースの内容が画面の下にスクロール表示されている。

ローラが椅子に腰を下ろし、カールのかかった鳶《とび》色の髪を顔の前からかき上げた。頬にはそばかすがある。昨今の厳しい基準からすると決して美人とは言えないものの、娘はその知性と魅力で常に多くの男性の心を虜《とりこ》にしている。

「各局が今日のニュースを本格的に伝える前に」ローラが切り出した。「この盗聴問題に関して法務部が作成した発表文に目を通しておいてほしいんだけど」

広報部長のローラはメディア対策を取り仕切っており、ホライズン傘下《さんか》のグループにもそれ以外の媒体にも対応する。この最新の案件――最新の厄介事は、ホライズン・メディアが『ワシントン・ポスト』紙の電話を盗聴していたという疑惑に関するものだ。

「ポストには証拠がない」プルーイットは不満もあらわに返しながら、革張りの椅子に深く腰掛けた。「我々の反応はおまえがいちばんいいと思う形に調節しておいてくれ。おまえのことは信頼している。ただし、たとえ指摘されているような活動があったとしても、私はこれまで何も知らなかったという点だけは強調しておいてくれ。また、こちらの主張に反する証拠が提出された場合には、積極的に対応するつもりだということも忘れないように」

「了解」ローラは膝の上のノートに書き込んだリストの一項目を線で消した。「次に、今度の金曜日のアテネへの旅行の件。ＡＰが嗅ぎつけたみたいだけど」

「もちろん、そうだろうな」

長年にわたって経験を重ねるうちに、プルーイットはホライズンに関する情報の一部を、機を見ながらメディア関係者に餌として提供するのが得策だということを学んだ。そうすることで、本当に隠しておきたい事柄から注意をそらすことができる。

このギリシア訪問もその作戦に該当する。

「彼らには真実を伝えておけばいい」プルーイットは言った。

ローラがノートのページから顔を上げ、片方の眉を吊り上げながら意味ありげな笑みを浮かべた。「真実？　私たちはいつから真実の伝達を仕事にするようになったの？」

プルーイットは小さな子供を叱るような顔で娘を見た。「この部屋にいる皮肉屋は私だけだと思っていたのだが」

「私はいい先生から教わっているもの」そう言うと、ローラは再びノートに目を落とした。

プルーイットはため息をつきながら、それが真実ではないことを願った。ローラがハーバードのビジネス・スクールを卒業した後、プルーイットはあらゆる策を弄《ろう》して娘がホライズンで働くことを阻止しようとした。だが、昼間はフラペチーノを飲んでばかりで、夜はパパラッチに対して下着を見せびらかすような、どうしようもない金持ちの娘が多い中で、ローラは成功のためには脇目もふらずに働きたいと考えていて、裕福さをひけらかすようなところもまったくなかった。それでも、五年前にローラが一員に加わって以降は、娘がホライズン・メディアの影の取り組みと関わることのないよう、最善を尽くしてきたつもりだ。なかでも、事業の次の大きな飛躍を目指した計画に関しては。

ローラがノートの内容を読み上げた。「アテネへの訪問については、ギリシアの各通信会社の設備の最新化と統合に向けてホライズンが進めている取り組みの一環だと説明するつもり。また、ホライズンもギリシア政府も、自由市場体制こそが、開放性と透明性を備えたシステムこそが、重要だと信じていることを強調しておくわ」

「百点満点だ」

その声明がアメリカ国内とEUのアンチトラスト信者たちから強い非難を浴びるだろうことは承知しているものの、ギリシアの通信産業の現状を鑑みると、すでに独占化への道を突き進み始めている。誰かがきちんと管理してやらなければならない。

〈その誰かがホライズンというだけの話だ〉

「ほかには何かある？」ローラが訊ねた。

「ああ、案件がもう一つだけある」プルーイットは立ち上がり、机を回り込むと、娘の手を取った。「おまえは私のすべてだ。そのことはわかっているだろう、ローラ？」

ローラは微笑んだ。「もちろん。私もパパを愛しているわ」

「おまえが自分の時間を大切にしていないのではないかと心配しているのだよ。噂に聞いたのだが、週に九十時間もここに詰めているそうじゃないか」

「パパ、それはここで働く多くの社員と大して変わりはないわ」

「おまえはただの社員ではない。私の娘だ」

「それに仕事を愛しているの。自分のことは自分がいちばんよくわかっているから」

「もちろん、そうだろう。しかし、心配するのは父親としての性《さが》でもある。それにおまえのお母さんの――」

「わかっているわ」ローラが十五歳の時、妻は卵巣癌で亡くなった。二人の心は深く傷ついたものの、立ち直る過程で父と娘の絆はより強まったのだ。ローラがプルーイットの指を握り締めた。「みんなパパのおかげよ。精神的に安定した、ごく普通の三十代の女性に私を育ててくれたんだもの」

「私にとって、おまえはごく普通の女性ではないのだよ、ローラ」

ローラはプルーイットの手を軽く叩いて感謝を表し、立ち上がるとペンシルスカートの裾を直した。「そろそろ行かないと。パパのブルドッグが外で待っているのを見たわ。例の険しい目つきをしていたから、うれしい知らせじゃなさそうよ」

ラファエル・リヨンのことだろう。プルーイットお抱えの警護係を束ねている男だ。娘が踵《きびす》を返す前に、プルーイットは相手に向かって指を振った。「この盗聴関係のたわごとにけりがついたら、おまえは休暇を取ること。これはCEOからの命令だ」

ローラは敬礼を返した。「承知いたしました」

ローラが部屋を出ると、入れ替わりにかしこまった足取りでリヨンが執務室に入ってきた。ブルドッグのたとえはあながち的外れではない。がっしりした体は分厚い筋肉に包まれ、大きな手のひらはかたいまめで覆われている。長年にわたって砂漠の陽光を浴び続けてきたため、顔から日焼けの色があせることはない。机に向かって歩く動きの端々が、元軍人という経歴を声高に主張しているかのようだ。

ラファエル・リヨンはかつてフランス軍の特殊作戦旅団に所属していた。六年前、リヨンはチャドでの行動で戦争犯罪に問われ、重い刑を受ける可能性があった。その当時、プルーイットは裁判に介入してリヨンを助けることがプラスになると判断した。同国の反政府勢力をあおって本格的な内戦への導火線に火をつけた裏には、ホライズン傘下の新聞が関与していたという事情があったからだ。理由はともあれ、プルーイットのおかげで長い刑務所暮らしを免れたリヨンは、彼の最も忠実な部下になった。自分の手を汚すことを、時には血に染めることすらも厭《いと》わない。

そんな男の相手をする時には、前置きの雑談など不要だ。「ギャリソンの件はどうなっている？」

メルヴィン・ギャリソン上院議員はエネルギー・天然資源委員会の議長で、現在委員会ではアメリカの軍事会社が自社の製品に輸入レアアースを使用できるように認める法案が審議されている。複数のルートを通じて、プルーイットはギャリソン上院議員に対して法案を委員会で可決しないように圧力をかけていた。

リヨンは首を横に振った。「意見を変えようとしません」

プルーイットは悲しそうに笑みを浮かべた。「そうなのかね？　彼について教えてくれ」

「悪事や隠し事の類いは見つかりませんでした。離婚して、現在は独り身です」

「子供は?」

「息子と娘が一人ずつ。娘はハーバードの医学部進学課程に在学しています。息子はバックパッカーとしてヨーロッパを旅行中です。現在の居場所は……」リヨンはポケットからメモ帳を取り出し、ページをめくった。「ローマですね」

「現地に人員は?」

リヨンは考えるような表情を浮かべた。質問の真意は把握しているようだ。「おります」

リヨンがプルーイットに鋭い視線を向けた。「どのくらいの傷がお望みで?」

「後遺症が出ないように、ただしギャリソンに意図がきちんと伝わる程度に。事がすんだら教えてくれ。私から上院議員にお見舞いの電話を入れるから」

リヨンはうなずいた。

「頼んだぞ。ところで、気紛れな天才たちの生き残りに関してはどんな具合だ?」

「スナイダーと彼の妻はアッシュヴィル郊外を車で走行中、道路脇に突っ込みました。ブレーキ系統の故障です。ありふれた手ですが、効果的ですから」

「あと二人は?」

「そのうちの一人に関しては、こうして話している間にも作戦が進行中です。残る一人——サバテロですが、現時点では行方がつかめていません。ほかの手がかりを当たっているところです。必ず見つけ出します」

　プルーイットは眉をひそめた。ジェーン・サバテロのファイルにはすでに目を通してある。「彼女の経歴を考慮すると、そう簡単に事が運びそうもないな」

「必ず見つけ出します」リヨンは繰り返した。「彼女は息子とともに姿を消しました。そのおかげで、捜索が容易になるはずです」

「失敗のないように頼むぞ」

「最後の二人に関しても、これまでと同じ手順ということでよろしいですね？」

　プルーイットはうなずいた。「事故に見せかける必要がある」

〈真実が表に出るようなことがあってはならない〉

4

十月十二日　中部夏時間午後七時三十三分
アラバマ州ハンツヴィル

〈ここが噂のロケットシティか……〉

モンタナ州でジェーンと別れてから二十四時間たたないうちに、タッカーはアメリカの反対側に移動し、レンタルしたフォード・エクスプローラーでアラバマ州ハンツヴィル郊外の木々に囲まれた道を走行していた。「ロケットシティ」の異名は、ハンツヴィルが米軍のミサイル計画やNASAの宇宙飛行センターの拠点であるレッドストーン兵器廠の所在地だということに由来する。

助手席に座るケインは開け放った窓から頭を突き出し、テネシー川流域のにおいを存分に嗅いでいた。飛行機でアメリカを縦断する間は檻《おり》の中に閉じ込められていたので、体毛を吹き抜ける風が気持ちいいらしく、鼻の穴を大きくふくらませて外の世界を堪能している。

タッカーは手を伸ばし、相棒の体をぽんと叩いてやった。

〈俺もおまえと同じように、今のこの瞬間を楽しめたらいいんだけどな〉

けれども、タッカーの目の奥で凝り固まった不安は、どうしてもほぐれてくれなかった。ジェーンをモーテルに残したくはなかったものの、彼女はネイサンを安全なところに預けてから合流したいと言って、まずはタッカーが一人で動くべきだと主張した。しかも、ジェーンはこのあたりではよく知られた存在だ。だが、タッカーの顔は誰も知らない。ひとまずはタッカーが一人で先行して作業を進めなければならなかった。

それでも、タッカーはジェーンに対して、調査の進捗《しんちょく》状況に関する報告を入れると約束した。ジェーンは安全だという二つの電話番号を教えてくれた。「最初の番号にかけたらメッセージを残してほしいの。子供が生まれたとか、久し振りに家族みんなで会おうとかいった、曖昧《あいまい》な内容でいいから」ジェーンからはそんな指示があった。「それから十分間待って、二つ目の番号に電話して」

空港に向けて出発するタッカーに対して、ジェーンは気丈に振る舞っていた。だが、タッカーは彼女がこれまでに見たことがないほど怯えているのを見抜いていた。

州間高速道路の前方の道路脇にネオンサインが見える。沼地に広がる木々の陰に半ば隠れてしまっているが、「フォールズヴァレー・モーテル」の文字が輝いている。

「間もなく到着だ」タッカーはケインに知らせた。

このモーテルを選んだのは、ハンツヴィルの街の西の外れという立地のためだ。左手の沼地に目を向けると、コンクリート製の古い工場の残骸が見える。一九六二年、大雨で増水したテネシー川の堤防が蛇行部分で決壊し、工場のあった浅い窪地が水没した。州当局はそれ以前から操業を停止していた工場の敷地を元通りに戻すのではなく、自然災害がもたらした被害を最大限に活用することに決めた。沈没船の船体が魚の住み家になるのと同じように、工場の残骸は今では新しい豊かな生態系の中核となっている。

しかし、タッカーがここを宿泊地として選んだ理由は、モーテルが自然に囲まれているからだけではない。レッドストーン兵器廠の七番ゲートは、この道路をさらに三キロほど先に進んだ地点に位置している。そのことが調査に何らかの進展をもたらすかどうかはわからないものの、駐屯地が間近にあれば意識を集中させることができる。

モーテルに到着すると、タッカーは駐車場に車を入れた。コテージタイプの独立した部屋が、隣接する森の中に点在している造りだ。タッカーはチェックインの手続きをすませ、いちばん奥にある建物を希望し、敷地の外れにある部屋までさらに車を走らせた。中に入ると、花柄の壁紙と薄緑色のベッドカバーという一九七〇年代そのままのような光景が目に飛び込んできたものの、室内は清潔そのもので、かすかに消臭剤のにおいがする。

タッカーが荷物を整理している間に、ケインは室内を隅々まで点検した。どうやら及第点だと判断したらしく、クイーンサイズのベッドに飛び乗ったものの、その前に落胆したかのような大きなため息を漏らした。

「まあ、最高級のホテルと比べたら見劣りするだろうな」

タッカーは室内を横切り、建物の裏手側のカーテンを開いた。東向きの窓の先にはレッドストーン兵器廠がある。木々の向こうに見える二つの小高い山――ウィーデン山とマドキン山の麓《ふもと》に広がる面積二十平方キロメートルの巨大施設のうち、半分以上をミサイル、ロケット、宇宙船の試験場が占めている。タッカーが読んだ記事によると、敷地内の道路の総延長は三百二十キロ以上、建物の総面積は数千平方メートルに及ぶという。

レッドストーン兵器廠そのものが一つの都市だと言っても過言ではない。

その中のどこかで、サンディ・コンロンが働いていた。携わっていたプロジェクトが、彼女の失踪《しっそう》と何らかの関係があるのだろう。

〈しかし、どんな内容だったんだ？〉

突き止めるための方法は一つしかない。長時間の移動で疲れていたものの、タッカーはこの先に控えているはずの難関に対して気迫がみなぎるのを感じた。同じ思いでいるのは自分だけではないはずだ。

ベッドの上からケインが視線を向けている。じっと見つめるその茶色の瞳は、タッカーの次の言葉を予期しているかのようだ。

タッカーが笑みを浮かべると、相棒はしっぽを振って返した。「どうだい、ケイン。仕事の準備はいいか?」

ケインはベッドから飛び下り、しっぽを高く上げたまま扉に向かった。

「『準備オーケー』という返事なんだろうな」

出発前に、タッカーはダッフルバッグからケインの正装を取り出した。K9ストームのタクティカルベストは、シェパードのブラックタンの毛色に合わせた模様だ。防水加工とケブラーによる補強も施されている。タッカーは襟元に取り付けられた暗視機能付きの小型カメラと、カメラに備え付けのワイヤレスのトランスミッターを確認した。この装備のおかげで、タッカーはケインの周囲の映像および音声という二種類の情報を入手することができる。また、カスタマイズされた小型イヤホンを通じて、ケインと意思の疎通を図ることも可能だ。

タッカーはケインの体にベストを装着し、紐をしっかりと結んだ。興奮を抑えようとするケインの筋肉が細かく震えている。ベストのきついところがないか調べ、通信状態をテストした後、タッカーは最終確認に移った。ケインの頬を左右の手で挟み込み、相手の目をしっかりと見据える。

「準備はいいか、相棒?」

ケインが顔を前に出し、冷たく湿った鼻先をタッカーの鼻に押しつけた。

「最高の犬は誰だ?」小声でささやく。
それに対してケインは、タッカーの顎を舌でぺろりとなめて答えた。
「そうだ……おまえだよ」タッカーは立ち上がり、扉の方を向いた。「探検に出かけようぜ」

午後九時十九分

タッカーのSUVが分譲地のゲートを通り抜ける頃には、すっかり夜の帳《とばり》が下りていた。ヘッドライトの光が石造りの入口に記されたブロンズの文字を浮かび上がらせる。

チャップマンヴァレー・エステート

ジェーンの話によると、サンディはこの地区に住んでいたという。レンタカーのGPSを頼りに、迷路のように入り組んだ通りを進んでいく。道路沿いの家々はちょっとした邸宅で、どこも建物の広さは五百平方メートル近く、敷地全体の面積は優に四千平方メートル以上はありそうだ。どの家の庭も手入れが行き届いていて、建物は道路からかなり奥まったところにある。開いた窓から車内に流れ込んでくる夜の香りは、ライラックと刈ったばかりの芝生のにおいが混じっている。

〈サンディ、君が何をしていたのか知らないが、かなり実入りのいい仕事だったみたいだな〉

目的地が近づくと、タッカーは速度を緩め、百メートルほど手前で車を停止させた。この区画内の私道の入口すべてに趣のあるランプが設置されていて、それぞれに番地を示す数字が記されている。サンディの敷地のランプは明かりが消えていた。

タッカーの頭の中で小さな警報音が鳴った。

〈何か意味があるのかもしれないし、何でもないのかもしれない〉

タッカーはしばらく車の中に座ったまま、周囲の状況を見て取った。温かい風が蚊の羽音と無数のコオロギの鳴き声を運んでくる。それを除くと、一帯は静まり返っていた。車は走っていないし、歩行者も、吠《ほ》える犬もいない。近くにあるいくつかの窓を通して、テレビ画面の光や寝室の明かりが漏れている。

「どうやら皆さん、寝る前のひと時をくつろいでいるみたいだな」タッカーはケインにささやいた。

〈俺たちを除いて〉

タッカーはバックパックをつかみ、ケインとともに車を降りた。飼い犬を散歩させている地元の住民を装いながら、道路に面した庭の前を通り過ぎ、大股でサンディの家の私道に向かう。

サンディの家は道路から五十メートルほど引っ込んだところにあった。切妻窓を持つ二階建ての建物はフランスの古城を現代風にアレンジしたような様式で、車三台分のガレージが併設されている。建物の手前には高さのある石造りの噴水まである。

〈かなり実入りのいい仕事だったのは確実だな……〉

私道の入口に達したが、建物の窓はどれも暗いままだ。噴水も静かで、水は流れていない。

依然として通りには人影がまったくないため、タッカーは足早に十歩で私道の奥まで進み、ナラの茂みの間に入った。ケインを後ろに従えながら、湿った葉が厚く積もった上に片膝を突く。バックパックの脇ポケットから暗視機能を内蔵した単眼鏡を取り出すと、のぞきながら建物の手前側の様子を探った。

軒下に動きを検出すると点灯するスポットライトが四つ設置されていた。サンディが警報器を設置している可能性が高いことを示す証拠だ。

だが、警報器は今も作動しているのだろうか？

その答えを見つける時間だ。

体を横にひねり、ケインの通信装置の電源を入れると、タッカーはヘッドホンを装着した。シェパードの頬に手のひらを添え、建物を指差す。

「偵察」小声で伝えてから、指を一本立ててぐるりと回す。ケインが熟知している合図だ。〈一回りして、戻ってこい〉

ケインが建物に向かって低い姿勢で走り始めた。敷地内を一周しなければならないことを計算に入れて、すでに大きく横に回り込んでいる。タッカーはほかの軍用犬とも任務を遂行した経験がある。高い能力の持ち主ばかりだったが、ケインはその中でも群を抜いている。学習した語彙《ごい》の数は千以上、手による合図も百種類を理解できる。文章の意味を把握する力はないものの、複数の単語をつなぎ合わせて一続きの指示として解釈することならできる。それにも増して、ケインが子犬の頃から行動を共にしてきた結果、一人と一頭は指示の言葉や身振りによる合図以上に互いの気持ちを読み取れるようになった。

相手のことを無条件に信頼するようになったのだ。

暖かい夜を貫く一本の黒い矢のように芝生を走り抜けるケインの姿を、タッカーは誇らしい気持ちで見つめた。同時に、シェパードが通り過ぎてもセンサー付きの照明が点灯しないことにも気づいた。

〈防犯システムは遮断《しゃだん》されているに違いない〉

タッカーの心の中で不審の念が高まった。

ケインの姿がガレージの角の向こう側に見えなくなると、タッカーは衛星電話を手に取った。親指を使い、ケインの暗視カメラからの映像を起動させる。画面に表示されたのは揺れの激しいぼんやりとした色調の映像で、木の幹が現れては消えていく。

ケインが建物の端まで達したところで、タッカーはヘッドホンのマイクに指を触れ、相棒に指示を出した。「止まれ」

ケインはすぐさま指示に従い、その場で腹這いになった。その目――およびカメラの視点は、フランス風の趣がある建物の裏手に向けられている。

タッカーはゆっくりと数呼吸する間、画面をじっと見つめた。

特に異常はなさそうだ。

「続けろ」タッカーは指示した。


ケインは湿った草を踏みしめながら、茂みを迂回《うかい》し、深い影を選びながら進む。両耳をぴんと立て、細かく動かしてはあらゆる音を拾う。虫の鳴き声、遠くから聞こえるネコの威嚇、近くの道を走る車のエンジン。鼻孔《びこう》をふくらませ、この新しい場所での覚えのあるにおいと未知のにおいを吸い込む。

行く手を一匹のリスが横切るが、追いかけたいという衝動を抑えつける。

命じられた道筋を守る。

建物を一回りして、正面側にある木立に戻る。かすかな風に乗って馴染《なじ》みのある汗のにおいが運ばれてくる。それを目指して素早く移動する。体がそのにおいの先にある温かみを、そこにいるはずの仲間と居場所を求める。

ようやく相棒のもとに達する。

指が首筋をこすり、その触れ合いが、軽く食い込む爪先が、歓迎してくれる。

ケインは体を寄せ、相手の太腿を鼻先で押す。

また一緒になれる。


「よくやった」タッカーは相棒との間の絆を意識しながら、歓迎と感謝の意を込めてささやいた。

はあはあと軽く息をつくケインの傍らで、タッカーはその場にしゃがんだまま、次の行動に考えを巡らせた。ここを訪れたのは、サンディの自宅内を捜索できないものかとの期待からだ。電気はついておらず、屋外のセンサーも切ってあるのだから、予定通りに進めても安全なのかもしれないが、そのような行動がリスクを伴わないとは言い切れない。しかし、このまま何もせずにいるのはタッカーの性に合わなかった。

「ついてこい」タッカーは決断を下した。

木々の間に隠れながら、タッカーは建物の裏手に向かった。ケインによる下見の間に、ガレージに裏口があることは確認済みだ。タッカーは慎重に裏口に近づいたが、扉には鍵がかかっている。しかし、扉の上半分は縦仕切りのあるガラス窓になっている。

小さなペンライトを使って窓の向こうを探ったが、警報器用のワイヤーの類いは見当たらない。

〈問題ないだろう〉

タッカーはポケットからばね式のガラスパンチャーを取り出した。先端部分をバンダナで覆い、一枚のガラスにぴたりとつけてからボタンを押す。小さな音とともにガラスが粉砕された。タッカーは残ったガラス片を手際よく取り除くと、開口部から手を突っ込み、デッドボルトを見つけ出して回した。

こうしてガレージ内に入ったことにより、今回の任務における最初の犯罪行為が記録された。

〈家宅侵入罪〉

ガレージを見回したところ、中にあるのはどこでも見かけるようなものばかりだった。ガーデニングおよび芝生の手入れのための道具や作業用のベンチがあり、奥の壁には数本の梯子が立てかけてある。

しかし、車がない。

タッカーはガレージ内を横切り、建物に通じる扉へと向かった。取っ手に触れたところ、鍵がかかっている。だが、タッカーはサンディの習慣を知っていた。手を伸ばし、扉の上に張り出した壁の装飾を指で探る。

〈大当たりだ〉

タッカーは鍵をつかみ、錠前に挿し込み、扉を開けてキッチンに入った。湿気の多い屋外と比べると、エアコンの効いた建物内は心地よく、肌ににじんだ汗が冷えていく。タッカーは通風口の一つに手をかざした。行方不明になる前、サンディがエアコンをつけたまま外出したのだとすれば、本人はここに戻ってくるつもりがあったことになる。

冷たい不安がタッカーの胸を締め付けた。

タッカーはじっと立ったまま、建物内の音に耳を傾けた。だが、誰もいない建物がきしむかすかな音だけしか聞こえない。ケインの方を見ると、タッカーが何を気にかけているのかすでに察していたようだ。左右の耳は立っていて、ケブラーの下の筋肉が張り詰めている。しかし、相棒の様子から建物内で何らかの異常を察知した気配はうかがえない。

タッカーはケインの体に手を触れた。「そばを離れるな」小声で伝えると、建物内の捜索を開始する。

間取りを確認するために、タッカーは家の中を手早く見て回った。装飾品に関して、サンディは南部風の落ち着いたものが好みのようだ。ふかふかのクッションを用いた椅子、手で削ったオーク材の床、メープル材の食器棚。居心地がよさそうに見える一方で、すべてが演出のような印象を受ける。しっくりこないものが何一つないのだ。この家で人が生活していたようには感じられない。サンディがほとんどの時間を仕事場で過ごしていたかのようだ。

タッカーは自分が来る前に何者かがこの建物内を捜索した印を探したものの、最初に見て回った限りではほかの人間が侵入した形跡は発見できなかった。

二階の書斎は濃い色のオーク材の机が場所を取っていて、部屋の両側の壁には背の高い本棚が設置されていた。書名をざっと眺めたところ、有名な小説のほかは、コンピューター関係の言語、エンジニアリング、プログラミングの書籍が多くの棚を占めている。

サンディの関心を知り、タッカーはコンピューターのモニターに近づいた。机の上から垂れたコードをたどっていくと、絨毯《じゅうたん》の上に残る長方形の跡にたどり着く。どうやらタワー型のコンピューター本体も行方不明になっているようだ。だが、サンディが持ち出したのか、それとも彼女が行方不明になった後に何者かが持ち去ったのか？

タッカーは机の引き出しの中身を調べたが、特に変わったものは見当たらなかった。請求書、製品の保証書、手紙、給与明細書、車の支払い関係の領収書、使用済みの小切手、銀行口座の取引明細書などが、ラベルを貼ったハンギングフォルダーを使ってきちんと整理されている。

〈なるほど……〉

コンピューターに精通しているにもかかわらず、サンディは記録の保管に昔ながらの方法を用いている。すべての原本を保存しておくのが彼女のやり方ということらしい。

小さな鳴き声を耳にして、タッカーはケインに注意を向けた。相棒は書斎にある唯一の窓のそばに立っている。窓からは建物の正面側の芝生を見下ろすことができる。

黒のシボレー・サバーバンが一台、私道に進入して正面の扉にゆっくりと近づいてきた。ヘッドライトを消したまま。

5

十月十二日　中部夏時間午後十時四分
アラバマ州ハンツヴィル

　タッカーは単眼鏡でナンバープレートをのぞき込み、数字を記憶した。このタイミングでの到着が偶然の一致とは思えない。新たな登場人物が何者なのかはわからないが、少なくとも警察ではない。

〈巧妙に隠された警報器を作動させてしまったに違いない〉

　窓から離れると、タッカーは階段を下り、ガレージまで引き返した。タッカーがガレージに戻ると同時に、玄関の扉の閉まる音が静かな建物内に響き渡る。タッカーは足早にガレージの裏口へと向かい、かすかに扉を開くと、裏庭の様子を探った。危険はない。ケインに対してそばを離れないよう合図を送ってから、そっとガレージの外に出る。煉瓦の外壁に背中をつけ、横向きの姿勢のまま、タッカーは建物の正面に向かおうとした。だが、角に近づいた時、何かが聞こえた。後方の草むらを歩くかすかな足音だ。

ケインの姿を体で隠しながら、タッカーは相棒に小声でささやくと同時に、手による合図でも指示を徹底させた。「右に移動。こっそり隠れろ」

シェパードは全身に緊張感をみなぎらせたかと思うと、木々に向かって走り出し、瞬く間に姿を消した。

険しい口調の呼びかけが聞こえた。「そこで止まれ！」

タッカーが両手を上げながら顔を向けると、黒い人影が近づいてくる。タッカーはヘッドホンのマイクに向かってささやいた。「裏に回り込め。敵を静かに攻撃」続いてヘッドホンを外して首にかけ、人のよさそうな南部訛りの声で話しかける。「おいおい、何だよ、落ち着けって。サンディを探していただけだよ。俺はフレッド・ジェンキンズ。近所の者で、通りの向かいに住んでいる。サンディが留守にする時は、俺とリビーがいろいろと家のことを見てやっているのさ。鍵も預かっているんだ」

鍵を見せたタッカーは、男の右手に拳銃と思《おぼ》しき黒っぽい物体が握られていることに気づいた。顔に不安の入り混じった笑みを浮かべ続ける。

〈ここに怪しい人間はいないぜ……親切な隣人だけだ……〉

「しばらくサンディを見かけなかったから」タッカーはしゃべり続けた。「留守にすることを俺たちに伝え忘れたのかと思ったのさ。そうしたら、芝生が枯れ始めているじゃないか。このところけっこう暑かっただろ？　スプリンクラーが動いていないのかもしれないと思ったから、ここにあるタイマーを調べにきたんだよ」タッカーはガレージの裏口の方を指差した。「だけど、どうやら――」

「両手は上げたままだ」男は命令しながら歩み寄り、腕を前に向けた。握られていたのは半自動小銃で、銃身にはサイレンサーが装備されている。

〈こいつはやばいな〉

「いや、わかっているって」タッカーはつぶやいた。「別に何も――」

銃を持つ男の背後から枝の折れる音がした――ケインにしては珍しいミスだ。男が振り向きかけると同時に、ケインが木々の間から飛び出し、敵に向かって頭から突進した。ジャンプしたケインが、ＮＦＬのラインバッカーも顔負けの体当たりを食らわす。うめき声をあげながら倒れた男は、石でできたプランターの角に頭を強打した。すでに引き金にかかっていた指が反射的に動き、咳き込むような小さな音とともに銃弾が一発、発射される。

駆け寄るタッカーの耳元を銃弾がかすめる。タッカーはかまわず走り続けたが、男は地面に倒れたまま動かない。片膝を突いたタッカーが草の上を滑りながら倒れた敵のもとに達すると、ケインが男の体を挟んで向かい側に移動した。

タッカーは相手の銃を奪い取った。ベレッタ９だ。脈を取ろうとした時、背後から新たな怒鳴り声が聞こえた。

「動くな！」

タッカーは顔をしかめた。

〈一人だけじゃないのは当然だな〉

タッカーは体の陰になって相手から見えていないはずのケインに向かってささやいた。

「こっそり隠れろ」

ケインが静かに芝生を走り抜け、そばにあった茂みの中に消えると、タッカーは肩越しに叫んだ。「わかった！　わかったってば！　何の問題もない！」

「こっちを向くな！」

タッカーには素早い行動が要求されていた。サイレンサーを備えた武器を持つ相手は、質問を省いていきなり発砲する傾向がある。タッカーがまだ背中を撃たれずにすんでいる唯一の理由は、仲間の男がすぐ近くにいるからだろう。

後ろにいる敵に向かってタッカーは語りかけた。「ここにいる君の友人は怪我をしている！　きちんとした――」

顔の向きを変えることなく、タッカーは右手に持つベレッタを左の腋《わき》の下から後方に向け、引き金を二度引いた。二発目の銃弾が銃口から飛び出すやいなや、タッカーは両膝を軸にして体を反転させ、腹這いになった。両手で握った拳銃の銃口を相手に向ける。当然ながら、二発の銃弾が命中することはなかったものの、目的は果たしてくれた。襲撃者は体を回転させながら建物の角の向こうに姿を消した。

〈あの男は訓練を積んでいる……手練《てだ》れだ〉

タッカーは拳銃を構えたまま建物の正面側に走り、男が消えた角の先をうかがった。一発の銃弾が頬のすぐ近くの漆喰を吹き飛ばす。タッカーは腹這いの姿勢になり、再び建物の陰から様子を探った。男はサバーバンのところまで戻り、開いた後部座席の扉の奥に身を隠している。

〈なぜ後部座席なんだ？　どうしてやつは——？〉

男が手にする長い銃が見えたことで、その答えは明らかになった。タッカーはその武器を認識した。サイレンサーとホログラムサイトを装備したM４カービンだ。

相手が武器を構えるより早く、タッカーはサバーバンの開いた扉に向かって立て続けに四発発砲した。ウインドーが粉々に砕け、金属製のフレームに命中した銃弾が大きな音を立てる。ターゲットはタッカーに向かって応戦しながら後退し、サバーバンの後部バンパーの向こうに姿を隠した。

相手が側面に回り込むつもりだと判断したタッカーは、その場にとどまらなかった。立ち上がって近くの木々へと後退しながら、弾切れにならないように計算して発砲を続ける。木立の間に入り込むと、タッカーは敵から視線を切り、木々の間を駆け抜けて隣の家の庭に入った。十五メートルほど走ってから木の幹の陰で立ち止まり、そのままじっと待つ。

銃声は聞こえない。追跡する足音も聞こえない。

タッカーはたっぷり一分間、待ち続けた。

サンディの家の方角からエンジン音がしたかと思うと、その直後にアスファルトをこするタイヤの音が聞こえた。敵が自制心を働かせたということだ。どっちが勝者になるにしても、郊外の住宅地で銃撃戦を展開するのは賢明ではない。そのため、男はタッカーを追い詰めるのをあきらめ、仲間を救出してこの場を離れたということなのだろう。

タッカーはずっと殺していた息を大きく吐き出してから、ヘッドホンを装着し直し、ケインに向かって小声で伝えた。「家に戻れ」

午後十時二十四分

十分後、サバーバンが戻ってこないと確信してから、タッカーはケインを従えてサンディの家のキッチンに戻った。建物内でまだ捜索していない部屋はここだけだ。すべての引き出しや棚を調べる間も、一秒が経過するごとに緊張が高まり、首筋に蓄積していくように感じられる。正体不明の襲撃者は、応援を引き連れて今にも戻ってくるかもしれない。あるいは、この住所に不審な人物がいるとの匿名の情報を警察に伝え、タッカーの動きを封じようとするかもしれない。

いずれにしても、タッカーは迅速な行動を迫られているが、これまでのところはまだ何も発見できていない。

キッチンのカウンターに寄りかかり、考えを巡らせる。視線がガレージに通じる扉の隣にあるキーラックに留まる。さっきはあまり気にもせずにその前を通り過ぎていた。

〈うっかりしていた……〉

睡眠不足のせいかもしれない。

キーラックに歩み寄ったタッカーは、またしてもサンディの几帳面《きちょうめん》な性格を目の当たりにすることになった。鍵には一本ずつ、きちんとラベルが貼ってある。「裏口」「ポーチ」「ママの家」……どこの家庭にでもあるような鍵ばかりだ。しかし、いちばん端のフックにかかっていたのは南京錠用の鍵で、これだけラベルがない。その代わりに黄色のテープが貼ってあり、そこには数字の「256」と、その下にもう少し小さな字で「4987」が記されていた。

駐屯地が頻繁に変わる軍隊時代に、タッカー自身もこの種の鍵を使用していた。

「トランクルームか」タッカーはつぶやいた。

そうだとすれば、四桁の暗証番号はトランクルームがある施設のゲートを開くためのものので、三桁の数字が利用者の倉庫の番号ということになる。

〈しかし、どこのトランクルームなのか？〉

ハンツヴィルは軍の街だ。レッドストーン兵器廠の周辺には十を超える数のトランクルームがあるに違いない。

手がかりが見つかるかもしれない場所に思い当たり、タッカーは二階にあるサンディの書斎に戻り、書類を整理したフォルダーが入っていた引き出しを開けた。請求書の束を探したものの、トランクルーム会社からのものは見つからない。使用済み小切手のフォルダーにも捜索の範囲を広げると、そこには数百枚が保存されていて、古いものは二〇一一年にまでさかのぼる。タッカーはいちばん昔の小切手から順番に見ていくことにした。初めの頃の小切手はサンディがハンツヴィルに移る以前のもので、ワシントンＤＣの住所が記入されている。次の月、その次の月、その次の年にとサンディの人生を追っていくうちに、ようやくアラバマ州へ引っ越した時期に到達した。そこから先も予想通りの小切手が見つかった。引っ越し会社への支払いがあった後、電話、水道、ケーブルテレビといった、どこの家にも共通の支出が続く。

代わり映えのしないものばかりだ。

〈何かを見落としているのだろうか？〉

目を閉じたタッカーは、ジェーンから聞いた話を思い出した。サンディは半年ほど前から様子がおかしかったという。その時期を詳しく調べた方がよさそうだ。タッカーは八カ月前の小切手まで戻り、今度はもっと慎重に、サンディの行動の変化と関係のありそうな何かがないか探した。

五カ月前のところで、エディス・ロジアーに宛てて三百六十ドルを支払った小切手が見つかった。メモの欄には「立て替えてもらっていたお金の分。ありがとう、エディス！」と書かれている。

「なぜサンディは立て替えてもらったりしたんだ？」タッカーはつぶやいた。サンディの銀行口座の取引明細書は見させてもらったが、支払いに困るような状況だったとは思えない。しかも、大した金額でもないのに。

〈だったらどうしてこの小切手が？〉

タッカーは衛星電話を取り出し、エディス・ロジアーの名前をローカル検索した。ハンツヴィルの東に位置する隣町のガーリーで一件のヒットがある。タッカーはその住所を衛星電話のグーグルアースのアプリに入力した。エディス・ロジアーはガーリーの工業地帯の幹線道路脇に住んでいるようだ。自宅はフェンスに囲まれた中にあり、同じ敷地内にはかまぼこ型の建物が十数棟ある。

保管用の施設だ。

この女性はトランクルームの住み込みの管理人あるいは所有者だろう。

タッカーの顔に笑みが浮かぶ。

〈見つけたぜ〉

午後十一時四十八分

日付が変わる少し前、タッカーは「ガーネット・トランクルーム」の看板の前でSUVの速度を落とした。ガーリーの町はハンツヴィルの東約二十キロのところにある。人口は八百人あまりで、町民の全員が顔見知りのような小さな町だ。ここまで三十分ほどかけて車で移動する間に、ほかにも数カ所のトランクルームの前を通り過ぎた。サンディの自宅から目と鼻の先の距離にもあった。

〈それなのに、どうしてここを選んだのか?〉

タッカーはすぐ隣にある二階建ての建物を一瞥《いちべつ》した。そこがエディス・ロジアーの住所に当たる。遅い時間のため、窓の明かりはともっていない。この女性はサンディとどんな関係だったのだろうか? 会社宛てではなく個人宛ての小切手を受け取るほど、親密な間柄だったのは間違いない。エディスが何かを知っているかもしれないと思ったものの、真夜中に見知らぬ相手の自宅をいきなり訪問して温かく歓迎されるとも思えない。

その代わりに、タッカーは助手席側の窓から鼻先を突き出しているケインの体を軽く叩いた。「まずはこんなに離れた場所にサンディが何を隠していたのか、そいつを確かめるとするか」

ケインはしっぽを一振りして賛成の意思を示した。

タッカーはローラーの付いたゲートに車を近づけ、ゲート脇の柱に設置されたキーパッドに手を伸ばした。サンディの家で見つけた南京錠用の鍵に記されていた四桁の暗証番号を入力すると、カタカタという音を立てながらゲートが開く。タッカーはほっとため息を漏らしながら、SUVをかまぼこ型の建物が並ぶ施設内にゆっくりと乗り入れ、案内に従って256番の倉庫に向かった。

「楽しい我が家だ」そうつぶやきながら、タッカーは目的の倉庫の前で車を停めた。

タッカーとケインは車から降りた。体の凝りをほぐしながら、さりげなく周囲の様子をうかがう。ナトリウム灯のポールに防犯カメラが設置されている。顔を直接カメラにとらえられないように注意しながら、タッカーは倉庫の巻き上げ式の扉に近づき、南京錠に鍵を挿し込んだ。サンディの鍵はぴったり合い、南京錠が外れてタッカーの手のひらに落ちる。

一瞬、タッカーは扉を引き上げ、懐中電灯の光を内部に向けた。

タッカーは目の前の光景を見つめたまま、倉庫の中身に唖然《あぜん》とした。

「何だこりゃ？」

ようやく中に足を踏み入れ、天井のライトのスイッチを入れる。捜索中の姿を外から見られないようにするために、タッカーは扉を下ろした。さらに念のため、ケインを外に残し、指示を与えておく。

〈見張れ〉

再び不意打ちを受けるような事態は避けなければならない。

両手を腰に当てた姿勢で、タッカーはゆっくりと一回りしながら内部の様子を確認した。室内の中央にはカードテーブルと椅子が一つずつ設置してある。その前に半円状に並んでいるのはイーゼルに立てかけた六枚のホワイトボードで、それぞれには色分けしたメモやフローチャートが記されている。テーブルの左手の壁には二枚のコルクボードが掛かっていて、文字を書き殴った何百枚もの情報カードがピンで留められていた。椅子の右側に目を移すと、コンクリート製の床の上に二十個近いアコーディオンフォルダーが置いてある。

この中身が表す意図は明白だった。

〈サンディはここに研究拠点を築き上げたようだな〉

だが、その目的は？

タッカーはコンピューターが見当たらないことを不自然に思った。ここにあるメモやチャートは、コンピューターを使えば簡単に作成できる。サンディの前職が分析官だったことを考えればなおさらだ。それなのに、彼女はこのような昔ながらのやり方で進めることを選んだ。

〈自宅での記録の保管と同じように〉

いったいなぜ？

タッカーは衛星電話で何枚か写真を撮影してから、折りたたみ式の椅子に座り、ホワイトボードを眺めた。サンディ・コンロンは数学者およびプログラマーとしてかなり優秀だった。公式やコードやキーワードは、タッカーの理解が及ばないものばかりだ。それでも、その中に太字あるいは下線で強調された言葉があることに気づく。チューリング、オリッサ、スキャンレート、エクスパンデッド・スペクトラム、クロージャー、アンストラクチャード・データ・コレーション……

タッカーは首を左右に振った。

サンディが自らの手で新たな極秘プロジェクトを開始したのでもない限り、ここのすべてはレッドストーンでの彼女の仕事に関係している可能性が高い。それをこの場所で、しかもこのようなやり方で進めていたという事実は、サンディがここでの作業を誰にも知られたくなかったということを意味する。

「サンディ、君は何をしようとしていたんだ？」

外から低いうなり声が聞こえる。
タッカーは拳を握りながら立ち上がり、扉の方を振り返った。
誰かが来る。

6

十月十三日　中央ヨーロッパ夏時間午前八時十四分
セルビア　ベオグラード

〈戦争はビジネスになる……しかも、ビジネスの始まりは早い〉

プルーイット・ケラーマンは公式会談の合間を縫って夜明け前にアテネを離れ、飛行機で北に二時間移動してセルビアの首都に到着した。プライベートジェットがベオグラードに着陸したのは、太陽が水平線から顔をのぞかせた頃だ。空港からは防弾仕様で窓が黒塗りのリムジンに乗り、王家の宮殿内にある大統領官邸ベリ・ドヴォルに向かった。先乗りさせたスタッフに対しては、今回の会合を内密に行ない、マスコミには一切の情報を漏らさないようにと厳命しておいた。娘のローラさえも、このセルビアへの寄り道については知らない。世界中の誰もが、ホライズン・メディアのＣＥＯはアテネのホテルに滞在中で、ギリシアの通信産業に関する次の話し合いが始まるのを待っていると思っている。

あいにく、セルビアのマルコ・ダヴィドヴィッチ大統領はその通達を無視した。大統領官邸に到着したプルーイットを待ち構えていたのは豪華な朝食会で、ダヴィドヴィッチと親しい大勢の政治家たちが顔を揃えていた。会場として用意されたのは、白と黒の格子模様の大理石の床と丸天井を備え、幅の広い階段やバルコニーに囲まれた大広間だった。

プルーイットは笑みを絶やすことなく歓迎の朝食会を耐え忍び、ダヴィドヴィッチが紹介するお仲間たちの相手をしてやった。大統領夫人とも、中間選挙に関して失礼のない程度に会話を交わした。結局のところ、招待されたのは大統領の側近中の側近とも言うべき人々のようで、ダヴィドヴィッチの側も間近に迫った共同事業に関しては秘密を厳守してくれているらしいとわかった。

うんざりするような長い時間の後、プルーイットはようやくダヴィドヴィッチに案内され、本棚が壁を埋め尽くした書斎に移動できた。火のついた暖炉の前の革張りの肘掛椅子を勧められて座ると、その向かい側に大統領が腰を下ろす。ダヴィドヴィッチ大統領は四十代後半とまだ比較的若く、がっしりとした体格と広い肩幅は農民を思わせる。髪の毛は黒々としていて、こめかみ付近にわずかに白髪が見える程度だ。

給仕がプルーイットに濃い液体の入ったスニフターグラスを手渡した。

「我々はこれをスリヴォヴィッツと呼んでいる」給仕が下がると、ダヴィドヴィッチが説明した。「この国では有名なプラムのブランデーだ」大統領はグラスを掲げた。「乾杯《ジヴェリ》！

ともに長生きせんことを」

プルーイットは自分のグラスを持ち上げ、ホストに向かってうなずいてから、液体をすすった。喉が焼けるような強い酒だが、甘い後味が残る。

〈悪くないな〉

プルーイットは椅子に深く座り直し、互いの計画を詰める準備に入った。「君は実に素晴らしいホストだ」プルーイットは切り出した。「しかも、奥さんも美しい」

「妻は牛のように太ってしまったが、そう言ってくれる君の心遣いはうれしく思うよ。お互いに気を使わずにすむ相手だし、二人の丈夫な男の子を産んでくれた。しかも、国民に愛されているから、不満を言ったりしたら罰が当たる。君は独身を貫いているのではなかったかな？」

プルーイットは心の中で笑みを浮かべた。妻の悲劇的な死については、補佐官から大統領に対して事前に十分な説明がなされているはずだ。客の動揺を誘おうという意図による質問だろう。だが、プルーイットは表情を変えなかった。

「妻には先立たれたよ」

「ああ、そうか、失礼した。そう言えば思い出した、君には美しい娘さんがいたな。大変に有能でもあるとか」

「その通りだ」プルーイットはかすかに誇りを感じながら答えた。ほかにいくつもの感情が心をよぎる。この件に関してローラを欺《あざむ》いていることへの羞恥《しゅうち》、いつの日か娘が真実を発見するかもしれないことへの恐怖。

「若くして母親を亡くすというのは、気の毒なことだな」

プルーイットは大統領の言葉に対してうなずきながら、気持ちを落ち着かせた。「昔の話さ。さあ、過去から未来に目を向けようじゃないか」プルーイットは感情のこもっていない笑顔とともに、いきなり話の核心を突いた。「我々の取り決めに関して、このところ君が二の足を踏んでいると聞いたのだが」

大統領は濃い茶色の瞳を一瞬、暖炉の炎に向け、椅子に座ったまま身じろぎした。

〈相手を動揺させたいのなら今の私のようにすればいい……秘密を全部知られてしまっていると思わせるのだ〉

「私は……考え直しているのだよ」ダヴィドヴィッチは認めた。

プルーイットは背もたれに寄りかかり、ブランデーの入ったグラスを左右の手のひらで挟んだ。「どうしてだね？」

「君はこの取り決めから大きな利益を得ることになる」

「もちろんだとも」プルーイットは肩をすくめた。「私はビジネスマンだからな」

「それは理解しているが、しかし――」

プルーイットは相手の言葉を遮った。「君の側の利益に関して、改善の余地があると感じているわけだな」

ダヴィドヴィッチは険しい目つきでプルーイットを見つめた。その表情からは先ほどまでの取り繕った愛想のよさが消えている。「あるはずじゃないのかね。君は私に対して、君の作戦チームに施設と移動手段を提供するほか、入国と通関の手続きに関しても介入するように要請した」

「九カ月前にそう合意したはずだ」プルーイットは返した。「協力の見返りに私が提供するのは、セルビアの国家的な野望を実現させるための第一歩――それには君自身の思いも強く反映されているのではなかったかな」

ダヴィドヴィッチが再び身じろぎした。頬が紅潮しているのは、一息で飲み干したブランデーの影響によるものではない。プルーイットは個人的な情報網を通じて、セルビアの大統領の野望の背後に隠された理由を入手していた――その目標をあおっているのは、遺恨と復讐《ふくしゅう》心だ。

一九九〇年代半ばに起きたセルビアとモンテネグロとの間の国境紛争の際、大統領の故郷の村クルヴスコが攻撃を受けた。モンテネグロの民兵組織が村を蹂躪《じゅうりん》し、ダヴィドヴィッチの両親と三人の姉妹が惨殺されたのだ。家族の中でただ一人生き残った祖父は、クルヴスコを守ろうとした。しかし、村の防衛のために決死で戦った祖父は、戦闘中の残虐行為のために当時のセルビア大統領スロボダン・ミロシェヴィッチによって戦犯扱いされた。その後、彼の祖父は獄死している。

この出来事を転機として、ダヴィドヴィッチは政治の世界に身を投じることになる。彼はバルカン半島の永続的な平和を目指して闘う政治家としての地位を確立した――少なくとも、公約ではそのようにうたっている。だが、真実を知るプルーイットは、情報という名のレバーを押すことでセルビアの大統領を味方に引き入れたのだった。

プルーイットはそのレバーをもう一押しすることにした。「私の助けがあれば、君は野望を実現できる――ようやく誤りを正せる一方で、世界中からの全面的な支持と称賛を手にすることができる」

ダヴィドヴィッチのうつむき加減の視線から、プルーイットは自分の言葉が相手の心に刺さったのを確信した。

「その見返りとして」プルーイットはたたみかけた。「私は誰も欲しがらない土地の鉱業権を受け取るだけだ」肩をすくめて立ち上がる。「この取引を考え直す人間がいるとしたら、私の側だと思うがね」

プルーイットは大統領に背を向け、扉に向かって歩き始めた。

三歩も進まないうちにダヴィドヴィッチが呼び止めた。「お願いだから座ってくれたまえ、ミスター・ケラーマン。不適切なことを口走ってしまったようだ。さっきの話は忘れてもらえないだろうか。何と言ったらいいかな、ちょっと怖気《おじけ》づいてしまっただけなのだよ」

プルーイットは大統領の方に向き直った。

ダヴィドヴィッチは再び椅子に座るように促した。「日程について、話をしようじゃないか」

たっぷり十秒間は待ってから、プルーイットはようやく椅子に戻り、腰を下ろした。スニフターグラスを手に取り、ブランデーに口をつける。

「私の部下たちは十三日後に到着の予定だ」

午前九時三分

計画の最終確認を行なった後、プルーイットは警護隊長のラファエル・リヨンとともにリムジンに戻り、プライベートジェットが待機する空港に向かった。ギリシアの主要通信会社との昼食会があるので、それまでにはアテネに戻らなければならない。

再び親友同士に戻ったことを示そうと別れのハグを求めてきたダヴィドヴィッチを思い返しながら、プルーイットはため息をつき、ネクタイを緩めた。「あの愚か者本人が戦犯ではないというのは確かなのだろうな？　セルビアの国境付近での小競り合いに関する記事を読んだことがあるのだが」

「噂の域を出ません」リヨンは肩をすくめた。「その時が訪れるまで、ダヴィドヴィッチは大人しくしているでしょう。ただし、念のため――」

ポケットの中の携帯電話の甲高い着信音で、リヨンの言葉が途切れた。

プルーイットは電話に出るように合図した。

リヨンが携帯電話を取り出し、相手の話に数秒間、耳を傾けた。手短にいくつかの質問を浴びせた後、電話を切る。眉間に寄った二本のしわから判断するに、いい知らせではなかったようだ。

「何事だ？」プルーイットは訊ねた。

「ウェブスターからです。ハンツヴィルにあるコンロンの自宅に何者かが侵入しました」

プルーイットがセルビアの大統領との一対一の会談から頭を切り替え、名前のあがった女性のことを思い出すまでに一呼吸の間があった。ただし、二つの事柄の間に関係がないわけではない。

「侵入者は何者だ？」プルーイットは問いただした。「ただの泥棒なのか？」

リヨンは首を横に振った。「訓練を積んだ男です。あと、犬を連れていました」

プルーイットは顔をしかめた。「犬だと？」

「ウェブスターによれば、大きく獰猛《どうもう》だったとか。男も犬も、軍での訓練を受けているのではないかと言っています。ウェブスターと同行者はしっぽを巻いて逃げ出したそうです。とんだ負け犬どもですよ」

リヨンはまったく表情を変えずに答えた。彼は冗談を言うようなタイプではない。

プルーイットはリムジンの座席に深く座り直した。カール・ウェブスターは元軍人だ。優秀な人間で、長年の間にプルーイットは彼の判断に信頼を置くようになった。「その男に関する彼の評価は？」

「互いに発砲しましたが、ウェブスターは侵入者が意図的に当てないようにしていたとの印象を受けたそうです。つまり、その男は慎重で、思慮深く、厳しい状況下でも力を発揮する人物だということになります」

プルーイットはその意味を理解した。

〈死体が残れば無用な注目を集めかねない〉

「その謎の男に関して何か手がかりは？」

リヨンの眉間のしわが深くなった。「まだ何も」

「そいつがコンロンの自宅で何かを発見した可能性はあるのか？」

「ありません。すべて処分済みですから」

〈そうだといいのだが〉

「とはいえ、その男が偶然そこに居合わせたわけではあるまい」プルーイットは言った。「何者かがそいつを送り込んだのだ。それが誰なのかは当たりがつく。プロジェクト623に関わる最後の未処理の人間だ」

リヨンはうなずいた。「ジェーン・サバテロ。私もそう考えていましたが、おかげでいい考えが浮かびました」

プルーイットはリヨンに鋭い視線を向けた。

「彼女の電話の逆探知は困難です」リヨンは説明を続けた。「彼女からの通話はすべて、経由しているプロキシサーバーの数が多すぎて突き止めることができないのです。しかし、かかってきた通話はどうでしょうか？　コンロンの自宅の調査のために彼女がその男を派遣したのであれば、その報告が入るのを待っているはずです」

プルーイットは顎をさすりながら、頭の中で計算を巡らせた。この最後の案件の重要性を鑑みると、ウェブスターに一任するのは心もとない。最初のテストがここまで間近に迫った段階ではなおさらだ。未処理の問題をきちんと片付けておく必要がある。

「ハンツヴィルに赴き、ウェブスターとともに作業に当たってもらいたい」プルーイットは命令した。「レッドストーン兵器廠で待機状態にある監視機器を駆使すれば、この男を発見できるはずだ。その暁《あかつき》には、男と犬が消えるように取り計らってくれ」

リヨンはうなずいた。「お任せください」

7

十月十三日　中部夏時間午前二時八分
アラバマ州ハンツヴィル

誰かが来る……

　サンディの所有するトランクルーム内にいるタッカーには、ケインの目が必要だった。サンディの即席の研究拠点を撮影したばかりなので、衛星電話はまだ手に握ったままだ。ケインが再び低いうなり声を発した時、タッカーは暗証番号を入力し、相棒のビデオカメラからの映像を画面に呼び出した。ケインには静かにして見つからないようにしろと無線で伝える。

「こっそり隠れろ」

　濃淡のある灰色で表示された暗視モードの映像が画面上に現れた。シェパードがＳＵＶの後部バンパーの陰に移動するのに合わせて、映像が上下に揺れる。近くのポールに設置されたナトリウム灯の光の下に、人影が浮かび上がった——二連式のショットガンで武装している。体の曲線を見る限り、どうやら若い女性らしく、髪はポニーテールにまとめてある。下はジーンズにブーツで、フランネルのシャツの裾は外に出したままだ。ショットガンは肩の高さでしっかりと構えている。身のこなしから推測するに、銃の扱いには慣れているようだ。

しかも、いるのは女性だけではない。

大柄で体格のいいドーベルマンが一頭、女性にぴったりと寄り添っていた。犬の体には緊張感がみなぎり、しっかりと訓練を受けているように思われる。

「その中にいる人！」女性が呼びかけた。「出てきなさい！　ゆっくりと。聞こえているの？」

この女性の正体に関して、タッカーには予想がついていた。ナトリウム灯のポールに設置されていた防犯カメラが頭に浮かぶ。タッカーは声を張り上げて答えた。「エディス？　エディス・ロジアーだろ？」

一瞬の間を置いて返ってきた答えは、タッカーの推測が正しかったことを裏付けた。「そうだけど、あなたは誰なの？」

真夜中に武装した民間人を相手にする場合、ほんのわずかな誤解でも避けなければならない。どうやらガーネット・トランクルームの管理人は、ここの警備員も兼ねているようだ。施設内に入るタッカーを目撃し、ここの利用者ではないことに、特にこの倉庫の借り主ではないことに気づいたに違いない。

「サンディ・コンロンの友人だ！」タッカーは大声で答えた。

「出てきて身分証明書を見せて」

タッカーは衛星電話をポケットにしまうと、巻き上げ式の扉に近づき、ゆっくりと引き上げた。女性は二歩後ずさりしたものの、相手がおかしな行動に出た場合に備えて、ショットガンをいつでも撃てるようにしている。年齢は二十代後半、髪は濃い赤毛で、頬にはそばかすがある。ドーベルマンはその場にとどまり、頭を数センチ下げてすぐにでも攻撃できるような構えになった。

扉を開くと、タッカーは両手を上げ、何も持っていないことを示した。目の端には、SUVの陰でうずくまるケインの姿が映っている。タッカーはケインに対して、そのまま隠れているように合図を送った。事情を説明する機会を与えられる前に、目の前の武装した女性を、あるいはその仲間を驚かせたくはないからだ。

「こっちにも犬がいる」タッカーは注意を促した。おそらく相手は防犯カメラでケインの存在にも気づいているはずだ。「出てこい、相棒。こちらの女性に友好的なところを見せてやれ」

ケインが静かに姿を現し、タッカーの隣に並んだ。シェパードの視線が向かい側のドーベルマンから離れることはない。ケインをじっと見つめるエディスは、身に着けている装備に気づいたに違いない。依然としてショットガンは構えたままだ。

「軍用犬?」エディスが訊ねた。

「元軍用犬だ。俺と一緒に四回、アフガニスタンに従軍した」

「ということは、あなたはレッドストーンの人間ではないのね?」

タッカーは首を横に振った。「このあたりに来たばかりだ。サンディの身に何が起きたのかを調べている。数週間前から行方不明なんだ」

女性の険しい目つきからも、攻撃準備の整った物腰からも、不審の念がはっきりとうかがえる。「あなたが本当のことを言っているという証拠は?」

「サンディから合鍵をもらっているんだ」タッカーは説明した。「何かトラブルがあった場合は、ここに来るようにと言われていた」

もちろん嘘だが、この場所を借りた時のサンディの用心深さから、彼女が何かを隠しているとエディスも感づいていたに違いないという気がする。主張に真実味を持たせるため、タッカーは慎重にシャツのポケットに手を入れ、モンタナ州のモーテルでジェーンが見せてくれた写真を取り出した。肩を組んだ三人の姿が映っている。サンディとの関係を証明する必要に迫られるかもしれないと思い、ジェーンから預かっていたのだ。

写真を差し出すと、エディスはタッカーの手が武器に届かないように用心しながら写真を受け取った。

　エディスが写真に視線を向けた。幸せだった時代を切り取った一枚だ。

「フォート・ベニングで撮影した写真だ」タッカーは説明した。「一緒に仕事をしていた。こいつも含めて」タッカーはケインを指し示した。

　エディスはため息をついてうなずくと、タッカーに写真を返却してから、ショットガンの銃身を肩に載せた。「サンディが行方不明なの？」

「約一カ月になる。ここに来たのは彼女を探すためだ」タッカーはトランクルームの方に視線を送った。「何か手がかりが見つからないかと期待していたんだが」

「一カ月前というと」エディスは考え込むような表情を浮かべた。「ちょうど私が最後に彼女と会った頃だわ。彼女がここを訪れたのよ。ずいぶんと急いでいたわ。いつもは私とブルースと一緒に、ビールを飲んでいくんだけれど」

「ブルースというのは君の旦那さんのことかい？」

　エディスはドーベルマンの体を軽く叩いた。「いいえ、絶対に浮気をしない誰かさんのこと」

　タッカーは笑みを浮かべた。エディスの目には愛情があふれているし、ドーベルマンも彼女に体を寄せてその気持ちにこたえている。「君とサンディはどのくらい親しい間柄だったんだ？」

エディスの態度がかすかに変わり、やや身構えたように見受けられた。ほとんどの人はその変化に気づかないだろうが、タッカーの共感の力は相棒のケインとの意思の疎通だけにとどまらない。タッカーにはエディスのためらいの理由が推測できた。サンディのもう一つの秘密――ほんの一握りの人間にしか明かしていなかった秘密と関係しているのだろう。サンディが機密度の高い任務に就いていた過去には、この秘密が彼女の経歴を脅かしかねなかったのだ。

「そういう時代もあったさ」タッカーは肩をすくめ、事情を理解していることをエディスに伝えると同時に、サンディと親しかった頃のことを思い返した。「今では軍隊で問題になることもない」

「北部ではそうかもしれないけれど……」エディスは不快そうに口を開いたものの、すぐにかぶりを振った。「サンディとは地元の同性愛者用のバーで知り合ったわ。このあたりは人と人との結びつきが強いところなの。何かを保管する場所が必要になった時、彼女は私を頼った。私なら秘密を守ると知っていたから」

タッカーはうなずいた。ふと気づくと、ケインとブルースも互いに近づき、においを嗅いだり動き回ったりしながら相手を見定めている。「最後に会った時、サンディはどこかに行くと君に伝えなかったか？」

「ママに会いにいくと言っていたわ」

〈時間の流れは合っているな〉

「でも、ずいぶんと怯えている様子だった」エディスは続けた。「しばらく留守にするから、という話だったわ」

「倉庫の中で何をしているかについて、彼女が君に話をしたことは？」

エディスは小さく首を横に振った。「詮索《せんさく》するようなことはしたくなかったから。その中で一晩中過ごすことも珍しくなかったわ。私の受けた印象だと、レッドストーンでの仕事と関係する何かで、その何かに憤りを覚えていたみたい」

〈ふむ……〉

「レッドストーンでどんな仕事をしているかについて、彼女が君に話をしたことは？」

タッカーは訊ねた。

「ありえないわ。彼女は口がかたいし、規則は絶対に守る人だった」

タッカーはその後も二、三の質問をしたものの、エディスもまったく事情を知らないことは明らかだった。タッカーは最後に一つ、頼みごとをした。「サンディがここで何を作業していたのかはわからないが、重要なものだったように思う。この先ほかの誰かが嗅ぎ回りにきた場合に備えて、彼女の持ち物を一時的に移せる別の倉庫はないか？」

エディスはうなずいた。「三列ほど先に空いている部屋があるわ」

それから三十分ほどかけて、タッカーは中身をすべて移した後、エディスとブルースに別れを告げ、ケインとともに再びSUVで暗い道を走った。小高い丘を回り込むと、地平線の近くに輝く明かりが見える。広大なレッドストーン兵器廠の施設だ。サンディがどんな仕事に携わっていたのか、何に対して憤りを覚えていたのかはわからないが、その答えはあの基地の中にある。しかし、自分一人で軍事施設内に侵入することはできない。

タッカーは現実を認めざるをえなかった。

「助けが必要だな」

午前九時十分

モーテルに戻ったタッカーは、四時間の睡眠を取り、近くの食堂でスクランブルエッグとパンケーキの朝食を詰め込んだ後、特大サイズのコーヒーカップとともにラップトップ・コンピューターに向かった。

差し当たっての目標は一つ。レッドストーンに勤務しているスタッフの中から、軍事基地内で自分に代わって目となり耳となってくれる人間を探すことだ。ある程度の従軍期間と複数回にわたる海外派遣の経験から、タッカーは広い人的ネットワークを持っていた。これは軍隊の素晴らしい一面でもある。ともに戦った仲間としての絆は、何年が経過しようとも、世界の各地に存在する。兵士の駐屯地や任務は定期的に入れ替わるため、ほぼすべての基地に親友の一人が――少なくとも友人の友人の一人が――いたとしてもおかしくない。

数時間にわたってファイルを検索し、久し振りの友人たちにさりげなく問い合わせた後、タッカーはこの調査が無駄足に終わるのではないかと危惧《きぐ》し始めた。スクランブルのかかった極秘の回線を通じて連絡を入れようかとまで考えた。その番号にかければ、国防総省の研究・開発部門と関係のある秘密組織シグマフォースでの連絡相手のルース・ハーパーに通じる。しかも、シグマに対しては過去にちょっとした貸しがある。だが、この時点でその手段に訴えることは差し控えた。サンディの失踪に軍部がどこまで関与しているのか、まだ不透明な段階なのだから。

再び空腹を覚え始めた頃、タッカーはコンピューターの画面に表示された軍の身分証明書をじっと見つめていた。写真の中の懐かしい顔が、こちらを見て笑っている。金髪のクルーカット、太い眉、自然な笑顔の男性は、タッカーよりも十歳年上だ。

「やあ、フランク。また会えてうれしいよ」

タッカーがレンジャー部隊に所属していた時、フランク・バレンジャーは通信の探知および傍受の担当者、通称「98H」として、タッカーの班に配属されていた。当時のフランクの役割は情報の分析と敵の所在地の特定で、それに基づいてタッカーたちが相手を攻撃した。タッカーとフランクは気心の知れた仲とまではいかなかったものの、かなり親しい間柄で、それにはタッカーが98Hの仕事に興味を抱いていたというところが大きい。技術的な話に関心を示す戦闘員は数少ない——正直なところ、その内容はタッカーの理解の域を超えていた。結局、タッカーもそのことを認め、フランクに対して自分たちの関係を次のように要約した。

〈おまえがしっかり敵を示してくれれば、俺がきっちりやっつけてやるよ〉

それから三年間にわたって砂漠での戦闘を経験した後、タッカーはその発言を口にした当時の自分がいかに無知だったかを思い知らされることになる。ふと気づくと、右手が膝を握り締めている。タッカーは指を無理やり引き剝がし、気持ちを落ち着かせてから、レッドストーンのウェブサイトに表示されていたフランクの番号に電話をかけることにした。現在、フランクは曹長として、基地の開発・工学センターに勤務している。

〈俺のことを覚えていてくれたらいいんだが〉

回線がつながるのを待ちながら、タッカーはボイスメールの応答が返ってくるだろうと予想していたが、代わりに聞き覚えのあるアラバマ訛りの声が聞こえてきた。フランクがこのあたりの出身だということを思い出し、タッカーは笑みを浮かべた。レッドストーンに勤務することになったのもうなずける。

「やあ、フランク」タッカーは挨拶代わりに話し始めた。「君には一杯おごらないといけないと思ってね」

数分間の雑談の後、タッカーはフランクが自分のことを覚えていてくれただけでなく、アフガニスタン時代の自分が年上の三等軍曹にかなりの好印象を与えていたという事実を知った。相手はケインのことも覚えていた……そして、アベルのことも。

「ケインもおまえとともに除隊になったのか」フランクは笑い声をあげた。「いいことじゃないか。おまえたちはどこに行くにも一緒だったから」

突然の電話の理由をそれ以上は説明せずに、タッカーはフランクから夜に地元のバーで会う約束を取りつけた。電話を切ると同時に、長いため息を漏らす。ケインを見ると、ベッドの上で寝そべっている。電話中に名前が出ると、ケインはそのたびに顔を上げていた。

「また一人、旧友と会うことになりそうだぞ」

フランクと連絡がついたことで手ごたえが得られた一方で、タッカーは首筋でうずく不安の塊を振り払えずにいた。唐突に軍を離れた後、タッカーは過去と手を切り、流血や恐怖を時の流れの彼方《かなた》に追いやろうと努めてきた。それなのに、今になってその世界に再び引き戻されようとしている。

いつもの冷や汗がにじむ前に——何もしないでいるとあふれてくるのはわかっていたので、タッカーは別の謎に意識を集中させることにした。サンディの秘密の研究拠点で撮影した写真を呼び出し、ホワイトボードに書き殴られていた単語をグーグルで検索してみる。

新たな事実がわかると期待しているわけではないが、常に頭を働かせておく必要がある。タッカーは次々に単語を検索した。

「オリッサ」はインドの州の名前。

「スキャンレート」には複数の意味がある。

「クロージャー」はコンピューター・プログラミングの言語。

「チューリング」は第二次世界大戦期の暗号学者のことらしい。アラン・チューリングはドイツ軍の暗号「エニグマ」を解読した人物で、その功績が大戦の終結に大きな役割を果たしたという。

〈しかし、彼が今回の件とどのように関係しているのか？〉

タッカーは検索を続けた。残りの単語はどれもコンピューター・プログラミングや高等数学の用語らしいが、一つだけ当てはまらないものがあった。タッカーは写真を凝視した。サンディはホワイトボードにその単語――「リンク16」を何度も記し、丸で囲っている。グーグルの検索によると、これは秘匿性に優れた戦術データネットワークの名称らしく、主に航空機との通信に用いられているフォーマットだという。

タッカーはこの用語を強調するかのように記されたいくつもの丸印を見つめた。

〈この何がそんなにも重要だったんだ、サンディ？〉

午後三時四十五分

数時間に及ぶ検索も成果を得ることができずに終わり、タッカーはようやく負けを認めた。体を後ろにそらし、凝り固まった背筋を伸ばす。

〈頭をすっきりさせる必要がありそうだ〉

タッカーの疲労といらだちを察知したのか、ケインがベッド上で体を起こした。

「新鮮な空気を吸いたくないかい、相棒？」タッカーの問いかけに対して、ケインはうれしそうにしっぽを一振りして答えた。

タッカーはケインを連れてモーテルを出ると、車を走らせた。ハンバーガーショップに立ち寄り、チーズバーガーとフライドポテトをケインと分け合った後は、特に当てもなく運転を続ける。トラブルに直面した場合に備えて、このあたりの地理を確認し、ハンツヴィルの街に慣れておきたいという思いもある。

ハンツヴィル市はテネシー川の流域に位置していて、四方をアパラチア山脈に囲まれている。市街地には南北戦争以前からあるような大邸宅と、並木が影を落とす通り沿いに連なる切妻造りのヴィクトリア様式の建物や、前面が二階建てで奥が平屋というソールトボックス式の家屋が混在している。歩行者も車ものんびりと移動しており、誰一人として急いでいるようには見えない。

タッカーもリラックスしながら速度を落として運転し、ところどころで車を降りて景色も楽しんだ。大きく広々とした公園では、赤いゴムのコングボールを投げて一時間ほどケインの相手をしてやった後、小川沿いをさらに一時間ほど歩いた。近づく人間と犬を見て岸から川に飛び込むカエルを追い、ケインも水に入ったものの、捕まえることはできなかった。

太陽が地平線の近くに傾き、周囲に長い影を投げかけるようになると、タッカーはずぶ濡れになってはしゃぐケインを呼び、SUVに戻った。レッドストーン兵器廠のメインゲートから八百メートル北に車を走らせ、Qステーション・バー&ビリヤードの駐車場に停める。ケインを車に残した方がいいかと考えたものの、懐かしいシェパードの存在がフランクから協力を得るうえで役に立つかもしれない。犬を連れて店内に入ることに対して難癖をつける人間がいたとしても、タッカーは書類を持っていた。シグマの友人ルースが手配してくれた偽の書類は、ケインが介助犬であることを証明するもので、これがあればタッカーは相棒をどこにでも連れていける。

両開きの扉を押し開けて薄暗い店内に入ると、数人の客が視線を向けたが、言葉を発する者はいない。客は自分たちの飲み物や、緑色のフェルト地の上に散らばるビリヤードのボールの方に関心があるようだ。ジュークボックスがレーナード・スキナードの「フリー・バード」を大音量で鳴り響かせる中、タッカーは店内を見回した。左手には長いカウンターがあり、低い壁に沿って貼り付くようにボックス席が並んでいる。

いちばん奥のボックス席で手を振る姿が見える。

〈あそこか……〉

タッカーとケインは大股でその場所に向かった。

タッカーたちを温かく迎えたフランク・バレンジャーの笑顔が、愉快でたまらないといった表情に変わった。「おまえとケイン……ずいぶんと久し振りに見る光景だな。まったく、お似合いのカップルだよ。噂では軍から駆け落ちして、そのせいでいろいろとトラブルに見舞われたそうじゃないか」

タッカーは肩をすくめて握手をしながら、不快感を隠そうと努めた。フランクは知り合いに問い合わせて、タッカーが除隊に際して軍に無断でケインを連れ去った経緯を知ったに違いない。その後、任務への協力の感謝としてシグマが手を尽くしてくれたため、厄介な問題は解決を見た。フランクが詳しい事情を知っているらしいことに対して、タッカーは引っかかるものを感じたが、それは同時に情報収集における相手の能力の高さの証明でもあった。

タッカーはボックス席に座り、ケインに対して伏せるように指示した。「君はほとんど変わっていないな、フランク」それは本心からの言葉だった。フランクはタッカーよりも年上だが、筋肉質でがっしりしている。今も鍛錬を続け、体型を維持しているのだろう。「そう言ってもらえるとうれしいね」フランクはこめかみをさすった。「だが、塹壕《ざんごう》を離れて以来、このあたりが少し白くなってきたよ」フランクはその手を下ろし、水滴の付着した冷たいビールの瓶をタッカーの方に滑らせた。「サム・アダムスを頼んでおいた。これでよかったかな?」

「最高だね」

「おまえから連絡をもらうとは、本当にうれしい驚きだよ」

「ああ、久し振りだな。俺のことを覚えてくれているかどうか、自信がなかったよ」

「何言ってるんだ、覚えているさ。俺たち通信オタクの仕事に興味を示すレンジャーなんて、おまえのほかには数えるほどしかいなかったぜ。しかも、二頭の犬が一緒だったし。休憩中におまえたちの訓練の様子をよく見学させてもらった。まったく、感心させられたよ。互いに相手の心が読めるみたいだったな」

タッカーの指はいつの間にかビール瓶をきつく握り締めていた。ケインの兄弟の姿が脳裏に浮かぶ。いくつもの記憶が稲妻のように、鮮明に、くっきりと浮かび上がる。振り下ろされるナイフのきらめき、響き渡る銃声。

フランクもタッカーの様子の変化に気づいた。「おっと、すまない。その話を口にするとは、うっかりしていたよ。もっと気をつけるべきだった」

タッカーは深呼吸を繰り返し、どうにか瓶から指を離した。「ああ……大丈夫だ」

だが、大丈夫ではなかった。フランクもそのことを認識したらしく、タッカーが冷静さを取り戻すまで待ってくれた。

何度か深呼吸を続けた後、タッカーはようやく話を先に進めた。「曹長だって？　君も偉くなったもんだな」

フランクは気遣うような笑みを見せながら、安全な話題に移った。「俺には軍の仕事が合っているんだ。昔はそんなこと、思いもよらなかったけどな。しかも、ここハンツヴィルに駐屯しているから、週末には必ず家族に会える。ところで、おまえの方はどうなんだ？」

「俺か？　大した話はないよ。片手間の仕事が主だな。警護みたいなこととか、そんな感じさ」

それから三十分ほど、二人は取りとめのない会話を続け、思い出話に花を咲かせたり、近況を報告したり、共通の友人のゴシップを楽しんだりした。その後、タッカーはようやく話を本題に向けた。

「フランク、君がレッドストーンに来てからどのくらいになるんだ？」

「四年だ。いいところさ。今は暗号ネットワーク戦のスペシャリストを務めている」タッカーの浮かべた困惑の表情に気づき、フランクは笑みを浮かべた。「みんなからそんな反応が返ってくるよ。二〇一一年に設立された軍の新しい専門職のことさ。主にサイバー戦争が担当だ」

タッカーは悲しげに首を振った。「時代は変わっちまったな」続いて、咳《せき》払いをする。「ところでフランク、白状しないといけないことがある。ここに来たのには理由があるんだ」

「何だって？　俺と楽しい時間を過ごす以上の理由があるって言うのか？」太い眉が吊り上がったかと思うと、元に戻る。「ああ、そんなことだろうと思っていたよ。除隊後はずっと姿をくらましていたと思ったら、いきなり目の前に現れたんだからな。気にするなって。何があったんだ？」

「失踪した友人を探しているんだ。レッドストーンに駐屯していた」

「失踪？」

「一カ月以上になる。女性で、名前はサンディ・コンロン」

「初めて聞く名前だが、それも無理はないな。レッドストーンは大きな施設だ。彼女はどこで働いていたんだ？」

タッカーは気まずそうに笑みを浮かべた。「そこが問題で――さっぱりわからないんだ。親しい友人にも話していなかった。所属部隊の名前すら教えていなかったんだ」

「なるほど……何とも不思議だな。しかし、ここを訪れて俺に相談しているということは、彼女の基地での仕事が失踪に関係していると考えているんだな？」

「すべての可能性を押さえておきたいだけだ」

フランクはおもむろにうなずいた。頭の中で考えを巡らせているのがはっきりとわかる。「俺が思うに……警察やレッドストーンには連絡していないんだろ？」

「できれば避けたいところだ」

フランクは再び太い眉を吊り上げた。

タッカーは相手に手のひらを向けた。「君をトラブルに巻き込みたくはないんだが、彼女を見つける必要がある。危険にさらされているのは彼女だけではないかもしれない」

フランクはタッカーをじっと見つめた。鋭い視線を向けている。一本の指が机を叩き始めた。タッカーはそれがフランクの癖だということを思い出した。深く考え込みながら、新しい情報を頭の中で処理している時に見せる動作だ。

ようやく結論に達したらしく、フランクが背もたれに寄りかかった。唇に苦笑いが浮かんでいる。「ちょっと俺に探らせてくれ。問題があるようだったら、昔みたいにやろうぜ。俺がしっかり敵を示すから、おまえがきっちりやっつける」

タッカーはビール瓶を持ち上げ、フランクの瓶に軽く当てた。「取引成立だ」

午後六時八分

カール・ウェブスターは軽量ブロック製の広々とした建物の中を歩き回っていた。ここには施設の工学研究室が入っている。日が沈み、作業員たちも各自の居室に引き上げたので、残っているのは自分だけだ。内部は複数の作業スペースに仕切られていて、それぞれがプロジェクトの各段階の研究用に割り当てられている。中央のコンクリートの床に大きな防水シートをかぶせて置かれているのは、最新の試作機だ。

カールはシートの下の一枚の翼を指でなぞった。翼の長さは一メートル半に達する。作業員たちはこれを「シュライク《モズ》」と命名した。名前の由来になった小鳥は冷血な殺し屋で、トカゲや昆虫、時にはほかの鳥を捕獲すると、アカシアの木の棘に突き刺し、時間をかけてついばむという習性がある。

その名前のふさわしさを思い、カールは笑みを浮かべた。自分はこのプロジェクトのセキュリティ部門を統括しているだけだが、ここでの成果を誇らしく思う気持ちがないわけではない。だが、これまでの努力が無駄になるおそれが出てきた。

〈その原因は一人の男――あと、あの忌々しい犬〉

カールはサンディ・コンロンの自宅に潜んでいた男と、それに続く短い銃撃戦を思い返した。あの後、男は逃亡し、夜の闇に消えてしまった。

〈対応しなければならない問題が増えてしまった……〉

ノックの音を耳にして、カールは建物の入口の扉に注意を向けた。

〈別の厄介な問題のお出ましだ〉

扉が開くと、ホライズン・メディアのセキュリティを束ねるラファエル・リヨンの姿が見えた。外で待機するカールの部下を押しのけながら、傷跡のある顔に厳しい表情を浮かべて室内に入ってくる。剃り上げた頭が蛍光灯の明かりを反射して輝いている。リヨンは黒の戦闘服姿で、肩にライフルを担いでいた。飛行機でハンツヴィルに到着したのはほんの四十分前のはずだが、どうやら一休みする考えなど頭になかったようだ。

「逃げたやつに関して、何かわかったことは？」リヨンは挨拶抜きでぶっきらぼうに訊ねた。

強いフランス語訛りの裏に、はっきりと非難の口調が聞き取れる。険しい視線には威嚇の意図がありありと浮かんでいる。それが単なる脅しではないのは明白だ。失敗は決して許されない。

そう思いつつも、カールは拳を握り締めた。お抱えのブルドッグを派遣する必要があるとプルーイット・ケラーマンが判断したことに対して、当惑と怒りを感じる。カールには二十年の軍隊経験があり、その大半をイラクやアフガニスタンの砂漠地帯での戦闘に従事してきた。一歩兵から特殊部隊の一員にまで上り詰めた自分に、助けなど必要ない。

「すでに状況は完全に把握している」カールは努めて冷静な声で答えた。「あとは一本の連絡が入りさえすれば、この問題を全員が満足するような形で解決できる」

「俺がここにいるのは、確実にそうさせるためだ」

にらみ合う二人の男の間で、不穏な空気が高まっていく。それが爆発するより先に、ポケットの中のカールの携帯電話が着信を知らせた。カールは電話を取り出し、応答した。相手の話に数分間、耳を傾け、質問を二つした後、必要としていた答えを手に入れる。

その間、リヨンは決して視線を外さない。

カールは心のこもっていない笑みを浮かべた。「ターゲットを発見する方法がわかった」シートに覆われたシュライクに視線を向ける。「あと、対処する方法も」

8

十月十三日　中部夏時間午後七時二十分
アラバマ州ハンツヴィル

バーでフランク・バレンジャーともう少し飲み交わした後、タッカーはモーテルへの帰途に就いた。フランクと話している間に雨が降り始め、じっとりと湿った夜の空気には温かいアスファルトのにおいが混じっている。助手席に座るケインが、開け放った窓から鼻先を外に突き出した。

タッカーは街中を離れて西に向かった後、南に折れてモーテルに隣接する広大な沼地に沿って車を走らせた。ヘッドライトの光が照らし出すイトスギの枝からは、サルオガセモドキが垂れ下がっている。目に見えない小さな虫が、フロントガラスに当たって音を立てる。

ほかの車は一台も走っていない。サイドウインドーに目を向けたタッカーは、沼地の中央にコンクリート製の工場の残骸があることに気づいた。かつてテネシー川の堤防が決壊したという話を思い出し、工場周辺をこのような広大な沼沢地に一変させた洪水がどれほどの規模のものだったのか、想像しようとする。道路からは工場の様々な建物やサイロを結ぶキャットウォークやベルトコンベアーが見え、その下に吊るされたままの金属製のバケットも確認できる。

ＳＵＶのラジオが突然大きな音でがなり立てたので、タッカーはびくっとした。そのはずみで、対向車のない道路を走る車体が軽く振られる。「……こんばんは、リスナーの皆さん。こちらはＷＴＫＩ、ハンツヴィルのトーク……」

タッカーは顔をしかめながらラジオのスイッチを切った。それと同時に、エンジンが咳き込むような音を立て、ダッシュボードの明かりが点滅し、速度が落ち始めた。

〈おいおい……〉

ケインが頭をタッカーの方に向け、不満そうな鳴き声をあげた。

「いいや、俺のせいじゃないぞ」

再びラジオの音が流れたが、すぐに途切れた。続いてフロントガラスのワイパーが作動し始めた。

〈どうなっているんだ……？〉

タッカーはＳＵＶを路肩に寄せた――それと同時に、小さな音を二回発した後、エンジンが完全に停止した。

タッカーはため息をつき、ケインの体をぽんと叩いた。「ついにこの時が来たぞ、相棒。どうやら異星人に誘拐されるらしい」

それよりもバッテリーの接続に問題があるためだと考え、タッカーはボタンを押してボンネットを開けた。ケインとともに車を降り、ＳＵＶの車体の前部に近づく。エンジンを調べてから、配線と接続を確認する。

特に異常はなさそうだ。

沼地の方角から「ブーン」というこもった音が聞こえてきた。最初はかすかな音だったが、次第に音量が大きくなる。

ケインが路肩脇にある草に覆われた盛り土に近づいた。そこから沼地を見下ろすことができる。

タッカーもその隣に立った。

大きな鈍い音を耳にして、タッカーとケインは道路脇で動かなくなったエクスプローラーに注意を戻した。何かがこのＳＵＶのクォーターパネルに当たった音だ。エンジンから水蒸気が噴き出している。

音の正体を認識したタッカーは、うずくまりながらケインを引き寄せた。

何者かが車に向かって発砲している。

さらに二発の銃弾がSUVに命中した。フロントガラスが粉々に砕け散る。破裂音とともに、後輪のタイヤの片方がパンクした。銃弾の間隔が短くなり、二秒に一発ずつ、すべてSUVを狙っている。

とっさに反応したタッカーは、ケインについてくるよう合図した。車に背を向け、地面に尻をつけて座ると、草に覆われた堤防の斜面を沼地に向かって滑り下り始めた。

ケインは指示に従い、高く飛び跳ねる。

宙を舞いながら、鼻が奇妙なにおいを察知する。カビと苔《こけ》、腐敗物と藻。聞こえるのは、枝のきしむ音、コウモリの甲高い鳴き声、遠くの鳥のさえずり――次の瞬間、冷たい水に突っ込み、体が水中深く沈むと、すべての感覚が一掃される。水が聴覚を遮り、視界をふさぐ。

心臓の鼓動が速まるのを感じながら、足先でつかまるところを探すが、あるのは水ばかりだ。その時、爪の先が底をこする。もがくうちに、足先が泥にめり込む――足の裏がかたい何かにぶつかる。木の根っこだ。強く押すと体が浮かび上がり、鼻が水面から出る。世界が戻ってくる。最初はにおい、続いて音。

足をばたつかせ、目で周囲を探す。不安と恐怖で、耳を頭にぴたりとつける。

何かが首筋を、続いて首輪をつかむ。

反射的に嚙みつこうとして相手の方を向くが、体を引き寄せられると同時に、鼻の中に馴染みのあるにおいが広がる。

「落ち着け、落ち着けってば、相棒……もう大丈夫だ」

ケインのナイロン製の首輪をつかんだまま、タッカーは足で水を蹴って沼地の中心に向かい、大きなイトスギの木の陰に隠れた。幹が道路と自分たちとの間に入るような場所を選ぶ。タッカーはケインの首をさすりながら、安心させようとした。

「よく頑張ったな」タッカーはささやいた。

ケインの体は苔で覆われていた。タッカーも似たような状態で、顔と腕にはぬるぬるしたものが付着している。タッカーはケインの肩に苔や藻をさらになすりつけた。

〈いいカムフラージュだ……こいつが必要になるかもしれない〉

タッカーは幹に寄りかかり、道路と乗り捨てたエクスプローラーの方をうかがった。

いったい何が起こったのか？　奇襲を受けたのは間違いない――だが、どうやって？　バーでフランクと話をしている間に、何者かが車に手を加えたのか？　その可能性がいちばん高いだろうと思うものの、襲撃のタイミングについてはそれでは説明がつかない。

〈それに、あのブーンという音は？〉

その思いに呼び寄せられたかのように、再び音が聞こえてきた。ケインが体をこわばらせ、頭を右側に向けると、堤防の方に戻ってくるターゲットの動きをゆっくりと追う。木々の黒い影の上をかすかな音を立てながら通過した物体が、再び道路上を旋回した。その直後、機械音が不意に高くなったかと思うと、物体は遠ざかり、夜の闇に消えた。

ふとタッカーの頭の中に、サンディの残したキーワードの一つが浮かんだ。

〈リンク16〉

その用語が持つ重要性に思い当たり、タッカーは舌打ちをした。昼間のグーグル検索から、リンク16が軍の戦術データネットワークだということはわかっている。主に航空機との通信に用いられていて、その中にはUAV――無人航空機、通称ドローンも含まれる。軍の各部門ではドローンの使用頻度がますます高まりつつあり、偵察にも、あるいは空からの攻撃にも利用される。大きさも巨大な「グローバルホーク」から小型の「レイヴン」まで多岐にわたっている。

〈だが、俺たちを狙っているのは何だ？〉

それを知る術《すべ》はないものの、索敵と攻撃の両方の機能を備えているのは間違いない。タッカーは木々の梢《こずえ》の先を見上げた。ドローンは暗闇でも、雲や土ぼこりや煙を通してでも、見ることができる。上空三千メートルから車のナンバープレートを読み取ることもできる。

木々の黒い影の間から空を探しながら、タッカーは全身の毛が逆立つような感覚に襲われた。自分もケインも、これまで何度となくヘリコプターに追われたことがあり、シベリアでの経験はまだ記憶に新しいが、この方がはるかに薄気味悪い――サメが下をぐるぐると回っている水の中で、夜中に立ち泳ぎしているかのような気分だ。

〈脅威が上から来るか下から来るかの違いだけだ〉

ようやく暗闇に目が慣れてきたので、タッカーは周囲の状況を確認した。木々の間から月明かりが差し込んでいるものの、黒い水とイトスギしか見えない。空にハンターが潜んでいるからには、道路に戻るという選択肢は除外される。肩越しに振り返りながら、タッカーは沼地の奥にある水没したコンクリート製の工場を思い浮かべた。隠れるならそっちの方がましだ。

〈しかし、その後はどうする？〉

昼間にハンツヴィル一帯をあちこち見て回ったおかげで、工場の先一キロ弱のところにカントリークラブがあることはわかっている。そこにたどり着くためには、遮るもののない沼地を横断しなければならず、しかも空にどれだけの数の敵がいるのかわからないし、地上にもいないとは限らない。

それでも、道路に戻るよりは安全だ。

周囲を手で探ったタッカーは、苔と藻の塊を見つけた。苔をすりつぶして髪の毛にこすりつけ、藻を肩から垂らした姿は、じっとりと濡れた布をかぶっているかのようだ。

タッカーの新しいヘアスタイルを見て、ケインが小首をかしげた。

タッカーは顔を近づけ、ささやいた。「お化けだぞ」

シェパードはタッカーの顔をぺろりとなめた。

「そうだな、おまえには怖いものなどないんだよな」

タッカーは向きを変え、道路から離れ始めた。水深のある沼を横泳ぎするタッカーの横で、ケインは鼻先を水面から出して犬かきで進む。水面に突き出た根っこや倒木の陰になるようなルートを選んだものの、三十メートルも移動しないうちに右耳の端に痛みを感じる——数十センチ前方で、何かが音を立てて水に突っ込んだ。

〈くそっ……〉

タッカーはケインの首輪をつかみ、体を引き寄せると、耳に口を近づけて小声でささやいた。「息を止めろ」

タッカーはケインとともに水中に潜った。水を両足で蹴り、片腕でかきながら、半ば水没した倒木を目指す。タッカーはケインとともに木と水面の間に浮上し、湾曲した幹の陰に身を隠した。上空からある程度は守られた地点で、目を凝らして耳を澄ます。

これまでのところ、銃弾はさっきの一発だけだ。

タッカーは敵の存在を示す機械音を聞き取ろうとした。しかし、激しい息遣いと心臓の鼓動が聞こえるばかりで、はっきりと確認できない。

　近くで一羽のフクロウが三回鳴き声を発した。その直後、重い羽音が頭上を通過したかと思うと、別の動物の甲高い鳴き声がかすかに聞こえる。ハンターが獲物を発見したようだ。

〈今夜の狩りを成功させるハンターはあいつだけにしないと〉

　タッカーは手を伸ばし、指で耳の端に触れた。小さくえぐれた傷に顔をしかめる。けれども、不満をこぼすつもりはない。ほんの数センチ左にずれていたら、銃弾は頭蓋骨を貫通していただろう。

　動き続けなければならないと判断し、タッカーは水に浮かんだ倒木を引っ張りながらゆっくりと移動した。その陰を利用して上空のドローンから見つからないように努めたものの、木が根っこに絡まってそれ以上は動かなくなってしまってからは、ほかの倒木や木の幹、水面に突き出た根の間を縫って進み続けた。開けた水域に出るたびに潜り、息継ぎの間だけ水面に浮上した。

　数時間も経過したかのように感じた後、タッカーのつま先がしっかりとした水底に触れた。さらに数歩進むと、足もとの泥がかたいものに変わる。タッカーは手を伸ばし、粗い小石をすくい上げた。

〈砂利だ〉

　工場の敷地の端に達していた。建物、サイロ、苔に覆われたキャットウォークから成る廃墟が、五十メートルほど先に見える。

ゴールを確認したタッカーは、さらに速度を落として移動を続けた。勾配《こうばい》が上りになると、苔で覆った頭だけが水面から出るようにするためには、這《は》って進まなければならなくなる。ようやくタッカーは浅瀬から砂利の敷かれた岸に上がった。ケインと身を寄せ合いながら、姿を隠し続けるために丈の高いアシの茂みの間を抜ける。

だが、それだけでは十分ではなかった。

何の前触れもなく、銃弾がアシの葉を切り裂き、砂利にめり込んだ。

タッカーは両脚に力を込めると同時に、工場の廃墟を指差しながらケインに向かって叫んだ。

「走れ、隠れろ！」

ケインは命令を無視したいと思う。そばから離れたくない。しかし、相棒を信頼して指示に従う。

耳を高く立て、しっぽをぴんと伸ばし、低い姿勢で疾走する。短い間隔で鳴り響く銃声が聞こえる。ケインは銃を知っている。銃の怖さを知っている。草むらを抜け、古い機材の残骸を回り込み、タイヤがパンクした大きな乗り物の錆びついた車体の下をくぐる。

金属に命中した銃弾が甲高い音を立てる。砂利に跳ね返った銃弾が夜の闇に明るい火花を散らす。

すでに相棒との間には大きな距離が開いている。引き返して相棒のもとに戻りたいとの衝動に駆られるものの、与えられた指示を守り続ける。乗り物の下を通り抜け、いちばん近くに見える建物の真っ暗な入口までの距離を一気に詰める。

背後から銃声が聞こえる――だが、もはや追ってこない。

最後の指示に従うよりほかなく、ケインはジャンプすると、入口の先に待ち受ける暗闇に飛び込む。


ケインが自分のもとから走り去るとすぐに、タッカーは反対の方向に身を翻《ひるがえ》した。二手に分かれることにより、どちらのターゲットを追えばいいか操縦者が判断する間、ドローンの注意が分散されるはずだと期待したのだ。

最初はその作戦が功を奏したかのように思えた。タッカーとケインが走り出すと、銃声が一時的に途絶えたのだ。その合間に、ケインは工場までの距離を稼ぐことができた。だが、ほどなく上空から再び銃弾の雨が降り注ぎ始めた。最初はケインの方に――その後、ドローンの目標はタッカーに切り替わった。

しかし、タッカーは敵の迷いに乗じて小さな林に逃げ込んでいた。銃弾が林冠《りんかん》を切り裂き、地面に食い込む。幹をよけながら走るタッカーの顔に、はじき飛ばされた樹皮の破片がぶつかる。

〈後ろを振り返ったらだめだ……〉

心臓が激しく脈打ち、左右の太腿に張りを覚えても、タッカーの意識が前方の目的地から揺らぐことはない。夜空にそびえる高いサイロだ。

つまずきながらも、足を滑らせながらも、タッカーは木から木へと身をかわし、狙いを定められまいとした。

パン！

タッカーの頭上の枝が折れる。

パン！

何かがズボンに引っかかったが、無視して走り、木々の間を抜ける。前方ではまばゆい月明かりが水面に反射し、林の外れが近いことを警告している。

タッカーはスピードを緩めなかった。

木々の間から勢いよく飛び出し、浅い池と思われる水面に向かってダイブする。おそらく、かつての産業用水用の貯水池だろう。タッカーが水中に潜ると同時に、銃弾が水面を叩いたものの、射撃が不意に停止した。

〈ドローンの弾が切れたのか？〉

ほかに突き止める方法もないので、タッカーはそっと水面に浮かび上がり、機械音に耳を澄ました。だが、何も聞こえない。タッカーはドローンが上空を大きく旋回しながら、再び接近して攻撃を仕掛けようとしている様を想像した。その推測を裏付けるかのように、泳ぐタッカーのもとに耳障りな音が届いた。刻一刻と音が大きくなる。

タッカーは敵の姿を探した。

〈あれだ！〉

月で明るい夜空を背景にして、旋回しながら近づいてくる縦長の影がかすかに確認できる。固定翼のドローンと思われるが、どこか違和感を覚える。ドローンは影というよりもぼやけた形をしていて、夜空の星に溶け込んでいるかのように見える。

〈ステルス素材の一種だ〉タッカーは悟った。

タッカーは泳ぐ速度を上げ、池の向こう岸から斜め上に延びる暗い一本の線を目指した。古いゴム製のベルトコンベアーで、その先は隣接するサイロの高い地点にある入口に通じている。ほかに選択の余地はない。ドローンの音が迫っている状況ではなおさらだ。

タッカーは再び水中に潜り、月明かりを反射する水面が空のハンターから姿を隠してくれることを祈った。水を足で蹴り、手でかきながら、ベルトコンベアーの水中に没した側までたどり着く。その真下に潜り込んでから、空気を求めて水面に浮上した。

タッカーは肩越しに振り返り、傾斜したベルトコンベアーとその下にぶら下がる金属製のバケットを観察した。ベルトコンベアーの下を伝いながら、サイロの入口まで上るつもりでいた。遠くから眺めた時には、悪くない計画のように思えた。

〈しかし、近くで見ると……〉

頭上の足場からはサルオガセモドキがびっしりと垂れ下がっていた。手首ほどの太さはあろうかという植物が、横桁やL字型の鉄材に絡みついている。その隙間からわずかに見える鋼鉄は、錆《さび》が付着してぼろぼろの状態だ。ゴムのベルトも穴だらけで、すり切れかけている。

タッカーはこの装置が自分の体重を支え切れるか疑問に思った――少なくとも、長時間は耐えられそうにない。

それ以上の判断は保留せざるをえなくなった。新たな銃弾の雨がベルトコンベアーに降り注ぐと、金属に当たって跳ね返り、ゴム製のベルトを引き裂いたからだ。

ドローンに発見されてしまったに違いない。

タッカーはジャンプして横桁をつかみ、ベルトコンベアーの下にぶら下がると、大きな鋼鉄製のバケットをどうにか盾《たて》代わりにしてよじ登り始めた。ドローンに撃ち殺されないとしても、転落死する可能性がある。新たな重みのせいでベルトコンベアーを支える足場の一部が崩れたため、タッカーは何度もバランスを失いそうになった。

それでも、先に進み続ける。

一発の銃弾がベルトを貫通し、タッカーの手元の横桁に当たって火花を散らした。

タッカーは大声で罵った――だが、再び不意に射撃がやんだ。

〈ハンターが再び旋回に入ったに違いない〉

タッカーは頭の中で数え始めた。数が三十に達したところで、再びブーンというドローンのエンジン音が聞こえてくる。どうやらほぼ三十秒の間隔で旋回しては攻撃を加えているらしい。ドローンが上空を通過して銃弾を浴びせる間、タッカーはバケットの下に避難した。ベルトコンベアーの足場が小刻みに振動する。さらなる破片が落下する。

タッカーはベルトコンベアー全体が片側に傾き始めたような気がした。

〈まずいぞ〉

次の瞬間、ドローンが再び旋回を開始し、音が鳴りやんだ。

タッカーは頭の中で数を数えながら、急いで移動を始めた。これがおそらく最後のチャンスだ。足場の脇から体を引き上げ、ベルトの上に回り込む。タッカーは劣化したゴムの上でふらつきながら立ち上がった。タッカーの体重でベルトが大きく揺れる――それとも、装置そのものが揺れているのかもしれない。構造物全体がうめき声をあげるかのようにきしんでいる。

どちらの場合であろうと、進むべき道は一つしかない。タッカーはベルトコンベアーの斜面を上り始めた。最初は慎重な足取りだったが、遠くから聞こえるドローンの音が大きくなると急ぎ始める。

その間も、頭の中でカウントダウンを続ける。

〈あと十五秒……時間は十分にある〉タッカーは自分に言い聞かせた。〈残りはたったの三十メートルだ〉

タッカーは後ろを振り返った。

それが痛恨のミスだった。

左足がゴムの裂け目にはまり、タッカーはベルトの上に腹這いに倒れた。足を引き抜こうとするものの、ブーツが下側に茂ったつるに絡まってしまっている。

〈冗談じゃないぜ……〉

足に力を込めると、どうにか引き抜くことができた。自由の身になり、体を回転させながら立ち上がる。必死にもがいた影響か、あるいは単に時間の問題だったのかはわからないが、ベルトコンベアー全体が片側にゆっくりと傾きながら崩れ始めた。

タッカーはベルト上を疾走した。

次第に大きさを増すドローンの音は、あらゆる方向から聞こえてくるかのようだ。

〈時間切れだ！〉

六メートル先にゴールが見える。サイロの開口部が迫ってくるが、真っ暗な穴の先はどうなっているのだろうか？　気にしている余裕はない。撃ち殺されるか、転落死するか、どちらかだ。

銃弾がすぐ後ろのベルトを貫通した。

〈あと三メートル〉

足場が完全に崩壊するのとタッカーが穴に向かって身を投げるのは、ほぼ同時だった。

体が開口部を通り抜ける――その先にあるのは何もない空間だけ。

あきらめのうめき声をあげながら、タッカーは暗闇を落下した。

9

十月十三日　中部夏時間午後九時三十四分
アラバマ州ハンツヴィル

タッカーは落下しながら目をきつく閉じ、今にも何かに激突して骨が粉々に砕けるだろうと覚悟した。しかし、恐ろしくも長い数秒間の後、激突の衝撃でぶつかった相手の表面がへこんだため、息が詰まっただけですんだ。あえぎながら急斜面を滑り落ち、転がり落ち、大きな音とともに金属製のサイロの壁に当たって止まる。

タッカーは仰向けになり、空っぽの肺に空気を吸い込んだ。指で体の下にあるものを探る。砂だ。体の周囲を小さな粒が流れ落ちる中、タッカーは頭を砂の表面に預けた。ここは工場用に砂を貯蔵していたサイロに違いない。

外壁に当たって跳ね返る銃弾の音が、頭上からサイロの内部に時折こだまする。ひとまずは安全だろう——少なくとも、あのドローンの攻撃からは。

これまでのところ、地上のハンターの姿は目にしていない。しかし、待ち構えている地上部隊のもとに獲物を追い込む目的で、軍がしばしばドローンを用いていることは知っている。ここにもそれが当てはまるという想定のもとに行動するべきだろう。あるいは、ほかにも数機のドローンが周囲を飛行しているかもしれない。

〈ここで休んでいる暇はない〉

しかし、まずはケインを見つけ出す必要がある――そのことが大きな問題になりそうだった。フランクと別れた後、タッカーはケブラーのベストや通信機器をケインに装着させていなかった。心の中で自分の迂闊さを責めたものの、モーテルまで戻る途中で空から攻撃を受けるとは、誰が予想できただろうか？

〈仕方ない、昔ながらの方法でいくとするか〉

すでに目は暗闇に慣れてきた。ベルトコンベアーの開口部から差し込むわずかな月明かりを頼りに、タッカーはついさっき飛び込んだ入口とは反対側にある別の入口を発見した。暗い長方形の開口部は今いる壁の側の、二メートルほどの高さにある。おそらく工場の建物に通じているのだろう。追い詰められた短い時間の中で敷地内を見た限りでは、中央の建物のまわりには四隅に一本ずつ、あたかも城の小塔のように、サイロが設置されていた。

二手に分かれた時、ケインは工場の反対側に位置するサイロを目がけて走っていった。

「走れ、隠れろ」というタッカーの最後の指示を守って、今もまだその中でじっとしているはずだ。

相棒のもとに向かおうと考え、タッカーは両膝を突いた姿勢で砂の上を移動し、暗い開口部とつながっている梯子の下に達した。段を両手でつかんでぐいっと引っ張り、続いてもう一度力を込める。十分な強度があることを確認してから、タッカーは梯子に足を掛け、外に通じる出口まで上った。

顔を突き出して向こう側を調べると、そこは工場の建物内で、開口部から延びる一本のキャットウォークは床からかなり高い地点にある。屋根には大きな陥没箇所がいくつかあり、そこから差し込む月明かりが広い工場内を照らし出している。幅はアメリカンフットボールのフィールド分の長さ、奥行きはその二倍はあるだろうか。古い機材のほか、列車の車両ほどもある巨大な鉱石運搬用のトロッコの列が、すっかり錆びついた状態でコンクリートの床の上に遺棄されていた。頭上に目を移すと、迷路のように張り巡らされた鋼鉄製の梁に、つる植物がびっしりと絡みついている。

タッカーは眉をひそめ、工場の建物内を横断するためにこのキャットウォークを利用することが現実的な方法なのかどうか、見極めようとした。ほんの数分前、崩れ落ちるベルトコンベアーから命からがら脱出したばかりだ。この通り道が自分の体重を支えてくれなかったら、かたいコンクリートの床まで建物四階分の高さを落下することになる。

左手の方向を見ると、頼りなさそうな階段が床まで通じているが、途中に剝がれ落ちた箇所があり、大きな隙間ができている。飛び移れない距離ではないが、着地後に下半分が持ちこたえてくれるだろうか？　やってみないことには結果はわからない。

〈どっちを選ぶ？〉

タッカーが迷っているうちに、聞き覚えのあるブーンという音を立てながら、逃げた獲物の捜索を続けるドローンが頭上を通過した。その動きに――あるいは、ドローンの発する超音波に反応して、工場内に住みついた数羽のコウモリがつるに覆われた梁から飛び立ち、陥没した屋根の隙間を抜けて外に消えた。

コウモリの姿を目で追いながら、タッカーは翼が欲しいと心から思った。

これ以上はぐずぐずしていられない。ドローンで獲物を見つけ出せないとわかったら、すぐに地上部隊がこの場所を目指して集結するはずだ。あるいは、すでに到達しているかもしれない。タッカーは小型のＬＥＤ懐中電灯を取り出し、二つの選択肢を検討した。半壊した階段か、それともつる植物に覆われた危なっかしいキャットウォークか。できればどちらも選びたくない。

〈避けたいという点では、甲乙つけがたいところだな〉

タッカーは一か八かでキャットウォークを選んだ。階段とは違って、少なくともまだ無傷の状態にあるからだ。タッカーは一歩ずつ確かめながら、予兆に全神経を集中させながら、慎重に進んだ。キャットウォークは持ちこたえている。タッカーは足を速めた。

その時、聞き覚えのある機械音が大きくなった。ドローンが戻ってきたのだ。どうやらさっきまでと同じ間隔を維持しており、三十秒かけて工場の上空を一回りしながら、獲物をこの場に釘付けにしようとしているらしい。

タッカーは屋根の隙間から発見されることを恐れ、ドローンが飛び去るまでキャットウォークの上で動きを止めた。音が遠ざかると、再び移動を開始する。工場内を半分ほど横断した時、前方から何かがはじけるような音が立て続けに聞こえてきた。

〈くそっ――〉

前方の足場からキャットウォークが剝がれた。足もとの格子状の通路が急角度で傾き、タッカーは仰向けにひっくり返った。懐中電灯が手から離れ、通路の端から転がり落ちる。その後を追うように、タッカーの体もキャットウォーク上を滑り落ち始めた。指で何かをつかもうとするものの、手を引っかけられるようなものが見つからない。

両足がキャットウォークの端から飛び出しかけた時、何かがタッカーの顔に当たった。つるだ。

タッカーはとっさにつるをつかんだ。剝がれたキャットウォークとともに落下していた体が途中で止まる。タッカーは悲鳴をのみ込み、つるにぶら下がった。床の方から金属のぶつかる大きな音が鳴り響くが、下を見ないようにする。

心臓が早鐘《はやがね》を打つ中、タッカーはつるを握る手に力を込めながら顔を上に向けた。残ったキャットウォークの端はもう少しで手が届きそうな距離にある。あと三十センチほどよじ登れば、何とか――

前触れらしきものは何かが裂けるような音だけだった。つるの一部が剝がれ、タッカーは三メートルほど落下したものの、再びそこでどうにか止まった。

両目をきつく閉じたまま、深呼吸を三回繰り返す。

上を目指すという選択肢はなくなった。

タッカーはようやく下に目を向けた。床からはまだ三階分の高さがある。真下に見えるのは壊れたキャットウォークの残骸で、とがった鋼鉄の山と化していた。だが、三メートルほど左手には、線路に放置されたまま錆びついた巨大な鉱石運搬用のトロッコが連なっている。この角度からだと中に何が積み込まれているかはわからないが、いちばん近くのトロッコは屋根に開いた大きな穴の真下に位置している。

〈これしかない〉

タッカーはまず右に、続いて左に体を振り、足を蹴り出しながら勢いをつけた。頭上でつるがきしみ、瓦礫《がれき》が降り注ぐ。

「あと少し、あと少しだから……」

タッカーはその動きを繰り返し、徐々に振り幅を大きくしながら速度を上げた。その時、つるから何かがはじけるような音が聞こえ、剝がれ始めた。これ以上は待てないと判断し、タッカーは手を離した――いちばん近いトロッコに向かって宙を舞う。タッカーは体を丸め、列車の車両ほどの大きさがあるトロッコ内に飛び込んだ。向かい側の壁にぶつかって跳ね返り、トロッコの底に一メートルほどたまった雨水の中に落下する。

たまった水がいくらかクッションになってくれたものの、タッカーはトロッコの底に尻をしたたかに打ちつけた。口に入った水を吐き出し、安堵《あんど》のため息を漏らす。屋根に開いた穴を見上げながら、タッカーはこのトロッコの中に降り込んだ過去の雨に対して感謝を捧げた。とはいえ、水面には藻や鳥の糞やコウモリの排泄《はいせつ》物の混じった厚い膜が張っている。服にペースト状に貼り付いた物質からは、腐敗臭とアンモニア臭がする。

「もうこの場所にはうんざりしてきたぜ」タッカーはつぶやいた。

素早く内部を見回したところ、トロッコの内側の壁に手足を掛けられる突起がある。作業員が大きなトロッコに出入りするための梯子代わりとして使用していたものだろう。タッカーは水の中を歩いてそこまで行き、よじ登り始めた。

〈あとはケインを見つけて……〉

頭がトロッコの壁の上に出た時、タッカーはさっき落とした懐中電灯の存在に気づいた。キャットウォークの残骸の間で光を発しているのが見える――だが、光源はそれだけではなかった。

工場の外で、汚れのこびりついた窓に沿って一条の光が動いている。抜け落ちたガラスの間から人影が姿を現した。アサルトライフルを構えながら、慎重に工場内へと進入してくる。

「何かが落下したのはこのあたりだ」男が襟元の無線マイクに口を近づけながら伝えた。「俺が調べるから、あんたは待機していてくれ、リヨン」

光が自分の方へと向けられる前に、タッカーは首を引っ込めた。急いでよどんだ水の中に戻る。危惧していた通り、武装したチームが送り込まれたのだ。タッカーはハンターが近づく足音に耳を傾けた。落ちている懐中電灯に気づき、瓦礫の間に死体がないか確認しようとしているのだろう。

「何かがあるぞ」ライフルを持つ男の声がする。「やつらはここにいる。外の警戒を続けてくれ。動くものはすべて撃て」

「了解」返事が聞こえた。

タッカーはケインを思い浮かべながら、シェパードの姿が敵に見つからないことを祈った。

だが、その思いからあるアイデアが浮かんだ。

ケインは戸口の脇にうずくまる。その先には広大な空間がある。五感を研ぎ澄まし、その内部を探る。よどんだ水と、あらゆる種類の動物や鳥の糞のにおいがする。この場所にやってきたのは、雷鳴のような轟音が聞こえたからだ。それまでは、ここの隣で息を潜めていた。守り続けていたのは、最後に与えられた指示。

〈隠れろ〉

この場所でケインは相棒が上から落下するのを見た。それに続いて大きな水音と、甲高いうめき声が聞こえた。走り出て、鳴き声をあげ、大丈夫かと確認し、再び行動を共にしたかった。

けれども、指示を守り、隠れ続けている。

別の男が空間内に入ってくる。光を手にしていて、ガンオイルのにおいがする。指示を守り続けるため、ケインは姿勢を低くする。心臓の鼓動が大きくなる。胸をふくらませ、静かに呼吸を繰り返す。細かい塵《ちり》が舞い、ネズミの足跡がかき消される。

その時、新たな音が注意を引きつける。左右の耳が真っ直ぐにぴんと伸びる。

かすかな口笛。鳥の声に似せている。

けれども、ケインには口笛の本当の主がわかっている。

新しい指示だ。

何をしなければならないかを理解し、立ち上がってその新しい命令に従う。

ケインは鼻先を上に向け、夜に向かって吠える。

タッカーはトロッコの壁の上端に指を引っかけてぶら下がり、左右のつま先を突起に掛けた姿勢で、両脚に力を込めていた。自分の隠れ場所にハンターが近づくまで待ってから、ケインに新たな合図を送ったところだ。ケインは千以上の単語を理解するほか、手による合図も百種類以上を覚えている。しかし、最近になってタッカーは、相棒に対して聴覚を用いた合図の訓練を始めていた。

例えば、ナゲキバトの静かな鳴き声。

「大声を出せ」に当たる指示だ。

ケインの遠吠えが広々とした工場内にこだまし、あらゆる方角からいっせいに聞こえるかのように響く間に、タッカーは両足で梯子を蹴り、トロッコの壁を乗り越え、敵に向かって飛び下りた。

不意を突かれ、しかも犬の鳴き声に気を取られていたはずなのに、男は驚くほど素早い反応を示した。タッカーのブーツのこすれる音で気配を察したのかもしれない。ハンターはライフルを向けようとしたが、その前にタッカーの体が男の上に落下した。相手を押し倒し、顔面をつかみ、後頭部をコンクリートの床に二度、三度と打ちつける。すぐに男の体から反応が消えた。気を失ったか、あるいは死んだかもしれない。

タッカーは脈を調べた。

〈気絶しているだけだ〉

それならいい……殺すほどのことではない。

タッカーは短く口笛を鳴らし、ケインを呼び寄せた。ここからは迅速な行動が要求される。外には少なくともあと一人、ハンターがいるはずだ。タッカーは倒した男の武器をつかんだ。サイレンサー装備で光学照準器付きのコンパクトなヘッケラー＆コッホMP-5SD。なかなかいい武器だ。

だが、それよりもさらにうれしいものが到着した。

暗闇から黒い影が矢のように飛び出し、危うく体当たりされそうになる。

タッカーはケインを片方の腕で抱きかかえ、首筋にキスした。それ以上の歓迎の挨拶は後回しにしなければならない。それでも、再びケインが隣にいるという喜びを否定することはできない。一緒になれたことで、自分を取り戻せたように感じる。

男の無線から仲間の声が聞こえた。「ウェブスター、聞こえるか？」

タッカーはかすかなフランス語訛りを聞き取った。手早く男の体を探り、無線機を見つけ出す。タッカーは送信キーを二回タップした。これは無言で「了解」を伝える方法だ。兵士の間では、この合図は送信者が声を出せない状況にあることを意味する。

返ってきた二回のタップ音は、相手が理解したことを示している。

それは同時に、このハンターたちが軍事訓練を受けているという裏付けにもなる。

タッカーはその前提で行動を開始した。このウェブスターとかいう男の仲間が、新たな報告が入るのをいつまでも待ち続けるとは思えない。タッカーはケインに対してそばから離れないように合図した。鉱石運搬用の大きなトロッコまで戻り、その下に潜り込む。ケインを隣に従えたまま、タッカーは古い線路にこびりついてしまった金属製の車輪の陰に身を隠した。

腹這いの姿勢になり、MP-5のセレクターを三点バーストに切り替える。

フランス人兵士が姿を見せるまで、それほど長く待つ必要はなかった。唯一の気配は、ケインの隠れていたサイロに通じる入口の奥で動く影だった。少し前のケインの鳴き声から、外にいた男はその方向へと引き寄せられたに違いない。兵士は体をかがめ、アサルトライフルの銃口を左右に交互に向けながら、静かに進入してくる。天井から差し込む月明かりが、傷跡だらけの顔とねじれた鼻を照らし出した。

〈百戦錬磨の男のようだな〉

本能的に、タッカーはこの男に対して一切の配慮は不要だと悟った。狙いを下に移し、赤い点を男の胸に当てる。引き金にかけた指を絞る。しかし、タッカーが発砲した瞬間、男は突然左に寄った。これまでにも戦場において、タッカーはこのような反射的な動きを何度か目撃したことがあった――みぞおちのあたりに漠然《ばくぜん》とした不安を覚えた時に、兵士が取る行動だ。身をすくめることもあれば、走り去ることもあれば、物陰に隠れることもある。歴戦のつわものたちがこの類いの感覚を軽視することはないし、この直感が失われてしまうかもしれないとの思いから他人に話をすることもまずない。

このフランス人の正体はわからないものの、銃撃された経験が豊富にあることは間違いない。

ただし、ターゲットが動いたにもかかわらず、タッカーの放った最初の二発は相手の胸に命中した。三発目だけが外れる。銃弾を食らった衝撃で揺らぎながらも、男は後ずさりしてもと来たサイロの入口の向こうに姿を消した。しっかり立っていたということは、防弾チョッキを着用していたのだろう。

静寂が工場内を支配する。

タッカーは緊張を緩めることなく、すぐにでも相手が応戦してくるのを予期して身構えた。工場内にほかのハンターの姿を探す。二人の仲間がまだいるかもしれない。だが、ほかの兵士の気配はない。その直後、工場の外から遠ざかる水音が聞こえてきた。

フランス人兵士は逃げているのか——あるいは応援を呼びにいったのか？

MP-5の光学照準器を通して確認したタッカーは、サイロの入口近くの床にライフルが落ちているのを発見した。さっき発砲した時、鈍い金属音が聞こえたことを思い出す。三発目の銃弾はライフルに当たっていたのだ。損傷を受けたライフルが、男の手からはじき飛ばされたということだろう。

〈相手が逃げたのも無理はないな〉

負傷して武器も失った男は、次の機会を期して撤退したに違いない。自分勝手な行ないではない。恐怖心によるものでもない。戦闘における現実的な判断の結果だ。このこともまた、相手が真の兵士だという証明に当たる。

しかし、タッカーは男がこのまま立ち去るだろうと決めつけることはできなかった。今にも応援を引き連れて戻ってくるかもしれない。この二人組が自分のことを甘く見てくれていたのは、運がよかったと言えるだろう。彼らは空のハンターの能力を過信していたのだ。

頭上から聞こえる低い機械音が、タッカーに今なお残る脅威の存在を知らせた。

タッカーはトロッコの下から這い出し、意識を失ったままの男のもとに近づいた。兵士の年齢は四十代後半または五十代前半、彫りの深い顔立ちで、鳶色の髪はこめかみのあたりに白髪が交じっている。持ち物を調べたところ、予備の弾倉二個、携帯無線機、乗り物の鍵の束を発見したが、身分証明書の類いは見当たらない。太腿のポケットに入っていたペーパーバックほどの大きさの装置を取り出したものの、すぐにはその用途がわからなかった。電源ボタンがあったので押してみる。青色の画面のライトがともり、八つのタッチボタンが表示された。

携帯型の装置の上端を指で探ると、ＣＵＣＳの四つの文字が浮き出ていることに気づく。アフガニスタンでの従軍経験から、タッカーはこの四つが何を表す略語なのかを知っていた。Ｃｏｒｅ　ＵＡＶ　Ｃｏｎｔｒｏｌ　Ｓｙｓｔｅｍ――コア無人航空機操縦システムだ。上空で狩りを行なっているドローンの遠隔操縦装置に相当する。

タッカーは一つのボタンが反転表示されていることに気づいた。

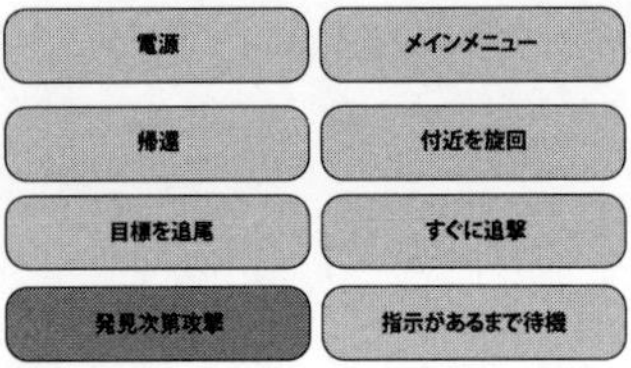

発見次第攻撃

そのボタンの意味に、タッカーは眉をひそめた。上空のドローンの行動パターンは、あたかも自らの意思で追尾と攻撃を行なっていたように感じられた。おそらく自動操縦機能のようなものが組み込まれていて、ターゲットを捕捉した後は追加の指示を受けなくても攻撃を続行できる仕組みになっているに違いない。

そうした自律型ドローンに関しては、現在数多くの軍事会社で調査と開発が進行中だという話は聞いている。

〈どうやらかなり先行しているところがあるようだな〉

タッカーはＣＵＣＳの操縦装置を調べた。この沼地と空のハンターから無事に逃れるための手段となりうるかもしれないが、ドローンの操縦に関してはまったく知識がない。肩をすくめながら、タッカーはいちばん手っ取り早い方法を試すことにした。とりあえずボタンを押してみることだ。

〈これ以上、状況が悪くなることもない〉

タッカーは「付近を旋回」のボタンを押した。するとボタンの並んだ下に、薄い青色をした長方形のボックスと、小さなキーボードが表示された。点滅する文字が次の動作を促している。

解決不能な問題にぶつかったタッカーは、「メインメニュー」のボタンを押した。だが、再びパスワードを要求された。

タッカーはその場にしゃがみながらつぶやいた。

「そう簡単にうまくいくわけがないよな、ケイン」

シェパードはしっぽを振って答えた。

ある疑問が浮かび、タッカーは顎をさすった。ドローンが自らの判断で攻撃するのだとすれば、どうし

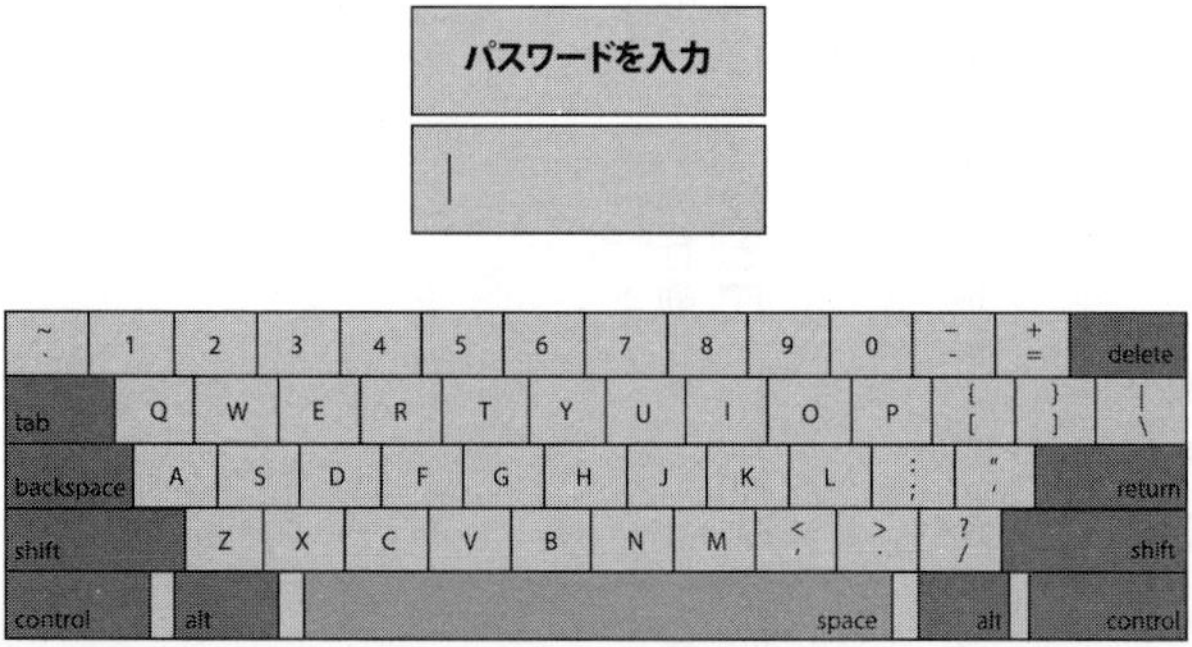

てここにいるウェブスターとやらに対して、あるいはさっきのフランス人兵士に対して、発砲してはいけないことを知っていたのだろうか？　タッカーは手の中の装置を見つめた。それに対する最も自然な答えは、このCUCSには攻撃目標から除外されるプログラムが組み込まれていて、その信号だか何かがドローンに向けてこの装置を持つ人間には発砲しないように伝えているというものだ。そうだとすると、新たな疑問が浮かぶ。その防御プログラムを作動させるためにも、パスワードを入力する必要があるのだろうか？

タッカーは沼地の方角を見やった。

確かめる方法は一つしかない。

タッカーはウェブスターから奪ったものをまとめ、落とした懐中電灯を回収し、MP－5を腰のまわりに留めた。フランス人が立ち去ったのとは反対の方角に向かう。窓が壊れた箇所に達すると、ドローンが上空を通過して飛び去るまで待つ。

〈三十秒〉

タッカーはケインを持ち上げて窓の向こうに押し出し、自分もその後から外に飛び出すと、沼地を目指して走った。この装置の防御能力に関する推理が間違っているといけないので、ドローンが戻ってくる時にはできるだけ上空から見えにくい場所にいたい。

水際に達すると、タッカーは沼地に分け入り、イトスギの木と盛り上がった根っこが密生している地点を目指した。夜空の星を見上げて確認すると、さっきまでと同じく沼地の向こう側にあるカントリークラブへの道筋を保っていることがわかる。

「あと八百メートルくらいだぞ、相棒」タッカーはケインに言い聞かせた。

公の場にたどり着きさえすれば、ドローンが引き返すだろうとタッカーは踏んでいた。この攻撃を仕掛けている連中は、秘密の保持を第一に考えているはずだ。

タッカーは木々の陰を目指しながら、ドローンのブーンというエンジン音が戻ってくるのを待ち構えた。想定していた時間に合わせて、南から音が聞こえてくる。タッカーはケインに向かって根の陰に移動するよう合図した。

「隠れろ」

タッカーも犬かきで泳ぐケインの後を追ったが、一メートルほど離れた上空から丸見えの地点で立ち止まった。夜空を見回すと、星がゆらゆらと揺れているように見える部分がある。ステルス仕様のドローンの飛行経路だ。狙いを定める気配が見えたらすぐに飛びのけるように準備しながら、タッカーは片手でCUCSの操縦装置を握り締め、身を守ってくれるように念を送った。

固唾《かたず》をのんで見守るうちに、ドローンが真上に達した――そして、通過する。さっきまでの獲物の存在に気づくことなく、捜索を続けている。タッカーは大きく安堵のため息を漏らした。ここからの最も賢明な策は、真っ直ぐにカントリークラブを目指すことだろう。だが、これは敵に関する情報を収集するためのまたとない機会でもある。そのため、タッカーは方向転換して、銃弾が穴を開けた木々のところまで戻った。

小型ナイフを使い、幹に食い込んだ銃弾を取り出して調べる。

銃弾はＮＡＴＯが標準装備している7・62×51ｍｍ弾のようだが、明らかに標準とは異なる弾道を描いていた。タッカーは幹に開いた穴を調べ、進入角度を確認した後、頭上に目を向けた。ドローンは常に林冠の上から発砲していたが、銃弾は水平の角度で木に命中している。

タッカーは不審に思い、懐中電灯の光を水面に向けた。二十メートルほど探した後、水面に浮かぶ物体を発見する。棒切れのようだが、不自然なまでに真っ直ぐだし、色も白すぎる。

タッカーは物体に近づき、それを拾い上げた。あまり見かけないポリマー製と思しき長さ十五センチほどの物体には、微小なひれ状の突起が付いていて、下側には小さなふくらみがある。その内部に収められているのは、おそらく誘導装置だろう。

タッカーは穴の開いた木の方に視線を向けた。

あの銃弾とこいつを組み合わせれば、あのドローンから何が発射されたのか推測がつく。

「ＰＧＢか」タッカーは誰にともなくつぶやいた。

精密誘導弾。

タッカーは空を見上げた。

〈俺たちはいったい何に首を突っ込んでしまったんだ？〉

午後十一時四十八分

二時間後、モーテルに戻ったタッカーは、火傷をしそうなほど熱いシャワーを浴びながら、ようやく一日の汗や汚れやそのほかを洗い流せてほっとしていた——頭の中もすっきりさせることができた。

沼地を八百メートルほど横切った後、タッカーとケインは重い足を引きずりながらカントリークラブの敷地に上陸した。駐車場を避けて進む一人と一頭がどんな姿だったかは、想像すらしたくない——化け物が泥だらけの飼い犬とともに沼から出現したとしか見えなかっただろう。どうにかカントリークラブの駐車係を呼び止め、タクシーを呼んでもらった。遅いディナーを楽しむ客たちがレストランの窓越しに向ける視線を気にしながら、タッカーはパトカーがやってきて連行されるかもしれないと半ば覚悟した。だが、到着したのは普通のタクシーだったし、親切な駐車係はタクシーの座席が汚れないようにとゴルフ場のロッカーのタオルを何枚か提供してくれた。

モーテルまで戻る途中でＳＵＶが襲撃された地点を通りかかったが、フォード・エクスプローラーの姿は消えていた。

何者かが車を移動させたに違いない。おそらく、痕跡《こんせき》を隠すためだろう。

〈デポジットは戻ってこないな〉

それでも、タッカーはあまり気にしていなかった。レンタカーを利用する時の習慣として、身元をたどられるようなものは車内に残していないし、車を借りる時には三枚ある偽名の免許証のうちの一枚と、それと同じ名前のクレジットカードを使用したからだ。モーテルの部屋は別の偽名と別のクレジットカードで予約してある。

それでも念には念を入れて、タッカーはモーテル到着前にタクシーの運転手に頼んで近くの建設現場で車を停めてもらい、一本の材木を失敬した。部屋に戻ってからそれを取っ手の下にあてがい、扉が開かないようにしてある。室内を捜索された形跡はないものの、明日は別のモーテルに移る予定だ。

それでも、今夜の待ち伏せに関する疑問が消えることはない。

正体不明の敵はどうやって俺を発見したのか？　何か相手の注意を引くようなことをしてしまったのだろうか？　俺がここにいる理由を、相手はどこまで知っているのか？

これらの疑問に対する最も可能性の高い答えは、タッカーが信じたくないものだった。自分がここに存在しているという事実、およびその理由を知っている人物は一人しかいない。

フランク・バレンジャーだ。

タッカーは手を伸ばし、シャワーの温度調節のつまみを高温から低温に切り替えた。冷たい水に体が震えると同時に、これからのことに対する決意が固まる。

〈明日はきっちり片をつけてやる〉

10

十月十四日　中部夏時間午前十時二分
アラバマ州ハンツヴィル

翌朝、タッカーは身辺整理を行なった。モーテルをチェックアウトし、新しいSUV――銀のダッジ・デュランゴを偽名でレンタルし、ハンツヴィルから約三十キロ西のアセンズに向かう。そこで別のモーテル――ストーンハース・インにチェックインした。ケインが新しい部屋の隅々までにおいを嗅ぎ回っている間に、タッカーはフランク・バレンジャーに電話を入れ、レッドストーン兵器廠から数キロ離れた店でのランチの約束を取りつけた。

ハンツヴィルに戻る途中で、タッカーはカントリークラブに寄り道し、敵から奪い取ったMP-5ライフルを回収した。昨夜の沼地からの脱出後、生け垣の間に隠しておいたのだ。

今日は何が起きてもいいように対処しておかなければならない。

さらなる用心のため、タッカーは約束の時間の一時間前にレストランに到着し、周囲の下調べを行なった。駐車場に目を配り、建物のすべての出入口を確認し、周辺の道路を頭に入れる。その後、通りを挟んだ向かい側にあるスターバックスの店内から、落ち合うレストランを監視した。

コットンロー・レストランはコートハウス・スクエアの南西の角に位置していて、かつては綿花取引所だった建物を使用している。三階建ての煉瓦造りで、灰褐色のひさしの下のテラス席や、黒い鉄製の手すりに囲まれた二階のバルコニー席もある。

フランク・バレンジャーは十二時ぴったりに到着し、ひさしの陰になった屋外のテラス席に座った。タッカーはその後も十五分間にわたって監視を続け、相手が尾行されていないことを確認してから、ケインを連れて通りを渡った。

フランクが立ち上がり、握手をすると、笑顔を浮かべながらケインを見下ろした。「おまえたちにデートをすっぽかされたのかと思ったよ」だが、切り傷だらけのタッカーの両腕を見て眉をひそめ、さらに耳の小さな絆創膏《ばんそうこう》を指差した。昨夜、銃弾がかすめたところだ。「おいおい、いったい何があったんだ？」

「沼にはまってしまったのさ」タッカーは無表情のまま答えた。

「何の話だ？　どうして？」

偽りのない驚きのように思える。いつものタッカーだったら、相手の反応に対する自らの直感的な判断を信じているところだ。人の心を読み取る生まれながらの能力には自信があるが、昨夜の一件の後ではまだ警戒を解くわけにはいかない。

「フランク、君は俺を売ったのか？」

「何だって？」

タッカーが椅子に座るのに合わせて、フランクも座った。「パブから出た後、沼の近くで待ち伏せを受けた」

「待ち伏せだって？」フランクは目を丸くして、背もたれに寄りかかった。「それでおまえは俺が……タッカー、俺はそんなことをしない。ありえない話だ」

タッカーは相手の目をじっと見つめた。フランクの視線は揺るがない。

「第一に、俺は戦友を裏切らない」フランクは主張した。「絶対にしない。第二に、仮にそう考えたとしても、誰に連絡するっていうんだ。その手の人間に知り合いはいないよ」

「そうとは気づかずに誰かに知らせてしまった可能性は？　うっかり口を滑らせてしまったとか？」

フランクは少し考えたものの、ゆっくりとかぶりを振った。「考えられない。サンディ・コンロンに関する問い合わせは今朝になってから始めたところだし」

〈ということは、フランクの不注意で情報が漏れたというわけでもない〉

何もかも、わからないことばかりだ。

フランクが身を乗り出した。「俺を信じてくれ」

タッカーはため息をついた。相手からはまったく嘘が感じられない。「君を信じるよ」

「だったら、俺たちは仲間だな？」

「ああ、仲間だ」

フランクは大きく息を吐き出してから、椅子に深く座り直した。「何があったのか話してくれ」

タッカーは対向車の通らない道路でフォード・エクスプローラーを停止させた電気系統の異常と、その後の銃撃戦で沼地に追いやられた話を聞かせた。

「ふむ」フランクはつぶやいた。「車の機能を停止させるために、連中はおそらく遠隔操作による遮断装置のようなものを使用したに違いない。なかなかやるな」

「乗っている人間は感心しているどころじゃなかったぞ。だけど、そんなことが可能なのか？」

「簡単な話だ。車両のCANバスに無線でハッキングするだけだからな」フランクはタッカーが眉間に寄せたしわに気づいたようだ。「CANはコントローラエリアネットワーク、つまり車載ネットワークの規格のことだ。近頃の車は何もかもデジタル化されているから、ハッキングも可能ということになる」

ウエイトレスがやってきて、二人の注文を取った。

ウエイトレスが立ち去ると、フランクは話を続けた。「おまえがなぜ俺を疑ったのか、ようやく納得がいったよ。オッカムの剃刀だな。最も単純な答えがたいていは正しいっていうやつさ。だが、俺じゃないのは間違いない。連中はどうやっておまえを見つけ出したんだろうな」

「あと、連中っていうのは誰なんだ？」

「その通りだ。ほかにおまえがここにいることを知っている人間は？」

タッカーはジェーンの名前を出したくなかった。たとえ相手がフランクであっても、少なくとも今の段階では明かせない。「依頼主だけだ」タッカーは曖昧に答えた。

タッカーの口ぶりから、フランクは事情を察した様子だった。「おまえはその人間を信頼しているんだな？」

タッカーはうなずいた。

「そうだとしたら、連中は何らかの方法でおまえを追跡していたに違いない。電話かもしれないな」

「そいつはどうかな。高度に暗号化されているから」タッカーの衛星電話はシグマフォースのルース・ハーパーからのプレゼントだ……彼女からタッカーに連絡を取る必要が、あるいはその逆の必要が生じた場合に備えて。

「見せてくれないか」フランクが手を差し出した。

タッカーは一瞬ためらったものの、衛星電話を手渡した。

フランクは慣れた手つきで衛星電話を調べ始めた。いくつかボタンを押し、画面を眺め、さらにはバックパネルを開いてＳＩＭカードを外す。続いて見たこともないような複雑な形をしたスイスアーミーナイフを取り出し、プラスチック製のピックでたっぷり一分間ほど内部をいじっていたが、やがてパネルを元に戻すと、感心した様子で小さく口笛を吹きながら電話をタッカーに返却した。

「どこでこいつを手に入れたのかを質問するつもりはないよ。かなりの優れものだが、これほどの装置であっても追跡は可能だ。ただし、そのためには相当な知識が必要になるだろうけどな」

「君の言う通りだとしても、そもそもどうして俺がハンターたちの目に留まったのかの説明にはならない。追跡しようと考える前に、連中は俺のことを知っていなければならないはずだ」

「確かにそうだな。そうなると、おまえがここにいることをほかに誰が知っているのかという、さっきの質問に戻ることになる。おまえをハンツヴィルに派遣した人間が、ほかの誰かに話したという可能性は？」

ジェーンがそんなことをするとは、タッカーには想像すらできなかった。モンタナで会った時、彼女の被害妄想はかなりのレベルにまで達していた。「それはないと思う」

「だったら、おまえがここに来た後はどうなんだ？　俺のほかには誰に会った？　このあたりの人間がおまえに追跡装置の類いを付けたんじゃないのか？」

タッカーはサンディの家の外で襲撃してきた二人組の男を思い浮かべた。あの一件の後、二人に正体を突き止められたのだろうか？　あともう一人、トランクルームの管理人のエディス・ロジアーもいる。

〈自分が思っていたほど、慎重な行動ではなかったのかもしれないな〉

「可能性がないとは言えない」タッカーは認めた。

「わかった、その謎に関してはひとまず後回しにしよう。念のため、電話の電源を切り、バッテリーを外しておく方がいい。追跡がより困難になるような新しい仕掛けを組み込んでやることもできるんだが、必要なものを準備するのに数時間はかかる」

タッカーは片方の眉を吊り上げた。「そんなことができるのか？」

「暗号ネットワーク戦のスペシャリストの地位に就けたのは、このハンサムな顔のおかげじゃないんだぜ」

フランクの瞳が楽しそうに輝くのを見て、タッカーはアフガニスタン時代を思い出した。通信の傍受に関する細かい話をしている時にも、同じような輝きが浮かんでいた。

「サイバー戦争という新しい時代を生きる兵士として」フランクは説明した。「戦場にいた頃とは違う新しい技術を習得しなければならない。例えば、システムに侵入する方法とか。その電話に必要なパーツを集めて、もっとしっかりと防御を固めることができるかやってみるよ。必要なものは、今夜おまえの泊まっているモーテルに持っていく。うまくいけばそれまでの間に、今朝送っておいた問い合わせの返事からサンディに関する何らかの情報が得られるかもしれない」

「わかった」

タッカーはフランクの新しい能力にうってつけの作業がもう一つあることに気づいた。キラードローンの遠隔操縦装置が頭に浮かぶ。用心のために、CUCSの操縦装置は電源を切り、昨夜のモーテルから一・五キロほど離れたところに埋めておいた。あの装置から何らかの手がかりを導き出せる人物には、フランクが適任だろう。

「モーテルまで来る前に」タッカーは切り出した。「もう一つ、君が見たいと思うはずのものがある」

「何だい？」

沼地で追い回されたドローンの特性について、タッカーはあまり具体的な話をしなかった。あのドローンを操作するためのオペレーティングシステムに関して、こちらから詳しい説明をする前に、フランクから先入観のない見解を聞く方がいいと判断したからだ。

「きっとびっくりするぞ、とだけ言っておくよ」タッカーは答えた。

フランクは小首をかしげた。「ちょっと気の早いクリスマスプレゼントでももらえるのかな?」

午後六時十七分

またしても暖かかったアラバマの一日が終わって日も暮れる頃、タッカーはアセンズのストーンハース・インに戻った。フランクと別れた後、午後はケインと一緒に公園で過ごした。シェパードは三個のテニスボールを破壊し、五本の小川を泳いで渡った。人目につかないように、モーテルの部屋にこもっている方が賢明だったかもしれない。だが、周囲に目撃者が大勢いる中、白昼堂々と攻撃を仕掛けるほど敵が大胆な行動に打って出るとも思えなかった。

それにケインには少し運動させて、昨夜の緊張をほぐしてやる必要もあった。

〈俺も同じだ……〉

気持ちのいい天気だったにもかかわらず、タッカーは何度も空を見上げ、あの機械音が聞こえてこないか耳を傾けていた。そうした警戒心を引き起こした決して小さくない原因がPTSDにあることは、タッカーも認識している。かすり傷を負っただけですんだとはいえ、沼地で襲撃を受けた影響により、古傷がうずいたのだ。外側は治ったように見えても、内側が完全に癒えることはない。アフガニスタンから帰国した後、タッカーはフラッシュバック、悪夢、不眠症に悩まされ、心が半ば麻痺《まひ》した状態にある。退役軍人の治療を専門とする心理学者とのカウンセリングは義務付けられているために受けたものの、それよりも外の世界で移動を続けながらケインとともに過ごす方が、はるかに大きな心の安らぎを得ることができた。

それでも、悪夢がまだ消えておらず、心のすぐ内側に潜んでいることは、自分でもわかっている。

リスクの高い仕事を引き受け続けている理由はそこにあるのかもしれない。内なる敵に挑むためだ。ある心理学者からはその裏に自殺願望があるのではないかと指摘されたが、タッカーは心のどこかでそれは違うと感じている。生きたいと思っているし、そのことに疑問を感じた場合にはすぐそばにいるシェパードを見ればいい。自分の命を断つ目的のためにケインを巻き添えにすることなど、絶対にありえない話だ。

タッカーが最も共感を覚えたのはあるカウンセラーの話で、ＰＴＳＤを「道徳的な傷」に起因するものだとする診断だった。アフガニスタンでの経験により、タッカーの中の根本的な善悪の判断が深く揺さぶられたというのだ。タッカーはこのところの生き方が、本当の自分を取り戻すための試みなのではないかと思っていた。同時に、それは償いをするためでもある——自分がしたことに対してではなく、自分ができなかったことに対する償い。それがタッカーの人生に目的を与えたのだ。世界の不正に立ち向かうという目的を。

その一方で、この世の中にはピザもある——それも生きるための理由の一つだ。

アセンズまで車で戻る途中で、タッカーはペパロニピザを二枚とサム・アダムスの六缶パックを購入した。部屋に入り、飲み物と食べ物を小さなダイニングテーブルに置いた途端、扉をノックする音が聞こえた。

相変わらず時間に正確なフランクは、片手でタッカーをハグした。もう片方の手には小さなダッフルバッグを抱えている。フランクは部屋に入ると室内を見回し、心のこもっていない感想を述べた。「素敵なところじゃないか」

タッカーは相手の声に込められた皮肉を聞き逃さなかった。確かに高級ホテルとは比べ物にならないが、清潔で居心地はいいし、内装だって使い込まれた中に趣があると言えなくもない。

フランクはピザ一切れとビール一缶を手に取ると、ベッドの上で体を丸めたケインの隣に腰を下ろした。ケインはフランクに向かって挨拶代わりにしっぽを一振りした。すでにケインにはドッグフードをたっぷり与えてある。

「満ち足りた表情を浮かべているな」フランクがケインを見ながら言った。

「ハンツヴィルの公園と水路をすべて制覇して、王様気分なんだろう」

「しまった、王冠を持ってきてやればよかったな」フランクはダッフルバッグのジッパーを開いた。「だけど、ほかにいいものがあるぞ。おまえの電話をこっちによこしてくれ。侵入不可能にできるかどうか、やってみるよ」

タッカーは衛星電話を手渡した。

ピザをほおばりながら、フランクはバックパネルを開き、手を加え始めた。何かを外したり並べ替えたりした後、ようやく新しいＳＩＭカードを挿入する。「これで大丈夫なはずだ。少なくとも、相手がどんな追跡装置を使用しているか、俺たちで突き止めるまでは」

「『俺たち』っていうのはどういう意味だ？」

フランクは衛星電話を返しながら、意味ありげな笑みを浮かべた。ダッフルバッグの中からＣＵＣＳの操縦装置を取り出し、ベッドカバーの上に置くと、いとしい相手に向けるような目つきで装置を眺めている。「実に素敵だ。もっとも、おまえの指示通りに探しても、この宝物が埋まっている場所を見つけるのにはかなり苦労したけどな。ざっと調べるくらいの時間しかなかった。それでも、こいつはかなり高度な……」フランクはドローンの操縦装置から視線を外し、タッカーの顔を見た。「どうやらおまえは俺の専門領域に足を踏み入れたらしい。今さら俺を追い出すことはできない」

「まずいことになるかもしれないぞ、フランク」

「おまえの状態から判断する限り、もうなっているよ」フランクは左右の手のひらを見せた。「いいか、危なっかしいことは喜んでおまえとケインに任せる。俺は裏方としての仕事に専念させてもらうよ」

タッカーはため息を漏らしながら、どう返事をするべきか考慮した。この捜索においてフランクの専門知識が役に立つのは理解できるが、自分としては単独で作戦を進める方が性に合っている。決めかねたタッカーはこう伝えた。「サンディに関してわかったことを教えてくれ。その後で、君からの提案を考えることにする」

「それで異存はない」フランクは肩をすくめた。「俺と同じく、彼女もこのあたりの出身だ。存命している身内は母親だけで、アパラチア山脈の山奥で暮らしている。貧困の激しい郡の一つで、住民たちはよそ者に対する警戒心が強いことで有名だ」

タッカーはジェーンから、行方不明になったサンディと最後に会った人物の一人が彼女の母親だと聞かされたことを思い出した。また、トランクルームの管理人のエディス・ロジアーも、倉庫からあわてた様子で立ち去った後のサンディが母親のもとに向かったと言っていた。

「調べてみる価値があるかもしれないぞ」フランクが言った。

「どうしてだ?」

「山間部に住む人たちは互いに結びつきが強くて、伝統を守ろうという気持ちが強いのと同じくらいに、他人に対する不審の念も強い。つまり、秘密を絶対に守る人たちだということだ。サンディが詮索好きな人たちから何かを隠したいと思ったら、まずそこを考えるんじゃないかな」

タッカーはゆっくりとうなずいた。フランクの言う通りだ。一日をつぶして調べる価値はあるかもしれない。「自宅の近くでの、ここレッドストーン兵器廠でのサンディの役割について何かわかったことは？」

フランクは顔をしかめた。「あまり多くない。彼女は公の部隊には所属していない。半民間的なチームの一員で――オリッサ・グループとかいう名前らしい」

タッカーは思わず姿勢を正した。その名前には聞き覚えがある――「オリッサ」はサンディの即席の研究拠点に置いてあったホワイトボードに記されていた言葉の一つだ。フランクの調査は核心を突いている。どうやらマザーボードやコンピューターコード以外でも能力を発揮できるようだ。

「そのグループは何の研究に取り組んでいたんだ？」タッカーは質問した。

「残念ながら、俺くらいの階級の兵士には非公開の情報だ。怪しまれない範囲で探ってわかった限りでは、そのグループのメンバーがほぼ数学者と統計学者で構成されているということだ。レッドストーンの敷地の片隅に新たに建設された施設で作業を進めている。ほかの施設とは完全に分離されていて、出入りは憲兵の管理下にある。作業者たちもそこの建物で暮らしているようだ」

「『半民間的』と言っていたが、それはどういう意味なんだ？」

「レッドストーンで職務に当たるためには、当然ながら基地司令官の承認と支援が必要だが、俺が理解している限りでは、オリッサは独自の活動を行なっている。民間企業によって運営されているんだ」

「その名前は？」

フランクは再び肩をすくめた。「そのためにはもう少し探りを入れる必要がある。もっと詳しいことがわかれば、たぶん……」

タッカーは迷ったものの、情報の出し惜しみはフランクをさらなる危険にさらすだけだと判断した。「サンディの失踪について、そろそろ君にすべての経緯を明かさなければならないようだ」

フランクが身を乗り出した。「頼む」

タッカーはサンディの自宅で遭遇した侵入者から話を始め、トランクルームの発見で締めくくった。「沼地で俺とケインを追跡した人間は、サンディの家に現れた二人組と同じかもしれない。少なくとも、そのうちの一人が同一人物なのは間違いない」

〈ウェブスターという名前のやつ……〉

フランクがタッカーの説明を遮った。「ちょっと話を戻すけど、サンディ・コンロンの家に現れた男たちが乗っていたサバーバンのナンバープレートはわかるという話だったな？」

タッカーはうなずいた。

「それなら、俺が帰る前に教えてくれ。その車がどこでもいいからレッドストーンのゲートを通過したのであれば、記録が残っているはずだ。そいつが手始めになるかもしれない」フランクはタッカーに向かって手を振った。「続けてくれ。ほかにどんなことがあったんだ？」

タッカーはその先に話を進め、自分とケインを襲ったドローンの性能について詳しく説明した。

一切れのピザを口に半分突っ込んだまま、フランクは目をぱちくりさせて大きく息を吐き出した。「すげえ」フランクはつぶやいた。「聞きたいことが何百と出てきた」

タッカーは笑みを浮かべた。「そうだろうと思ったよ」

「まずは木の幹からほじくり出したという銃弾と、水に浮かんでいるのを発見した誘導装置を見せてくれ」

タッカーは自分の荷物の中から二つの物体を取り出し、フランクに手渡した。

フランクは一分近くも無言のまま、両方を調べていた。「ＰＧＢ――精密誘導弾なのは間違いないな。しかし、これは今までに俺が見たものとはまったく異なっている。家に帰ってから分解してみるよ」フランクの視線がタッカーに戻る。「攻撃してきたドローンに関してだが、目標の正確さはどの程度だったんだ？」

「なかなかのものだが、完璧ではなかった。もう少しで命中するところだった、というのが多かったな。なぜそんなことを聞くんだ？」

「時間の経過とともに正確さが増していったような印象は？」

昨夜のことを振り返ってから、タッカーはおもむろにうなずいた。「そう言われると確かにそうだ。こっちの動きが鈍ってきたせいかと思っていたが、君の言う通りかもしれない」

「ふむ……」

「どうしたんだ？」

「おまえの説明にあったこもったようなエンジン音や、ステルス仕様のカムフラージュから判断する限りでは、俺たちが話しているのは次世代のドローン技術だ。それに関連して現時点で研究が進められている技術的な側面の一つ――最も多くの金がつぎ込まれているのは、単に自動操縦が可能なだけでなく、飛行中に学習するドローンを製造することにある」

タッカーは胃の奥深くに不快感を覚えた。「俺たちが遭遇したのはそれだと考えているのか？　最新の試作機のようなものだと？」

「ああ。だが、そうだとしても疑問が残る。そいつはどこまで自律型なのか？　任務を設定しさえすれば、実行してくれるものなのか?」

「つまり、あとは勝手に狙って撃ってくれるということか」

「それだけじゃないかもしれない。すでに現在の技術でも、ドローンは敵の様々な特徴に基づいて狙いを定めることができる。見た目とか、電子放出とか、移動経路とか、その類いの要素だ。だが、次世代のドローンは、現場で発見したものに対して独自に判断を下すようにプログラムされる可能性が高い」

「その判断の中には撃ち殺すことも含まれるわけか」

フランクはうなずいた。「そこから人間の関与が除外されることになる。戦場に送り込む兵士の命を救うという目的で、そうしたロボット戦士に高い自律性と意思決定能力を与えようという圧力が高まりつつあるのさ」

タッカーは息をのみ、そんな未来の戦争の姿を想像しようとした。

〈いや、想像する必要などないかもしれない〉

タッカーはドローンのエンジン音が再び聞こえてきたかのような気がした。

フランクの説明は続いている。「軍の設計者も企業のプログラマーも、その目標に向かって邁進《まいしん》している。ゴールドラッシュさながらの状態さ。民間軍事会社のブラックウォーターも、二〇〇七年にビジネス戦略の一環として無人飛行機部門を設立し、ロボット傭兵《ようへい》への扉を開いている。軍司令部の規制が及ばないところで運用される自律型ドローンの誕生だよ」

フランクはタッカーの顔色がすっかり青ざめていることに気づいたに違いないが、彼の話はまだ終わっていなかった。「あともう一点。そのドローンを誰が開発したのかは知らないが、機種が一つだけでないことはほぼ確実だ。ドローンの形状やサイズは多岐にわたっていて、その目的も様々だ。空中を飛行するものもあれば、地上を走行するものもあるし、水中を移動するものもある」

タッカーはフランクの警告を肝に銘じた。

フランクはベッドに座り直し、笑みを浮かべた。「それで、おまえの考えは？」

「何についてだ？」タッカーはかろうじて言葉を絞り出した。

「仕事はもらえるのかな？　おまえやケインと一緒に作業ができるのか？　おまえたちの役に立てると言ったはずだが」

タッカーはためらうことなく答えた。「採用決定だ」

フランクはにやりと笑った。「俺はまず何をすればいいんだ？」

「サバーバンのナンバープレートを調べて、何が出てくるかを見てくれ――ただし、気をつけろよ」

フランクはうなずいた。「おまえは何をするつもりだ？」

タッカーはサンディの母親が暮らす場所についてのフランクの説明を思い返した。「バンジョーでも買うとするかな」

11

十月十五日　中部夏時間午前十時十四分
アラバマ州アパラチア山脈

〈本当にバンジョーを買っておくべきだったかもしれない……〉

車を東に走らせながら山間部へと向かうにつれて、見慣れた文明の風景が次第に消え始めた。州道三五号線を離れて田舎道に入ると、たちまちのうちに路面は穴だらけになる。家屋はまばらで、しかも質素な小屋ばかりが目につく。立ち寄ったガソリンスタンドの錆びついたポンプは、一九五〇年代から使用されているような代物だった。タッカーの車に気づくと、庭で遊んでいる子供たちが動きを止め、じろじろ見つめる。女の子たちの服は色あせていて、男の子たちは一様にぶかぶかの半ズボン姿だ。タッカーはポーチに腰掛けた男性に向かって手を振ったが、相手は眉間にしわを寄せただけだった。

あたかも大恐慌時代にタイムスリップしてしまったかのような気分だ。

「ケイン、次回のカヌー旅行の候補地からこの場所は外しておこうな」

シェパードはしっぽを振って答えた。当然ながら、ケインはひなびた光景に釘付けになっていて、子供たちが走っていたり笑っていたりするのを見るたびに、悲しげな鳴き声をあげる。一緒に遊べないことに、落胆しているのだろう。

次第に地形が険しくなり、上り坂の両側はナラの深い森に囲まれるようになった。葉はすでに黄金色や赤に色づいている。

タッカーは時折現れる道路標識を見つけると速度を落とし、フランクから教えてもらった道のりを確認しながら進んだ。サンディの母親――ベアトリス・コンロンが住んでいるのは、山奥にもう五十キロほど分け入ったところで、ポプラーグローヴという集落の外れに当たる。

道沿いにある農家の建物は、どれも下見板張りの造りで、剝がれかけた白いペンキでかろうじてつながっているかのような状態だ。教会も何度か見かけたが、短い尖塔《せんとう》を持つ小さなソールトボックス式の建物ばかりだった。さらに四十分ほどハンドルを握り続けた後、タッカーはようやくポプラーグローヴに到着した。十字路が一カ所に、金物屋、食堂、雑貨屋、ガソリンスタンドが一軒ずつ。ほかには何もないような村だ。

「冗談だろ」タッカーは交差点の手前でブレーキをかけた。「スターバックスはないのか？」

タッカーはのろのろと歩くような速度で車を走らせ続け、ほとんど消えかかった「デーヴィス・ロード」の標識を見つけると左に折れた。一キロも走らないうちに、アスファルトが途切れて砂利道になる。タッカーは砂利道の行き止まりまで進んだ。

前方の柵と雑草の茂みの向こうに、全面がポーチに囲まれたこぎれいな黄色い農家風の建物がある。柵の手前の郵便受けには、「コンロン」と記されている。

タッカーはケインの脇腹を軽く叩いた。「どうやら無事に着いたようだ」

タッカーが車から降りると、ケインもその隣に飛び降り、周囲のにおいを嗅ぎ始めた。タッカーは太陽の光に手をかざしながら、建物を観察した。コオロギの鳴き声を除くと、物音一つしない。

フランクの警告によると、このあたりでは不法侵入者に対して言葉をかけるより先に銃をぶっ放すらしい。

〈せめて威嚇射撃を挟んでくれればいいんだが〉

タッカーは両手を口に当てた。「誰かいますか？」大声で叫ぶ。

答えは返ってこない。もう一度、叫んでみたものの、またしても反応がない。

タッカーは私道に向かった。「私道」と言っても、柵の向こうの雑草の間に轍《わだち》が二本、延びているだけだ。しかし、柵の奥に足を踏み入れるよりも先に、女性の怒鳴り声が聞こえた。「何の用だい？」

タッカーは立ち止まり、ケインに対してそばを離れないように合図した。ポーチの奥の暗がりから人影が姿を現した。

「コンロンさんですか?」タッカーは呼びかけた。

「あんたは?」

「タッカーと言います。声をかけたのですが――」

「さっさと帰りな。あんたから何も買う気はないよ」女性は暗がりの方に戻り始めた。

「違うんです、待ってください。私はジェーン・サバテロの友人です。彼女の依頼を受けて、調べを――」

女性がポーチの手すりまで戻ってきた。「あんた、あたしのサンディを探しているのかい?」

「ええ、そうです」

「見つけてくれたのかい?」

「いいえ、まだです」

「だったら、何のためにここに来たのさ?」

「娘さんのことをもう少し詳しく知ることができれば、発見に役立つかもしれないと思ったので」

たっぷり十秒は間を置いた後、女性はようやく片方の腕を振った。「仕方ないわね。こっちに来てちょうだい」

〈温かい歓迎は期待できそうもないな〉

タッカーは私道を歩き、ポーチに通じる脇の階段に向かった。近づくにつれて、建物の醸し出す趣がいっそう強く感じられる。かなりの年月を経ているものの、手入れが行き届いている。ただし、庭にその言葉は当てはまらない。ポーチに達するまでの間に、ケインの毛には種や実がたくさんこびりついてしまっていた。

「あたしはベア」そう言いながら、女性はケインに向かって顎をしゃくった。「扉の横にブラシがあるよ。きれいにしてやってから家に入れておくれ」

ベアが入口から家の中に入ると、網戸がひとりでに閉まった。

タッカーはブラシをつかみ、数分間かけてケインの毛や自分のズボンにくっついた草の種や実を払った。作業を終えると、網戸を引き開けてこぢんまりとした居間に入る。クリーム色の絨毯はきれいに掃除されていて、家具にもほこり一つついていない。ソファーの両側に置かれたオーク材のテーブルの上には、ティファニーランプが一つずつ載っていた。ソファーの向かい側には壁掛け式のテレビがある。テレビのすぐ上の目立つ位置には十字架が掛かっていて、テーブル上のローズウッドの写真立ての中ではイエス・キリストが清らかな笑みを浮かべていた。

「扉を閉めてもらってもいいかい？」家の奥のキッチンからベアが指示した。「エアコンを入れたから」

「わかりました」

「レモネードは好きかい？」

「ええ。ありがとうございます」

片手にボウルを、もう片方の手には二個のグラスとピッチャーを載せたトレイを持って、ベアが居間に戻ってきた。年齢は五十代半ば、痩身《そうしん》で肌は日に焼けており、白髪交じりのブロンドの髪を後ろで軽く束ねている。カーキのズボンにワークブーツ、格子縞《じま》の長袖のブラウスといういでたちだ。

ベアは水の入ったボウルをケインの前に置いた。「ベルジアン・シェパードかい？」

タッカーは笑みを浮かべた。「でも、ほとんどの人はジャーマン・シェパードと間違えるんですよ。たぶん、訛りのせいでしょうね」

場を和ませようとしたタッカーの試みは失敗に終わった。

「ドッグショーをよく見るのさ」ベアは言った。「ウエストミンスターとかね。この子はいい顔をしている。きっと賢い子だね」

タッカーの顔に誇らしげな笑みが広がった。「そうなんですよ」

サンディの母親はソファーの隣のリクライニングチェアに座るよう促してから、グラスにレモネードを注いだ。「このあたりの人たちの愛想が悪いのは勘弁してやっておくれ。

たぶん、そういう血が流れているんじゃないかねえ」

「気にしていませんよ。長年の経験から、他人に対してある程度の不審の念を抱くのは当然だと思っていますから」タッカーは椅子の隣にいるケインの体をなでた。「私はどんな時でも人間より犬を信頼しています」

ベアが小さな笑みを返しながらソファーに腰掛けたが、タッカーは相手が不安げに眉根を寄せていることに気づいた。「それで、あんたはサンディとは友達だったのかい？」母親は訊ねた。

「フォート・ベニングで出会いましたが、その後は何年も話をしていませんでした。連絡をくれたのはジェーンだったのです。私が助けになるのではと思ったらしくて」

ベアがうなずいた。「ジェーンはいい子だよ」眉間のしわをいっそう深く寄せながら、ベアはタッカーに視線を戻した。「あんたはサンディを見つける助けになってくれるのかい？」

「最善を尽くします」

「あんたの言葉は信じるけど、心配なのさ。あの子はしょっちゅう電話をくれる。三日も電話をよこさないことなんてなかったからね。それにこの数カ月ほど、どうも様子がおかしかったし」

「おかしかったというのは？」

サンディの母親は手のひらをこすり合わせた。不安でたまらないのだろう。「何だか自分の殻に閉じこもっているような感じで、あの子らしくなかった。いらいらしている様子だったね。最後にここを訪れた時には、三週間くらい前のことだったけれど、誰かがここに来て自分のことを聞き回っていなかったかって気にしていたのさ」

「そんな人がいたんですか？」

「ここには来ていないね。それに誰かが村に来たなら、あたしの耳にも届くはずだし」

タッカーは背もたれに寄りかかりながら、サンディの生活の全体像を思い描こうとした。「彼女がレッドストーンで何をしていたのか、どんなプロジェクトに関わっていたのか、知っていますか？」

ベアは首を横に振った。「きっと秘密の仕事だよ。決して言わなかったし、こっちも質問したりはしなかった。コンピューターとか、数学とか、その関係だろうとは思っていたけど。あの子は昔から賢かったから」

タッカーはうなずいた。「一緒に働いている友人の名前とか、その人の話とかを聞いたことはありませんか？」

「一人だけいたね。ノラ・フレイクスという女の子さ。サンディはその子と気が合ったみたいで、何度かここに連れてきて一緒にディナーを食べたこともあるくらい。素敵な子だね。ちょっとつんとしたところがあったけど、いい子だったよ」

　タッカーは相手の声から動揺を聞き取った。窓の方に向けた視線にも、かすかに不安の色がよぎっている。ノラ・フレイクスはおそらく、サンディにとって友人以上の存在なのだろう。だが、自宅を訪れた見知らぬ人間に対して、ベアはそのことを声に出して認めたくないのだ。

　タッカーは話を無難な内容に切り替えることにした。「サンディについて教えてください。数学とコンピューターに興味を抱くようになったきっかけは？」

　ベアの顔に笑顔が戻った。「さっきも言ったように、賢い子だった。でも、小学校時代は目立つ存在ではなかったね。中学に入っても同じ。でも、中学三年生の時、数学の先生に目をかけてもらったのよ。そうしたらたちまち、代数、微分・積分、三角法、コンピューター科学、といった具合。一気に才能が花開いたかのように、優等生の仲間入りをして、卒業生の総代になって、卒業後に入隊した空軍からＭＩＴへの全額奨学金を受けて」

「自分に合った道を見つけることができたんですね」

「まったくその通りさ。あの数学の先生がいなかったら、今頃は赤ん坊をおんぶしながらどこかでウエイトレスとして働いていたはずだよ。ところが、空軍に六年間も在籍できた。除隊後は、ワシントンで仕事ができた――確かジェーンと一緒だったかね」

　タッカーはうなずいた。ジェーンの話では、二人はＤＣの同じ職場で働いていたということだ。

「その後、あの子はレッドストーンでの仕事を見つけた」ベアの話は続いている。「あたしのそばにいたいという理由が大きかったんだと思うよ。あの子が近くにいるなんて、こっちは天にも昇るような気持ちだったよ」

「それで、最後に会ったのは三週間少し前のことなんですね？」

「そうだね」

タッカーは相手の心が揺れているのを読み取った。娘の最後の訪問について、ためらい、あるいは迷いが感じられる。

〈まだ何か隠していることがある〉

タッカーはフランクから聞いた話を思い出した。この山間部に暮らす人たちは、秘密を頑《かたく》なに守り、よそ者に対してなかなか心を開かないという。タッカーにはそんな心の壁を打ち破る必要があった。

ポケットに手を伸ばしながら、タッカーはこっそりケインに合図を送った。

〈仲よくしろ〉

ケインが体を起こし、ソファーに近づくと、ベアの左膝の隣に顎を置いた。サンディの母親が微笑みながら耳の後ろをかいてやると、ケインのしっぽの振り幅が大きくなり、ついには尻まで振り始めた。タッカーはケインが喜んでいるふりをしているわけではないことに気づいていた。体の動きから、シェパードの気持ちは手に取るようにわかる。ケインは本能的にベアのことが気に入ったのだ。ドッグショーが好きだというベアも、その思いにこたえてやっている。

ベアがソファーのクッションをぽんと叩いた。

ケインはソファーに飛び乗り、ベアの隣で体を丸めた。

「何て可愛い子だこと」ベアがつぶやいた。

「人を見る目もあるんですよ」タッカーは身を乗り出し、ポケットからそっと取り出した写真を手渡した。ジェーンから預かった写真で、肩に手を回した三人が、大口を開けて笑顔を浮かべている。「サンディもそうですけれど」

ベアは写真を受け取り、娘の姿を指でなぞった。「ずいぶんと若かった頃の写真だね」

タッカーの顔にも、ベアと同じ悲しげな笑みが浮かぶ。「みんなそうです。私の犬のケインも写っています」

ベアは三人の足もとにしゃがんだ二頭の軍用犬を凝視した。「これがケインなのかい？」

「ええ、彼が――」

ベアが背中を伸ばし、大きく目を見開いてタッカーを見つめた。「二頭の犬と一緒の兵士というのは、あんたのことだね？」

タッカーは相手の反応に面食らった。

「サンディからあんたのことを聞いていたんだけど、名前を忘れてしまっていたみたいだね。でも、サンディの話は覚えているよ。あんたのことも、ケインのことも、あともう一頭の……」

「アベルです」タッカーの声が上ずった。

兄弟の名前に、ケインが頭を持ち上げて反応した。その口からかすかな鳴き声が漏れる。ベアが手を下ろしてケインをさすった。

「そうそう、ケインとアベルだよ」ベアはテレビの上の十字架を一瞥した。「聖書に出てくるのはカインとアベルだけどね」

タッカーはうなずいた。すぐには言葉が出てこない。

サンディの母親が手を伸ばし、タッカーの膝に触れた。「あんたが何を失ったのかは知っているよ。サンディから聞いているから。気の毒なことだったね」

タッカーは大きく息を吸い込み、頭の中を埋め尽くそうとする暗い記憶を押しとどめようと試みた。

〈話を元に戻さなければならない〉

「お心遣い……ありがとうございます」タッカーはつぶやき、咳払いした。「聞いてください、コンロンさん――」

「どうかベアと呼んでおくれ」

タッカーはうなずいた。「ベア、サンディがここに何かを残していったのだとしたら、彼女がどこに行ったのか、あるいは彼女がどんな仕事をしていたのかに関する何かがここにあるのなら、それを知る必要があるのです」

ベアは躊躇しなかった。立ち上がり、一言告げる。「ここで待っていておくれ」

階段を上ったベアは、一分後に戻ってきた。差し出した手のひらには、ＵＳＢのフラッシュメモリーが載っている。ステンレス製で、タッカーの親指くらいの大きさだ――通常のフラッシュメモリーよりもサイズが大きい。ラベルや文字のようなものは見当たらなかった。

「自分の身に何かが起きたら、これを信頼できる人に渡してほしいとサンディから言われていたのさ」ベアはフラッシュメモリーをタッカーの手のひらに置いた。「娘はあんたたちみんなのことを愛していた。あんたたちの話をする時のあの子の顔を見れば、すぐにわかったもの」

タッカーはフラッシュメモリーを受け取りながら、返す言葉が思い浮かばなかった。

ベアは話を続けた。「サンディはこうも言っていた。これを渡す人には、あの子の同僚たちも危険にさらされていると警告するようにって」

〈同僚たちだって？　オリッサ・グループのほかの研究者たちのことに違いない〉

「あの子は頭がよかっただけでなく、とても優しい心の持ち主でもあった」ベアが言った。「子犬を助けるためなら列車の前に立ちはだかることも厭わなかっただろうね。どんなトラブルに巻き込まれようとも、友達を危険な目に遭わせるようなことは絶対にしたくないと考えていたはずよ」

〈だから彼女はあんなにも密かに作業をしていたのだろうか?〉

タッカーは手のひらのフラッシュメモリーを握りながら、それが持つ重要性を強く意識した。「ありがとうございます」

「それが役に立つといいんだけどね。でも、一つ私に約束しておくれ、タッカー」

「どんなことでも」

「誰かが娘に何かをしたのであれば、あんたにそれを正してほしいんだよ」

タッカーはうなずいた。「任せてください」

午後二時二分

〈道に迷いそうな予感がするな〉

焼いたボローニャソーセージのサンドイッチを作ってあげると言ってベアが譲らなかったため、タッカーとケインが彼女に別れを告げたのは午後になってからのことだった。今は車で山を下っているところだが、午前中に来た時と同じ道ではない。タッカーはベアからサンディがハンツヴィルへ戻る時に使うルートを聞き出していた。地元の人ならばアパラチア山脈を抜ける景色のいい近道を知っているはずだと思ったからだ。

車が走行しているスカイライン・ロード沿いには、行きと比べるとはるかに鬱蒼としたマツの森が生い茂っており、木々の数メートル奥が見えるかどうかだ。尾根に差しかかって上りが終わり、山腹を下る急峻《きゅうしゅん》なつづら折りの道になると、ダッジのギアをローに入れて走り続ける。

カーブを曲がると左手にごつごつした岩肌の峡谷が現れた。ガードレールや柵の類いは存在しない。路肩の向こうのはるか下には、鮮やかな緑色の水が見える。道路脇の赤い標識には次のように記されていた。

高アルカリ性の水
許可なく立ち入ることを禁じる
アメリカ合衆国環境保護庁

タッカーは速度を緩めながら眼下の池を眺めた。

〈水没した採石場の跡だな〉

有毒な湖に沿って延びる道路を車で走行しながら、タッカーは強い不安を覚えた。ベアの話によれば、サンディが実家を後にするのは決まって日没後だったという。夜のスカイライン・ロードは真っ暗なはずだ。タッカーは暗くて行き交う対向車もない別の道路を思い浮かべた。あの道沿いにも水没した施設があった。自分とケインが待ち伏せされたのは、死体を隠すのが容易な場所だった。

敵はサンディの待ち伏せにも同じような場所を選んだとは考えられないだろうか？

最悪の事態を恐れながら、タッカーはダッジの速度を落とし、路肩がいくらか広くなっているところに車を停めた。バックパックを持って車を降りる――用心のため、二日前の夜に敵から奪ったMP-5アサルトライフルをブランケットの下から取り出し、肩に掛けた。ケインを従えて採石場に近い側の道路脇を歩くうちに、タッカーは路肩の砂利が乱れている箇所を発見した。その先に目を向けると、押しつぶされた雑草の線が二本、はっきりと採石場の方に延びている。

〈車の通った跡だ〉

タッカーはその線をたどり、峡谷の断崖の端に達した。双眼鏡を取り出し、幅八百メートルほどの採石場を探る。はるか右手には別の赤い標識とゲートがあり、その先の断崖面を削って造った道は、岩や灰褐色の砂利から成る岸まで通じていた。

タッカーは五分間かけて湖面を捜索した。岸から約十メートルの地点で、ようやく何かの輪郭らしきものを発見する。タッカーは双眼鏡のズームを拡大させた。何を見ているのかがわかるまでに、さらに三十秒を要した。

〈シートベルトの端だ〉

それがまるでコンブのように浮かんでいる。

タッカーは腹部に冷たさを感じた。

双眼鏡を下ろし、湖岸に通じる道へ向かう。ゲートは苦にするような代物ではなかった。タッカーは上を飛び越え、ケインは下をくぐり抜けた。並んで道を下り、湖岸に急ぐ。すがすがしいマツの香りが、たちまちのうちに金属的なにおいに取って代わった。塩と油が混ざったような中に、強い刺激臭がはっきりと感じられる。

タッカーは波が打ち寄せる湖岸に近づき、湖面に浮かぶシートベルトを観察した。それをたどって濁った緑色の水に目を凝らすと、その下に鈍い銀色を確認できる。サンディが乗っていたのも銀のフォード・トーラスだ。

「たまたま同じ車が沈んでいるだけなのかもしれない」タッカーは期待を込めてつぶやいた。

次にしなければならないことについては、あまり気が進まない。

タッカーはケインの方を向き、指を一本立てて空中で回した。「巡回しろ、厳重警戒」

ここで奇襲を受けたりしたらたまらない。タッカーはバックパックを外し、その下にライフルを置いて見られにくくした。続いて服を脱ぐ。ＬＥＤの懐中電灯を口にくわえて湖に入り、水深が胸のあたりにまで達すると、湖面に浮かんだシートベルトに向かって泳ぎ始めた。

タッカーは覚悟を決めた。

〈やるしかない〉

大きく息を吸い込み、冷たい深みに潜る。目を刺激するアルカリ性の水が、急ぐように促す。タッカーは一蹴りでバンパーまで到達した。懐中電灯のスイッチを入れ、バンパーに沿って照らすうちにナンバープレートを発見する。

サンディの車のものと同じだ。

〈もう疑問の余地はない〉

タッカーは再び足で水を蹴り、運転席側の扉に回り込んだ。セダンの車体側面の数十センチ先を見ると、パネルが内側にへこんでいる。傷を指先で探ったタッカーは、鋼鉄製の車体に三つのぎざぎざの穴が開いていることに気づいた。

〈弾痕だ〉

タッカーは懐中電灯の光を開いた運転席側の窓に向け、車内の前部と後部を探した。

何もない。

息苦しくなってきたので、タッカーは水面に浮上した。立ち泳ぎをしながら深呼吸を繰り返し、まばたきをして目の痛みを取り除こうとする。いったい彼女はどこにいるんだ？

何者かが彼女を誘拐し、足跡をたどられないように車をここに遺棄したのか？　だが、タッカーはそうではないという気がした。

まだ探していない場所が一つだけ残っている。

タッカーは湖岸に視線を向けた。ケインが警戒を続けている。タッカーはシェパードに向かって親指を立てた。それに対して、ケインが一回だけ吠える。「異常なし」を意味する返事だ。

ケインの鋭敏な感覚が危険を察知していないと確認すると、タッカーは再び水中に潜った。運転席側の扉に向かい、開いた窓から上半身を車内に突っ込む。指先で探りながら、タッカーはトランクのボタンを見つけた。ボタンを押しながら、トランクを開けるだけの電気がバッテリーに残っていることを祈る。残っていない場合は、ダッジを停めたところまで戻ってタイヤレバーを取ってこなければならない。

だが、背後からこもった音が聞こえた。

タッカーは車内から抜け出し、車の後部に向かって移動した。バンパーの手前で立ち止まり、決意を固め、トランクの側に回り込む。

タッカーは口から空気が噴き出そうになるのをこらえた。

トランクの中で死体が揺れていた。顔は青白く、皮膚はめくれかけ、一部はすでに剝がれてしまっている。口は半開きで、白く濁った瞳がタッカーの方を見つめている。タッカーが呆然《ぼうぜん》と見つめる目の前で、まるで助けを求めるかのように、両腕がゆらゆらと浮かび始めた。

サンディ・コンロンだ。

タッカーは頭の中が真っ白になった状態で水中に浮かんでいたが、やがて心が機能し始める。今までに何度となく死体を目にした経験がある。これも同じはずだった。

だが、同じではなかった……同じなわけがなかった。

顔の腐敗は始まっているものの、タッカーは左のこめかみに銃創《じゅうそう》があるのをはっきりと確認できた。また、死体の腹部も切り裂かれている。こちらはおそらく死後に行なわれた処置で、分解の過程でガスがたまらないように内臓に穴を開けるのが目的だ。何らかのはずみでトランクが開いてしまったとしても、こうしておけばサンディの死体は水面に浮かび上がらない。アルカリ性の水が肉体を分解するまで、トランクの内部にとどまったままだ。

タッカーは心の中でわめいた。

〈くそったれ野郎どもめが……〉

タッカーは身をよじり、水面に浮上した。燃えさかる怒りの炎が、体から寒気を一掃する。

たまたま車を発見しなかったら、トランクがサンディの永遠の墓場になっていたことだろう。犯人の正体はわからないが、そいつらはまるでごみを捨てるかのようにサンディを始末したのだ。ほかの同僚たちが死んだり行方不明になったりしていると、ジェーンが話していたことを思い出す。このまま何もしなければ、ジェーンと彼女の息子のネイサンも、同じ運命に見舞われてしまうだろう。

〈そんなことはさせない〉

タッカーは岸に向かって泳いだ。

〈これが最後だ〉

第二部　追撃

12

十月十五日　東部夏時間午後八時十七分
テネシー州キングスポート

過去の亡霊に追われ、正体不明の敵から逃れながら、タッカーは時間の余裕をもって約束の場所に到着した。サンディの死体をひとまずはそのままにしてアパラチア山脈を後にした後、タッカーはジェーンに連絡を入れ、直接会う必要があると伝えていた。

ジェーンはテネシー州キングスポートの幹線道路沿いにあるレストランを指定した。サンディが殺害された現場からは北東に約五百キロ離れたところだ。ジェーンがなぜキングスポートを選んだのか、タッカーには予想がついていた。この街はハンツヴィルとワシントンDCの中間地点に位置している。ジェーンは息子とともに、住み慣れたDCのどこかに身を隠していたのだろう。

タッカーはジェーンがなぜ隠れているのか——および誰から隠れているのかを、具体的に突き止めたいと考えていた。

そろそろもっと答えを得る必要がある。

その思いに後押しされるかのように、タッカーは四時間かからずにキングスポートに到着し、州間高速道路八一号線沿いにある一九五〇年代をテーマにしたレストランの駐車場に車を乗り入れた。レストランに入ると、扉のベルが音を立てる。耳障りなまでに大きな音だ――だが、少なくとも店の内装にはぴったりだった。ボックス席は赤いビニールカバーで覆われていて、テーブルの天板は黒と白の格子模様のメラミンのコーティング、その縁にはクロームめっきが施されている。タッカーはレストランの女性店長にケインが介助犬だというのいつもの偽の説明をしてから、店の奥のジェーンが座っているボックス席に向かった。

時間が少し遅いせいか、座席は半分ほどしか埋まっていない。それでも、フォークが皿と当たる音やたわいもない会話の声が店内に響き渡っている。

〈ちょうどいい〉

タッカーはジェーンの向かい側に座った。ネイサンは母親の隣の補助椅子で、スプーンに映る自分の姿をじっと見つめている。

ジェーンが立ち上がり、タッカーを抱き締めた。「会えてうれしいわ」耳元でささやくと、ジェーンは体を離し、タッカーの顔をまじまじと見つめた。「怪我をしているじゃない」

タッカーは肩をすくめた。「この仕事には付き物だからな」

ジェーンはタッカーの顎のすり傷を指先でなぞってから、顎の先をつかみ、顔を横に向けさせた。耳の絆創膏を見て眉をひそめる。「問いただしても、本当のことを教えるつもりはないんでしょ？」

「教えるつもりだけどな。ただし、後で話す」

「ふーん」ジェーンは片膝を突き、同じように親しみを込めてケインに接した。「彼がトラブルに巻き込まれないようにするはずでしょ」

「最善を尽くしているよ」

ジェーンはにやりと笑った。「私はケインと話をしているの」

ジェーンがシェパードをボックス席の方に手招きした。ケインはタッカーとネイサンの間に潜り込んだ。

ネイサンがケインを指差した。「ワンワンだ！」

「ケインよ」ジェーンが優しく教えた。

「違うよ、ワンワンだ！」

ジェーンは仕方ないといった様子で首を横に振った。「間違いじゃないけど」

男の子はタッカーに指先を向けた。「誰？」

「誰だと思う?」タッカーは聞き返した。

どうやら満足のいく反応ではなかったらしい。ネイサンはケインに注意を戻した。鼻先で手を振ると、ケインが指をぺろりとなめる。声をあげて笑っているところを見ると、犬の反応の方がネイサンの心をつかんだようだ。

男の子とケインがじゃれ合っているのを眺めながら、タッカーはふと、ネイサンが自分の子供で、ジェーンが妻だったらと想像した。歩むことのなかった道のりだ。だが、その思いがふくらむ前に抑えつける。今は自分の選択をあれこれ考えている場合ではない――過去の選択も、この先の選択も。

タッカーはついネイサンをじっと見つめてしまっていたことに気づき、ジェーンに視線を戻した。「失礼」

「謝る必要なんてないわ。私もこの子を見ているだけで時間が過ぎていくことが多いもの。子供が持っているすごい力の一つね」

ウエイトレスがやってきたので料理をオーダーした。タッカーはチーズバーガーとフライドポテト、ジェーンはコブサラダ、ネイサンにはフルーツカップ。ウエイトレスが一枚の塗り絵を置くと、ネイサンはクレヨンで色を塗り始めた。

男の子の興味が新しいものに移り、忘れられてしまったケインがため息をついた。

料理が運ばれてくるのを待つ間、背もたれに寄りかかったジェーンは覚悟ができているかのような表情を見せた。「電話の口調から、いい知らせではないのは何となくわかったわ。教えてちょうだい」

タッカーはネイサンの方をちらりと見ながら、片方の眉を吊り上げた。

ジェーンは意図を理解した。「大丈夫よ。塗り絵をしている時は夢中になっているから」

タッカーは咳払いをしてから、回りくどい言い方をしないことに決めた。「サンディは死んだ」

ジェーンはタッカーを見つめたまま、しばらく反応がなかったが、やがて目を閉じた。震える唇をきっと結ぶうちに、二粒の涙がまぶたの下からあふれ、頬を伝って落ちる。

ジェーンは一度だけ首を横に振り、ナプキンをそっと目に当てた。「そうじゃないかという予感はしていたけど……実際にそうだと聞かされると。希望は捨てたくなかったから」

タッカーとしてもジェーンの希望を奪いたくはなかった。「残念なことだった」

「何があったのか教えて」

タッカーは採石場での発見の話をした。包み隠さずすべてを伝えた。

「彼女は苦しまなかったと思う？」ジェーンが訊ねた。

こめかみの銃創を思い出し、タッカーは息をのんだ。「そうだといいんだが」

「お母様には知らせたの？」

「いや……まだだ」

ジェーンの手がタッカーの手に触れた。「明日、私が知らせる。どこか安全な場所に移ってから。すべてを説明して、誰にも口外しないように伝えておくわ」

「助かるよ」タッカーは自分の両手をじっと見つめた。「だけどな、ジェーン、そろそろすべての情報を明かす潮時だと思う。知っていることはすべて君に教えるから、君もそうしてほしい。いいかな?」

ジェーンがうなずいた。

店内を見回して声が聞こえそうな距離にほかの食事客がいないことを確認してから、タッカーは話を始めた。サンディの自宅での銃撃戦、トランクルームでの発見、フランク・バレンジャーと会ったこと、沼地での待ち伏せ。

「あなたを攻撃したのがドローンだというのは確かなのね?」ジェーンが問いただした。

「ああ。あとおそらく、サンディを襲ったのも」

ジェーンは大きく深呼吸をした。「急に行方不明になったり死んだりしたのはサンディが最初ではないということもわかっている。唯一の関連性は、私たち全員がアメリカ国防情報局の統括していたプロジェクト623の一員だったということ」

「君たちは何に取り組んでいたんだ?」

「数学、コンピューター・プログラミング、暗号学、統計学。誰一人として、全体像や最終目標は伝えられていなかった。各自に割り当てられたパズルのピースに関する知識しか持っていなかったわ。でもね、タック、活動資金は潤沢《じゅんたく》にあったのよ――びっくりするくらいに。本当に国防情報局のために作業をしているのか、百パーセントの確信が持てないくらいだったわ」

「作業はどこで行なっていたんだ？」

「メリーランド州シルヴァースプリングの、これといった特徴のない建物の中。警備は厳重だし、出入りも厳しく制限されていて、定期的に所持品検査や身体検査も実施されていた。使用しているコンピューターのファイアーウォールの外に、別のファイアーウォールがあったくらいだから」

「プロジェクト623が行なわれていた期間は？」

「開始から八カ月後にチームは解散したわ」

「その時点になっても、プロジェクトの最終目標は知らされていなかったんだな？」

ジェーンはうなずいた。

「名前はどうなんだ？　プロジェクト623に何か意味はあるのか？」

「あるわ。アラン・チューリングについて、何か知っているかしら？」

タッカーはその名前に反応した。「サンディのトランクルームの中のホワイトボードに、その名前が書いてあるのを見た。イギリスの数学者で、ドイツ軍の暗号を解読した」

「エニグマのことね。でも、その功績はアラン・チューリングの本当の才能のごく一面にすぎない。彼の業績は現代のコンピューターの土台になったのよ。今の私たちが目にしているコンピューター技術のすべては、彼のおかげで存在していると言っても過言ではないわ。作業をしていたロンドン郊外のブレッチリー・パークで、彼は最初の電気式機械、つまりコンピューターの第一号を発明した。それを使ってナチの暗号を解読したわけ。その知識が得られたおかげで、連合軍はドイツ軍の動向を予測したり、ナチに偽の情報を流したり、海中に潜むUボートを迂回するように輸送船団のルートを変更したりすることができた。エニグマの解読が大戦の終結を早め、何十万人もの命を救ったのよ」

タッカーはうなずいた。サンディのホワイトボードに残されていた数少ない手がかりをグーグルで検索した時に、同じような記述を読んだ覚えがある。「あと、俺が理解している限りでは、チューリングは数年後にイギリスで逮捕されたということだが」

ジェーンがうなずいた。「同性愛者だということが発覚して、『著しい猥褻《わいせつ》行為』で有罪判決を受けたの。刑務所に入るか、化学的な去勢を受けるかの選択肢を与えられたチューリングは、後者を選んだわ。機密情報を取り扱う資格が剝奪《はくだつ》され、社会的な信用も失墜した。その二年後、彼は自殺している」

「信じられない話だな」タッカーはつぶやいた。「しかし、そのことがプロジェクトの名前――623とどんな関係があるんだ?」

「アラン・チューリングの誕生日は六月二十三日よ」

ふと思い出したタッカーは、フランクが探り出した情報を明かした。「プロジェクト623の終了後、サンディはレッドストーンで新たな極秘プロジェクトに携わった。そこもシルヴァースプリングとかなりよく似た施設のようだ。隔絶された敷地とか、厳重な警備とか。『オリッサ・グループ』という名前だ。何か心当たりはないか?」

ジェーンは首を横に振りかけた——そこで動きが止まる。「待って」ジェーンはiPadを取り出し、二分間ほど何かを入力した。「やっぱりそうだわ。チューリングの父親はインド高等文官で、オリッサ州に駐在していた。チューリングが生まれた時、両親はロンドンに帰国していたけど、任期が残っていたので再びオリッサに戻っているわ」

「つまり、もう一つのプロジェクトもアラン・チューリングと関連があるということだ」タッカーはジェーンに鋭い眼差しを向けた。「とてもじゃないが偶然の一致だとは思えない。プロジェクト623を閉鎖した何者かが、レッドストーンで同様の研究を再開したんだ」

「でも、どうしてそっちに場所を移したの?」

「それよりも重要なのは、最初のプロジェクトが終了してずいぶんと時間がたってから、なぜ623の関係者を殺し始めたのかということだ。あと、どうしてサンディだけを新しいプロジェクトに引き入れたんだろうか?」

ジェーンはしばらく考え込んでいた。「推測にすぎないけれど」静かな口調で切り出す。

「私たちの同僚の中では、サンディが抜群に優秀だった。プロジェクト623の後でゼロから新たに立ち上げるのではなく、研究の継続性を維持するためには彼女が必要だったんじゃないかしら。サンディがレッドストーンでの仕事のオファーを受けたのは、623が終了してからわずか一カ月後のことだったもの。でも、彼女が研究者のリーダー格だとしたら、どうして殺したりするの？」

タッカーは拳を作った。「答えが何であれ、見つかるまで探し続ける」

ジェーンがテーブルを挟んで手を伸ばし、タッカーの拳を強く握り締めた。「あなたならきっとやってくれる」

「すべてはアラン・チューリングの仕事と関連しているに違いないが、いったいどう関わっているんだ？」

ジェーンは肩をすくめた。「623の全員がプロジェクトの最終目標に関しては知らされていなかったけれど、だからと言って何も考えなかったわけではないわ」

「具体的に説明してくれ」

「第二次世界大戦中も大戦後も、チューリングが秘密のプロジェクトに取り組んでいたという噂があるのよ」

「どんなプロジェクトなんだ？」

「最初に理解しておいてもらわないといけないのは、研究者として働き始めた当初から、チューリングがコンピューターの限界を認識していたということ。彼はそうした障壁を打ち破るスーパーコンピューター的な装置の仮説を立てていたの。彼はそれを『オラクル』と命名し、コンピューターに無作為性を組み込むことがオラクルを造り出すための鍵だと信じた。自身のコンピューターの中にラジウムを入れることまで提唱していたわ。ラジウムの予測不能な放射性崩壊が、望み通りの無秩序な無作為性の引き金になるのではと期待していたのよ。もちろん、そんなことは実行に移されなかったし、多くの人はチューリングがオラクルを製造するためにそれ以上の何かを行なうこともなかったと信じている」

「だが、君はそうではなかったかもしれないと考えているんだな?」

それに対するジェーンの返事は、左右の眉を吊り上げただけだった。

「なぜだ?」タッカーは訊ねた。

ジェーンは身を乗り出した。「ある時、プロジェクト623が閉鎖になる二、三週間前のことだけど、全員が一室に集められて、何枚もの大きく引き伸ばした写真を見せられたことがあったの。方程式やアルゴリズムの写真で、古い研究日誌かノートのような何かのページを撮影したものだった。まだ初期段階みたいだったけど、画期的な内容だったわ」

「何に関する研究だったんだ?」

「膨大な量のデータを分析するための革新的な方法、いわゆる『ビッグデータ』の処理ね」

タッカーは理解できずに首を左右に振った。

ジェーンがため息をついた。「インターネットでは一日当たりで三百京バイト以上のデータが生まれている。『京』というのは1の後ろに0が十六個続く単位のこと」

「確かに、ビッグだな」

「しかも、年を追うごとに増大し続けているのよ」

「具体的にはどんな種類のデータなんだ？」

「ありとあらゆるもの。景気動向、病気の感染経路、世界全体の犯罪統計、交通渋滞、気象関係。それだけの量のデータを収集するだけなら話は簡単なの。問題はそんな大量の生のデータをどう処理するかということ。照合して、分析して、共有して、視覚化するには、どうしたらいいか？」

「今までにそんなことを試した人がいるのか？」

「ずっとやり続けているわよ。例えばロサンゼルス市警がそう。彼らはビッグデータを用いて『先行対処的な取り締まり』という名称の試験的な取り組みを開始した。そのおかげで、窃盗目当ての不法侵入が二十六パーセントも減少している。でも、彼らの手法もまだ粗削りな段階で、実現可能なことのほんの表面的な部分だけを扱っているにすぎないわ。プロジェクト623で私たちに割り振られたのは、その手書きのアルゴリズムを解析して、情報の抽出とその結果の活用を向上させるためにはどうすればいいかを突き止めることだったの」

「その目的は？」

「チューリングのオラクルを実現させた、究極の電子スパイシステムの構築だったんじゃないかしら。私たちが見せられた方程式やアルゴリズムは、どんな暗号化されたデータにも侵入できることを意図して作成されたものだった。実現したら、民間企業のものであろうと政府のものであろうと、どんな情報でも安全ではなくなるでしょうね。あたかも生きているかのように、自動的に調整可能な暗号解読装置が誕生することになるんだから」

タッカーは胃に不快感を覚えた。「まったく新たな戦争の時代が幕を開けることになるぞ。銃弾も銃剣も必要ない。奪い取ったデータがありさえすればいい」

「そういうこと。秘密など存在しなくなる。あなたを追尾した高度なドローンのことが気がかりな理由はそこにもあるの」

「なぜだ？」

「ビッグデータにおける最もビッグなトレンドの一つがRSDなの――遠隔測定装置のこと。ドローンの遠回しな言い方に当たるわ。インターネットからのデータは膨大な量にのぼるけれど、それでも実際に飛び交っているデータのごく一部にすぎない。電波、マイクロ波、固定電話による通信、そのほかいくらでもあるわ。RSDの目標は、積極的に出かけてデータを収集してくれる何かを造ることにあるのよ。小型で、目立たなくて、賢い何かを」

〈学習能力のあるドローンのようなもの、ということか〉

「つまり、サンディのグループはそのような何かの研究に取り組んでいたのかもしれないということなんだな?」タッカーは質問した。

「レッドストーン兵器廠はNASAのマーシャル宇宙飛行センターをはじめとして、高高度で遠距離のアビオニクス、つまり航空機用の電子機器を扱う部隊の拠点でもある。次世代のスマートドローンの実験を行ないたいと考えるチームにとって、その手始めには格好の場所だと思うわ」

「サンディがそんな計画に参加していたと、君は本気で考えているのか?」

「最初から知っていたとはとても思えない。でも、シルヴァースプリングの頃から、サンディは研究の方向性に関して不安を覚えていたわ。私たちみんなもそうだったけれど、彼女はより強く感じていたんじゃないかと思う。だから例のトランクルームを借りたのかもしれない。何とかして食い止めるか、あるいは関係者を白日のもとにさらそうとしていたのよ」

〈そのせいで殺されてしまった〉

ジェーンがタッカーの手首をしっかりとつかんだ。「誰かがレッドストーンのその施設に入り込まなければならない。これ以上の情報を手に入れるためには、それしか方法がないわ」

「それについての手はすでに打ってある。だが、君に取り組んでほしい仕事はここにある」タッカーはポケットに手を入れ、ベアから渡されたUSBフラッシュメモリーを取り出した。「サンディはこいつを母親の家に隠していた。開こうとしたんだが、何重にもパスワードがかかっている。あと、サンディは母親に、オリッサ・グループの同僚が危険にさらされるかもしれないと警告していたらしい」

ジェーンの顔色が青ざめた。「プロジェクト623のチームに対してしたように、殺し屋たちがまた後始末を始めるかもしれないということなの?」

「もう始めているかもしれない」

〈サンディを皮切りとして〉

ジェーンはテーブルの上のフラッシュメモリーを見て、あたかもガラガラヘビが出現したかのように顔をしかめた。それでも、手のひらで包み込み、自分の方に引き寄せた。「できるだけのことはやってみるわ」

「あと、危ないことはするなよ」タッカーは警告した。

「あなたもしないと約束して」

〈そんなやり方じゃうまくいきっこない〉

中部夏時間午後十一時四十八分
アラバマ州ハンツヴィル

モーテルの駐車場に車を入れたタッカーは、部屋の扉のすぐ外にある木製のベンチにフランク・バレンジャーが腰掛けていることに気づいた。

「ずいぶんと夜更かしだな」そう言いながら立ち上がると、フランクはタッカーとケインを出迎えた。ケインの体をぽんと叩いてくれたが、シェパードは疲れ切っているらしく、力なくしっぽを一振りしただけだ。

タッカーはケインの反応を理解できた。キングスポートまで往復したので、自分も尻と脚がしびれてしまっているかのように感じる。「その荷物はどうしたんだ？　引っ越しでもするのか？」

フランクは地面に置いた三つの黒いケースを見下ろしながら肩をすくめた。「休暇を取ることにしたんだ」

「何だって？」

「一カ月間。だから時間はたっぷりある」

「それなのにハワイには行かずに、俺やケインと一緒に過ごすつもりなのか？」タッカーは鍵を挿し込んでロックを解除し、扉を押し開けると、フランクを中に入れた。「そのケースの中身は?」

「俺の商売道具だ。キラードローン対策に必要なものがすべて揃っているといいんだけどな」

「フランク、君は俺の裏方に徹すると言っていたはずだぞ。これじゃまるで最前線の兵士気取りじゃないか」

フランクは肩をすくめた。「いいか、タッカー、確かに俺たちは親友という間柄ではなかったが、それでも一緒に戦った兄弟だ。俺の駐屯地内の何者かがおまえたちを殺そうとしている。おまえは俺に助けを求めた。だから俺は手を貸そうとしているだけだ」

タッカーはフランクが危険を十分に認識しているのか怪しい気がした。いい加減にきちんと伝えておかなければならない。「聞いてくれ、フランク。サンディ・コンロンを見つけた」

「何だって?」

「連中は彼女を撃ち殺し、腹を切り裂き、車のトランクに詰めた。俺たちが相手にしているのはそういうやつらなんだよ、フランク。そいつらに捕まったら、俺たちもサンディと同じか、もっとひどい目に遭うことになる」

タッカーの言葉は期待通りの効果をもたらした。フランクは室内の机のところまで歩き、椅子を引き、腰を下ろした。しばらく無言のまま、じっと壁を見つめている。やがてフランクはタッカーに向き直った。「なるほど、よくわかった。今の話を聞いてかなりびびったことは認めるよ。だけど、それで何かが変わるわけじゃない。俺は全面的に関わるか、あるいは完全に手を引くか、どちらかだ」

タッカーはため息をついた。これに関して簡単に譲るわけにはいかない。

「俺の専門知識が絶対に必要になるはずだ」フランクは食い下がった。「おまえがあちこちドライブしている間に俺が学んだことを知ったら、なおさらそう思うんじゃないのかな」

タッカーは顔をしかめた。「何だって？」

フランクはケースの一つを膝の上に置き、留め金を外して開いた。中から取り出したのは見覚えのある白いポリマー製の物体――タッカーが沼地で回収した誘導装置だ。

「ちょっとこいつをいじってみた。使用されているアビオニクスは超マイクロ技術で、基板はどうやらレアアースでできている。その種類まではまだわからないが、国外で採取されたものなのは間違いなさそうだ。あと、表面にある線状の突起が見えるか？　こいつは酸のダクトだ」

「酸？」

「回収できるような証拠を残さないために、発射後にこの装置を分解するのさ。だが、どうやらうまく機能しなかったらしい。つまり、ドローンと同じように、これもまだ試作段階だということだ。ベータテストの途中といったところかな」

〈やれやれ……俺は実験用のモルモットだったというわけか〉

「だが、こいつは完成間近な状態にある」フランクが警告した。「一歩手前といったところだ」

タッカーはその情報を心に留めた。「ナンバープレートに関してはどうなんだ？　サンディの自宅まで乗りつけてきたサバーバンのナンバーを教えただろう？」

フランクは装置をケースの中に戻した。「それについては大当たりだったよ。ナンバーはオリッサ・グループが隔離されているあたりに割り当てられている八台のサバーバンのうちの一台と一致した。だが、ここから話はもっと面白くなる。車はすべて、とある民間軍事会社に登録されているんだ」

「どこだ？」

「タンジェント・エアロスペース」

〈やっと具体的な名前が……〉

「本社はニューメキシコ州ラスクルーセス」フランクは説明を続けた。「あいにく、それ以上のことは大してわかっていない。少なくとも、今のところは。やるべきことのリストに入れてあるよ」

「問題のサバーバンを運転していた人物の名前は特定できたのか？」

「いいや。社用車だから、タンジェントの従業員ならば誰でも使用できる。だが、レッドストーンにいるタンジェントの従業員の名簿は入手した」

「見せてくれ」

フランクは名簿を印刷した紙をケースから取り出し、タッカーに手渡した。

タッカーは目を通しながら、ある名前を探し――発見した。

「ウェブスター……カール・ウェブスター」タッカーは名前を読み上げた。「タンジェントのセキュリティ部門の統括者」

「その男を知っているのか？」

タッカーは廃墟と化した工場の床で仰向けに倒れた男を思い浮かべながら、ゆっくりとうなずいた。

〈見つけたぞ〉

タッカーは名簿をフランクに返した。「仕事に取りかかるぞ」

「何をするつもりだ？」

「狩りに出かけるのさ。レッドストーンで実際に何が起きているのか、突き止める」

フランクが立ち上がった。「狩りに出かけるなら、銃が必要になるな」

「この件に関わりたいという決心に変化はないんだな？」

フランクは唇を噛みながら、改めて考えている様子だったが、やがて断言した。「全面的に参加させてもらう」

タッカーは相手の肩をぽんと叩いた。「それならば歓迎する。これから先の人生を、後悔しながら生きることになっても知らないからな」

「そんな心配はしていないよ。俺が考えているのは、これから先も生き続けることだけさ」

タッカーはうなずいた。

〈それが賢い考え方だな……〉

13

十月十八日　中部夏時間午後十一時三十四分
アラバマ州レイシーズ・スプリング

間もなく日付が変わろうとする頃、タッカーは川岸の丈の高い草の間で腹這いになっていた。周囲にはコオロギの大合唱が鳴り響き、背後のテネシー川からはカエルの鳴き声が聞こえる。すでにK９ストームのタクティカルベストを装着したケインも、タッカーの腰の脇でうずくまっている。

一緒に待ち、監視を行ない、聞き耳を立てているところだ。

五十メートル前方の木々の間に、境界線を示すフェンスが見える。その向こう側はレッドストーン兵器廠の敷地内で、軍事基地の中心から離れた片隅にはオリッサ・グループの施設がある。マツの森の奥深くに位置していて、強制収容所を思わせるような雰囲気だ。フェンスの先にはライトに照らされた未舗装の道路があり、オリッサ・グループの建物群を隠す小さな森のまわりを一周している。黒のサバーバンに乗ったタンジェントのセキュリティチームが、有刺鉄線を備えたフェンスに車内からスポットライトを向けながら、道路上を定期的に巡回していた。

タッカーの携帯無線機のヘッドホンから不意に音が聞こえた。「よお、ジミー、聞こえるか？」

フランクの声だ。アラバマ訛りを意識して強く出している。

タッカーも相手の真似をしようと試みた。無線の雑音が不自然な訛りを隠してくれるはずだと期待するしかない。「ばっちり聞こえるぜ。状況はどうだい？」

「目が光っているのを見つけたけどよ、野郎は走っていったぜ。そっちの獲物は？」

タッカーは歯を食いしばった。無線の会話に耳を傾けている人物がいないとも限らない。用心のため、二人は暗号を考案したが、それにはテネシー川沿いでのアライグマ猟に関するフランクの知識が役立った。このあたりでは趣味でアライグマ猟を楽しむ人が多く、その際には独特の用語が用いられる。

フランクが無線で伝えてきた内容は、フェンス沿いの巡回路を走るサバーバンが再び目の前を通過したということを意味する。タッカーと同じく迷彩柄の狩猟服に身を包んだフランクは、フェンスに沿って南に移動した地点に隠れている。

タッカーは腕時計を確認した。

夜の巡回は十四分間隔で実施されているようだ。

タッカーは合流するよう、無線でフランクに指示した。「野郎を見失ったなら、川岸のもっとこっちで獲物を探すのはどうだい？」

「そうしようぜ、ジミー」

隠れ蓑を完全なものとするために、タッカーとフランクは前の日の早朝にハンツヴィルを発ち、テネシー川を挟んで軍事施設の向かい側に位置するレイシーズ・スプリングという小さな町まで車で移動した。川の近くの狩猟小屋を借り、二日間のほとんどをローンチェアでくつろいだり、釣り糸を垂れたり、ピグリー・ウィグリーで買い込んだビールを飲んだりしながら過ごした。

〈どこにでもいるような二人の男友達が息抜きにやってきただけだ〉

小屋の周辺で過ごす自分たちの存在を施設のスタッフが気に留めないことはないはずだと考え、タッカーはなるべくケインを小屋の外に出さないようにしていた。シェパードの姿を見て、気づく人間がいるかもしれないと案じたからだ。また、自らの容貌《ようぼう》を隠すため、日中に出かける時には必ずスローチハットをかぶり、ミラーサングラスをかけるようにした。

自分たちの存在が脅威として認識されていないことを確信してから、タッカーは任務を実行に移すことにした。二時間前、二人と一頭は施設側から直接見えない地点を選び、暗闇に包まれた川をゴムボートで渡った。その後で二手に分かれ、敷地を監視していたのだった。

巡回のパターンが判明したならば、計画を先に進めなければならない。

十分後、フランクが到着した。二人で待つうちに、再びサバーバンが未舗装の道路に姿を現し、フェンスをスポットライトで照らし出す。車が通過すると、タッカーはフランクとケインとともに森を抜け、フェンスの手前に到達した。境界線に電気が流れていたり、警報装置が仕掛けられていたりしないことを確認する。

その間、すぐ後ろにいるフランクは、荒い息遣いで周囲をきょろきょろと見回していた。

「落ち着けよ、フランク」タッカーはささやいた。

「大丈夫だ」しわがれ声の答えが返ってきた。

タッカーは相手に視線を向けた。この二日間、実戦における心構えに関するフランクの記憶を呼び覚ましてきたものの、口で説明を受けることと身をもって経験することは同じではない。

「大丈夫だって」再び請け合うと、フランクは背中のバックパックをタッカーに見せた。

「こいつがあるし」

タッカーはペンチを手に取り、フェンスを切断して穴を開け始めた。

「光だ！」フランクが小声で警告しながらタッカーの肩をつかんだ。そのはずみで、手からペンチが落ちる。

フランクが指差す先を見ると、南の方角から道路に沿って光が近づいてくる。作業を隠すために、タッカーは迷彩柄の粘着テープを取り出し、金網の切断箇所を補修した。森まで後ずさりし、全員に伏せるよう合図する。

ヘッドライトが接近するうちに、タッカーはフェンスの下にペンチを落としたままだったことに気づいた。道具を発見されるわけにはいかない。

タッカーは伏せたままケインに近づき、ペンチを指差した。「回収」

ケインはすぐさま隠れていた場所から飛び出し、草の間を走り抜けた。ペンチを口にくわえ、Uターンして戻ってくる姿は、黒い影が流れているようにしか見えない。シェパードが帰ってくると同時に、未舗装の道路を走るサバーバンのタイヤの音が大きくなり、車体が隠れ場所の正面に達した。

スポットライトがフェンスを照らし、草の間からタッカー、ケイン、フランクに光を投げかける。

「絶対に動くなよ」タッカーは小声で指示した。

サバーバンが目の前を通過し、スポットライトで前方を照らしながらそのまま走り去っていく。

タッカーは窓から車内の様子を垣間見ることができた。ダッシュボードの明かりに浮かび上がっていたのは、運転手一人だけだ。タッカーはサバーバンが次のカーブを曲がり、テールライトが木々に隠れて見えなくなるまで待った。

フランクが大きく息を吐き出した。「フェンスを切ったことで何かを作動させちまったのかな? 軍は新しい光ファイバーのワイヤーをフェンスに組み込んで、手が加えられた場合にはすぐわかるようにしているっていう話を読んだことがある」

「ここがそうだとしたら、一台しかやってこなかったのはおかしい。おそらくもっと単純な理由だろう。巡回が等間隔で行なわれているものと思い込んでいたが、セキュリティの見地からすれば巡回のスケジュールを不定期に変更する方が賢明なやり方だ。侵入者がいた場合、不意を突くことができるからな」

「ついさっきの俺たちみたいに」

「だからこそ、いっそう気を引き締めてかからなければならない」

「仰せの通りに」

タッカーは再びフェンスの作業に取りかかり、素早く金網を切断して六十センチ四方の穴を開けた。作業を終えると、先頭に立つようケインに合図し、シェパードを最初に送り込む。ケインはフェンスにできた隙間を走り抜け、巡回路の向かい側にある森の中に姿を消した。

フランクがその後に続き、最後に穴をくぐり抜けたタッカーが切り取ったフェンスを粘着テープで元通りに固定した。タッカーが森の中に入ると、すぐ奥でフランクが周囲を見回していた。

「ケインはどこだ?」

タッカーは数メートル離れた地点を指差した。「あそこだよ」

ケインは草の間で腹這いになっていた。ブラックタンの毛と同じ模様のタクティカルベストのおかげで、地面に丸太が転がっているようにしか見えない。

フランクは驚いた様子で首を左右に振った。「ケインは何度かこういった経験があるんだな、そうだろ?」

「何度かどころじゃないぜ」

「入隊したての新兵の頃に戻ったような気分だ」フランクが暗い森の奥を見つめた。「施設まではどのくらいの距離があると思う?」

「五百メートルくらいだな。だが、そっちには向かわない」

「どういう意味だ?」

タッカーは腕時計を確認し、バックパックを下ろすと、準備を開始した。

「車があるのに、なぜ歩かないといけないんだ?」

午後十一時五十八分

「遠くに光が見えるぞ」フランクが伝えた。「こっちに近づいてくる」

〈時間通りだ〉

タッカーはケインの隣で片膝を突き、全装備の再点検を行なっていた。イヤホンが正しく装着されていることを確認してから、ベストの襟元にある暗視機能付きのカメラの位置を調節する。ケインは仕事の時間が訪れたことをすでに察知していて、期待を込めた茶色の瞳でタッカーのことを見つめている。

しかし、その前に最終確認を行なわなければならない。

タッカーは自分の顔をケインに近づけた。「俺の相棒は誰だ?」

温かい舌がタッカーの鼻をなめる。

「そうだ。おまえだよ」タッカーは森の奥を指差し、次々と指示を与えた。「こっそり偵察。建物で停止。隠れ続けろ。行け」

ケインは身を翻し、飛ぶように走り始めた。マツの葉が積もった上を静かに横切り、木々の間に姿を消す。

フランクがタッカーの隣に歩み寄った。「あいつは全部を理解したのか?」

「もっと多くても大丈夫さ」

タッカーは森を抜けてオリッサ・グループの建物に向かうように指示して、ケインを斥《せっ》候《こう》として送り込んだ。自分の目となり耳となってもらうためだ。その間、タッカーには別の任務があった。

道路脇に戻ったタッカーが目にしたのは、次の巡回の車のヘッドライトがカーブを曲がって接近してくるところだった。スポットライトはフェンス側に向けられていて、すぐ近くの森の中に隠れる二人の存在には気づいていない。

タッカーは車が目の前に差しかかるまで待ってから、道路に転がり出て、太い枝をSUVの後部のクォーターパネルに振り下ろした。鈍い衝撃が腕に伝わると同時に、サバーバンの後部バンパーの陰にうずくまって身を隠す。すぐにブレーキランプが点灯し、車は停止した。

車体の下からのぞきながら、タッカーは運転席側の扉が開くのを確認した。二本の足が路面に下ろされるのに合わせて、悪態をつく小さな声が聞こえる。運転手は何かが車にぶつかったと思っているに違いない。このあたりの森の中にはシカが生息している。

運転手の男が車の後部に近づくのに合わせて、タッカーは新しい武器を構えた。この変わった拳銃は前日に購入したばかりだ。ピークソンのＪＰＸジェット・プロテクターは、濃縮したトウガラシ溶液を噴射する。以前にタッカーはこの武器による攻撃を受ける側になったことがある。その衝撃は膝から地面に崩れ、二十分間ほど完全に動きを封じられてしまうほどだった。

タッカーは見張りが後輪に達するまで待った——武器を構えた体勢で、隠れていた車体の後部から転がり出ると、JPXを上に向ける。照準のレーザーの赤い点を驚いた男の顔の鼻柱に定めてから、タッカーは引き金を引いた。かすかなシュッという音とともに、銃身から内容物が噴き出す。見張りの両目に赤茶色の液体が飛び散る。男は両膝を突き、うめき声をあげ始めた。

〈ああ、その気持ちは痛いほどよくわかるよ……〉

タッカーは男に近づき、JPXを高く掲げ、銃床《じゅうしょう》で相手の頭を殴りつけた。男の体が前のめりに倒れ、動かなくなる。

フランクが目を丸くしながらタッカーの隣に並んだ。二人で見張りの体を森の中に運ぶと、プラスチック製の簡易手錠で手早く両手を木の幹のまわりに固定し、さるぐつわを嚙ませる。タッカーは男の所持品を調べ、携帯無線機とベレッタM9をフランクに渡した。財布を発見し、運転免許証の名前を確認する。チャールズ・ウォーカー。

フランクは男を見下ろしている。「俺にとって初めての暴行罪だな」

「何事にも初めての経験があるものさ」

タッカーはフランクとともにエンジンがかかったままのサバーバンに戻った。体を森に引きずり込む時に落ちてしまった見張りの帽子を拾い上げる。タッカーは帽子をはたき、フランクの頭にかぶせた。

「運転は任せた」タッカーは言った。

「どこへ行くんだ？」

「ご近所さんに挨拶するのさ」

フランクはベレッタをベルトの下に挟んだ。「それくらいの心遣いは必要だろうな」

十月十九日　中部夏時間午前零時十二分

フランクが運転するサバーバンの助手席に座ったタッカーは、ケインの暗視機能付きカメラから送られてくる映像を凝視していた。フランクは巡回路を低速で走行しながら、森の中央にあるオリッサ・グループの施設に通じる進入路を目指しているところだ。

だが、その建物まで到着する前に、そこに何があるのかを知っておく必要がある。

衛星電話の画面を通して、タッカーは森の中を進むケインの視点からの映像を眺めた。すぐに木がまばらになり、前方に空き地が見えてきた。ポールの上に設置されたナトリウム灯が煌々《こうこう》と付近を照らしている。

ケインが速度を落とし、次第に姿勢を低くしていく。

〈いいぞ〉

ケインが低いマツの枝の下に潜り込み、ようやく動きを止めた。

タッカーは画面に映る六軒の丸太小屋と二棟の軽量ブロック製の建物に目を凝らした。丸太小屋とブロック製の建物は、それぞれ砂利道の両側に固まって建っている。道は進入してきた車がUターンできるように円を描いていて、その中心には白い旗竿がある。遅い時間のため、小屋の窓はいずれも真っ暗だ。何かが動く気配もない。

〈全員がまだあそこにいるのか？　すでに手遅れなのではないだろうか？〉

サンディの母親と話をしてからの三日間、その恐怖がタッカーに付きまとい続けていた。グループのメンバーを救出し、さっさとここから離れることが今夜の計画だ。だが、ほかの研究者たちがすでに死んでいたとしたら？　サンディやプロジェクト623の残りのメンバーのように、殺されてしまっていたとしたら？

〈それを知るための方法は一つしかない〉

「施設に通じる進入路が近づいてきたぞ」フランクが知らせた。「どうしたらいい？　そっちに向かうのか、それとももう一回りするのか？」

巡回係の交替が普段はどのように行なわれているのか、タッカーには見当もつかなかった。戻るのが早すぎれば、怪しまれてしまうかもしれない。

タッカーはケインからの映像の監視を続けた。小屋の左手には砂利の敷かれた小さな駐車場があり、サバーバンが何台も停まっている。「フランク、タンジェントの名前で登録されているサバーバンはレッドストーンに何台あるんだっけな?」

「八台だ」

「施設の駐車場に六台が停まっている。つまり、俺たちのほかにもう一台、サバーバンがどこかにあるはずだ」そのことにタッカーは不安を覚えたが、駐車場にある別の車両のことも気になった。「大きな引っ越し用のトラックも一台、駐車場にあるぞ」

「ここを引き払おうと計画している人間がいるみたいだな」

タッカーはジェーンの話を思い出した。プロジェクト623が閉鎖された後、新しい場所で、新しい名前で、計画は続行されたという。

〈その後、かつてのプロジェクトのメンバーは抹殺《まっさつ》された〉

「突入するぞ」タッカーは決断した。「これ以上待つわけにはいかない」

フランクは指の関節が白くなるほどハンドルをきつく握り締めながらも、しっかりとうなずいた。「了解。それでこの先の計画は?」

「オリッサ・グループのメンバーを集め、サバーバンの後部に乗せ、メインゲートから走り去る」

タッカーの方を見たフランクの顔には、信じられないと言いたげな表情がはっきりと浮かんでいた。「そんな簡単に事が運ぶと、本当に思っているのか?」

タッカーは肩をすくめた。「望みは高く持たないとな」

14

十月十九日　中部夏時間午前零時三十四分
アラバマ州レッドストーン兵器廠

〈今のところは順調だ〉

小屋に近づくサバーバンの車内で、タッカーはフランクの隣に座っていた。助手席に体を沈め、外から姿を見られないようにしつつも、大きな音を立てずに相手を始末しなければならない場合に備えてＪＰＸをいつでも撃てるように構える。

「ここからは？」砂利の敷かれた駐車場の手前でブレーキを踏みながら、フランクが訊ねた。

「できるだけ小屋に近づいた方がいい」タッカーは指差した。「あそこで車がＵターンできるようになっている。右から二つ目の小屋の前で停めてくれ」

「ケインがそこに行けと言っているのか？」

「そうらしい。あいつの意見には絶対に疑問を挟まないことにしている」

ここに移動するまでの間に、タッカーは状況を把握するため、四本足の相棒に指示して施設の周囲を素早く調べさせていた。左側の四つの小屋の扉には、翼のあるロゴの入った看板が掛かっていた。

この施設を取り仕切っている民間軍事会社、タンジェント・エアロスペースのロゴだ。この看板が掛かっているのは、セキュリティのスタッフ用の小屋だろう。その中のいちばん端の小屋の入口の上には、「食堂」の文字が記されている。

Uターン用のスペースを挟んで向かい側に位置しているのは、軽量ブロック製の二軒の大きな建物で、その裏手には短い滑走路がある。建物の屋根には何本もの細いアンテナや通信用のパラボラアンテナが林立していた。光を発するキーパッドがそちら側のすべての入口脇に設置されていて、その中には小さな格納庫と思しき扉もある。二軒の建物はオリッサ・グループの作業用スペースになっているに違いない。真夜中のため、建物の窓はどれも真っ暗だ。遅くまで働いている研究者はいないらしい。

〈こっちにとってはその方がありがたい〉

ケインの下調べのおかげで、タッカーは残る二軒の小屋の扉にかかっている看板も確認していた。「男性用宿舎」と「女性用宿舎」だ。

タッカーは民間人のスタッフがこの二軒の小屋にいるはずだと踏んでいた。

フランクはサバーバンをゆっくりと走らせ、女性用の小屋の前で停止させた。ここで働いていた時、サンディはこの小屋で寝起きしていたのだろう。彼女が実家で母親に会わせたノラ・フレイクスという女性も、この中にいる可能性が高い。

その小屋に通じる段に近いのは運転席側の扉だ。フランクが車を降りると、タッカーはMP-5のアサルトライフルを手に取り、座席の上を這って運転席側から車外に出た。サバーバンの車体の陰ですぐに片膝を突く。たまたまこちらに視線を向けた人間がいたとしても、フランクの頭しか見えないだろうし、顔つきや特徴は見張りの帽子の下に隠れているはずだ。

タッカーは固唾をのみ、警報音が鳴り響くのではないか、名乗るように要求する声が聞こえるのではないかと身構えた。

しかし、夜は静まり返ったままだ。

「小屋の窓を調べてくれ」タッカーは不安を振り払うことができずに指示した。

〈オリッサ・グループのメンバーはまだここにいるのだろうか?〉

フランクがポーチまでの三段を上るのに合わせて、タッカーは無線のボタンを一回だけタップし、ケインに対して戻るように合図を送った。ビデオの映像から、シェパードがこちら側の小屋の裏手にある森にいることはわかっている。四本足の相棒はすでに自分のにおいを嗅ぎ取っているはずだ。フランクへの指示の言葉も聞こえているかもしれない。

小屋のポーチに立ったフランクは、いちばん近い窓から中をのぞいた。急いでタッカーの元に戻ってくると、小声で報告する。「よく見えない。暗幕が閉まっている。隙間からベッドは見えたが、人が寝ているかどうかまでは確認できなかった」

フランクの肩越しに動く影が、ケインの姿になって近づいてきた。シェパードが小屋の角を回り込み、サバーバンの車体の陰で二人と合流する。タッカーは首筋をかいてやりながら、戻ってきた友人を歓迎した。

だが、ケインは体をこわばらせ、警戒を解こうとしない。タッカーの緊張を感じ取っているのだろう。

　タッカーはポーチの段の下を指差し、拳を作った。「隠れろ。静かに見張れ」

指示を了解したと伝えるかのように、ケインはタッカーの膝を鼻先で押した――次の瞬間、ポーチの下にさっと入り込み、再び影の一部と化した。

「次はどうする？」フランクが訊ねた。

「中に誰かいるかどうか、確かめてみよう」

　タッカーはフランクの先に立って段を上った。扉の前に立ち、取っ手を回す。だが、鍵がかかっている。〈一つくらい、楽に事が運んでもいいじゃないか〉――いらだちのため息を漏らしながら、タッカーは軽く扉をノックした。小さな音だったが、思わず身をすくめる。

　タッカーは息を殺して待った。そのうち、中から悪態をつく声が聞こえ、木の床を歩く足音が続いた。マツ材のきしむ音とともに、誰かが近づいてくる。

「誰なの？」眠たそうな女性の声が呼びかけた。

　タッカーは素早く考えを巡らせた。「夜間点検だ」不機嫌そうな声でうなる。セキュリティのスタッフが時々こうして点呼を取っているはずだと信じての応答だ。

　再び悪態が聞こえた後、デッドボルトが外された。

　扉が内側に開きかけると同時に、タッカーは室内に押し入った。そのはずみで女性が危うく転倒しそうになる。すぐ後ろからフランクも続く。タッカーはすぐに扉を閉めた。

女性の年齢は三十代、髪はブルネットで、下はパジャマのズボン、上はアラバマ大学のアメフトチーム、クリムゾン・タイドのジャージ姿だ。女性は後ずさりしながら喉を手で押さえ、警戒心もあらわに二人のことを見つめている。

「あなた……あなたたちは誰なの？」

「サンディ・コンロンの友人だ」

暗い小屋の中で二人の見知らぬ男を前にした女性がパニック状態に陥るのを避けるために、タッカーは電気のスイッチを入れた。天井の蛍光灯が照らし出したのは、部屋の両側に一つずつある二段ベッドと、本や専門誌が山積みになった二つの机だ。奥にある短い廊下は、おそらくバスルームに通じているのだろう。

「サンディですって？」ブルネットの女性は困惑した様子で顔をしかめながら聞き返した。「いったい何の話？」

片方の二段ベッドの下の段で動きがあった——上の段には人もいないし、寝具もない。毛布をめくる動作からは、いらだちが感じられる。「ダイアン、いったい何事なの？」

ブルネットの女性はもう一人の女性のところまで後ずさりした。「ノラ、この……この人たちは、サンディの友人だって言っているんだけど」

説明を聞き、ベッドの中の女性が眉間に深いしわを寄せた。

〈ノラということは……ノラ・フレイクスに違いない〉

ノラがナイトテーブルに手を伸ばし、眼鏡をかけた。サイズが大きく、オタクっぽく見えるが、それがおしゃれなのかもしれない。アフリカ系の女性で、年齢は二十代後半、黒髪は耳のあたりで切り揃えたショートヘアだ。言葉にはかすかにイギリス訛りがある。

「あなたたちは何者なの？」そう訊ねながら、女性はベッドから下りて立ち上がった。裸足に薄手のパジャマの上下という格好だ。

「俺の名前はタッカー・ウェイン。従軍中にフォート・ベニングで短期間、サンディと一緒だったことがある」タッカーは親指でフランクを指し示した。「こいつはバレンジャー曹長。レッドストーンの基地の方で働いている」

フランクは軽くお辞儀をした。「はじめまして、お嬢様方」

ノラは警戒を緩めず、二人をじろじろ見た。「どうして迷彩服を着ているの？　いったい何が起きているの？」

時間に追われている状況なので、タッカーには単刀直入に話をする必要があった。「サンディが死んだ」

タッカーはノラの顔をよぎる感情の変化に注目した。ほんの一瞬、何もかも悪い冗談だと言いたげな苦笑いが浮かんだものの、不安げに眉根を寄せたかと思うと、恐怖で大きく目を見開いた。

ダイアンはもっとわかりやすい反応を見せた。声にははっきりと軽蔑《けいべつ》の念が込められている。「嘘だわ。彼女はここを辞めたの。別の研究を行なうために。ノースカロライナにいるわ」

「それを信じているなら君たちのボスの思惑通りだ。だが、サンディは頭を撃たれ、死体はフォード・トーラスのトランクに隠して捨てられた。君たち全員の命も危険にさらされている」

ノラが前に足を踏み出し、ひるむことなく胸を張った。「証明してちょうだい」

「君はベア・コンロンを知っているはずだ」

「サンディのお母さんの？」

「君が何度か彼女の家を訪れたことがあるのは知っている」タッカーはポケットから衛星電話を取り出した。「電話番号はこの中に登録されている。電話がかかってくるのを待っているところだ」

タッカーは前日のうちにこの瞬間のための準備をすませていた。短い時間でこのグループの信頼を得るためにはどうすればいいか――それにはノラを納得させることがいちばんだと判断した。サンディの母親にはすでにジェーンから娘の死が知らされていて、この深夜の電話がかかってくることも伝わっている。

タッカーは登録した番号にかけ、電話を差し出した。

ノラは顔をしかめながらも電話を手に取り、耳に当てた。一呼吸待つ間に、盗聴される心配のない回線がつながる。「ベア？　ノラよ」

ノラは相手の話を聞いていたが、次第に呼吸が速くなり、やがて肩を落とした。ようやく口を開いた時には、かすかなささやき声しか出てこない。「本当に……つらかったでしょうね、ベア」タッカーの方を見たノラの目は、涙で潤んでいた。「それで、彼は信用できる人なの？」

少し間を置いてから、ノラは目を閉じ、うなずいた。「また電話するわ」

ノラは顔をそむけながらタッカーに衛星電話を返した。肩を震わせている。タッカーは歩み寄り、若い女性の体に腕を回した。ノラは体をこわばらせたものの、やがてタッカーにもたれかかった。

「何てことなの……」ノラは小声を漏らした。

ダイアンはじっと立ったまま、ほかの三人のことを見つめていた。「彼の話は本当だったの？」

「サンディは死んだのよ、ダイアン」

その知らせとの間に距離を置こうとするかのように、ダイアンが後ずさりした。「私たちはどうしたらいいの？」

「みんなでここから脱出するんだ」タッカーは扉を指差した。

その動作を待っていたかのように、扉をノックする大きな音が、続いて素っ気ない調子の声が聞こえた。「おい、何かあったのか?」

全員がその場に凍りついた。

タッカーは声を落としていたつもりだったが、だからと言って外に聞こえなかったとは言い切れない。

ノラが最初に行動を起こした。タッカーたちに向かって扉の反対側に移動するよう合図する。「何でもないわ、カール!」

ノラの指示に従って動きながら、タッカーはつまずきそうになった。フランクが提供してくれたタンジェントの従業員名簿の中にあった名前を思い出す。

〈外にいるのはカール・ウェブスターに違いない……タンジェントのセキュリティ部門を束ねる男〉

タッカーは扉のすぐ横の壁に体をぴたりと貼り付けた。手に握ったままの衛星電話に、ケインのカメラからの映像を呼び出す。ポーチの下の低い位置からの映像は、シェパードが指示に従って声を出すことなく隠れ続けていることを意味している。サバーバンの周辺にはほかに人影は見えない。

〈おそらく外にいるのはウェブスター一人だろう〉

扉の取っ手が回り始めたが、ノラがすぐに対応した。取っ手をつかんで扉を内側に少しだけ引き開け、室内を見られないように体で視界を遮る。

「電気がついていたものだから」ウェブスターが言った。

「気分がよくなくて」ノラが説明した。「夕食のチリがおなかにもたれちゃって。何が言いたいか、わかるでしょ?」

ウェブスターが笑い声をあげた――それを聞いたタッカーは扉を引き剝がし、男の頭を撃ち抜いてやりたいという衝動に駆られた。沈んだ車のトランク内で目にしたサンディの青白い顔が脳裏に浮かぶ。

「何か持ってこようか?」ウェブスターが訊ねた。「胃薬とか?」

「だいぶよくなってきたから、薬なしで我慢できるわ」ノラは腹部に手のひらを当てた。

「少なくとも、そう期待しているところ」

「まあ、ジョンソンの料理にももう少しの辛抱だ。来週中にはここを引き払う予定だから」

タッカーは駐車場に停めてあった引っ越し用のトラックを思い浮かべた。

「もうすぐ自宅のベッドで眠れるようになるよ」ウェブスターが続けた。

〈眠ったまま、永遠に目覚めない可能性もありそうだな〉

ポーチのきしむ音が聞こえた。「チャックを見かけなかったか?」ウェブスターが質問した。「あいつのサバーバンがそこに停まっているんだ。ここに来ているのかもしれないと思ったんだが」

「いいえ、見ていないわ」ノラが答えた。「車が停まる音と、扉の閉まる音は聞こえたけど。キッチンは見たの？　ほら、彼って夜食をつまむのが大好きでしょ」ノラは腹部を押さえ、うめき声をあげた。「それよりも、トイレを確認した方がいいかも……あるいは、森の中とか」

「そうかもしれない。あいつ、ジョンソンのチリをお代わりしていたからな」

「それは大変」

ウェブスターは再び笑い声をあげると、後ずさりした。「早くよくなるといいな、ノラ」

「ありがとう」

ノラは扉を閉め、しばらくそのまま寄りかかっていた。

タッカーは人差し指を唇に当てた。ケインからの映像を確認し、ウェブスターが立ち去るまで待つ。タッカーはノラに向かって感謝の気持ちを込めながらうなずいた。彼女の機転の利いたごまかしのおかげで数分の時間を稼げたかもしれないが、それが限界だろう。運転手のいないサバーバンがずっと停まったままならなおさらだ。

「急いでここから脱出する必要がある」タッカーはスイッチに歩み寄り、部屋の電気を消した。「君たちのほかに、ここには何人いるんだ？」

「スタンとタカシだけ」ノラが答えた。「もう一つの宿舎で寝ているわ。ほかに二人の男性がいたんだけど、先週カールから二人とも家に帰ったと聞かされたの」

ノラは本当に具合の悪そうな表情を浮かべていた。その二人もサンディと同じ運命をたどったのだろうかと想像しているのかもしれない。

「二人が無事に帰れたことを祈るしかない」タッカーはフランクの方を見た。「君には俺たちのためにもう少し時間を稼いでもらう必要がある」

「どうやって?」

「あとしばらく、チャックの代役を務めてくれ。サバーバンに乗って施設のまわりをもう一周してから、戻ってきてほしい。トイレ休憩のためにここに立ち寄っただけで、すぐに任務に戻ったように見せかけるんだ」タッカーは腕時計に目を落としながら、巡回のスケジュールを確認した。「そうすれば、全員を集めてここを離れるまで、十四分間の余裕ができる」

暗い室内で、フランクは大きく目を見開いている。

「この任務に耐えることができるか?」

フランクはうなずき、帽子をしっかりとかぶり直した。「チャックに代わって仕事に戻るよ」

タッカーはフランクの肩をぽんと叩いてから窓に歩み寄り、外に問題がないかを確認した。ウェブスターの姿は見えないが、食堂用の小屋に明かりがついている。

タッカーは扉を指差した。「今だ!」

フランクは外に走り出して段を飛び下りると、運転席に乗り込んだ。咳き込むような音とともにエンジンがかかる。砂利を後方に飛ばしながら、サバーバンがUターン用の道を回り始めた。

車が食堂用の小屋に近づいた時、ポーチに人影が現れた。

〈ウェブスターだ〉

タッカーは思わず身をすくめたが、フランクは何も問題ないと伝えるかのように、ウェブスターにハイビームを向けた。まばゆい光には相手の目をくらます効果もあり、ウェブスターは手をかざして光線を遮ろうとしている。サバーバンが前を通過すると、ウェブスターは片手を上げて運転手に挨拶した。

フランクの運転する車はそのまま走り続け、外に通じる道の先に姿を消した。

タッカーは大きく息を吐き出してから、室内に向き直った。

「ほかの二人の男性を今すぐここに連れてくる必要がある」

ノラがベッドに腰を下ろしていたダイアンを一瞥した。二人の女性の間に、目と目で無言の会話が交わされる。

ダイアンがうなずき、立ち上がった。「私が呼んでくる」

ブルネットの女性は扉に背を向け、奥のバスルームの方に向かった。

タッカーがいぶかるような視線を向けると、ノラは室内に男性がいるのも気にせずに、パジャマを脱いでジーンズと黒のTシャツに着替え始めた。

「ここでは研究者の男女が親しくすると、あまりいい顔をされないの」ノラは説明した。「でも、人間の気持ちを抑えつけることはできない。絆が生まれるし、ここみたいに外部との接触を断たれた場所だったらなおさらそうだわ。だから、私たちは宿舎の裏手の窓に鍵をかけないことにしているの。それに二つの小屋の間はほんの数歩の距離しかない。夜遅くに誘いがあっても、簡単に移動できるってわけ」

タンジェントはそうした研究者同士の交際に感づいていたものの、目をつぶっていたのではないだろうか、タッカーはそんなことを思った。願わくは今夜も目をつぶっていてもらいたいものだ。

タッカーは待ち時間を使って答えを手に入れることにした。「あいつらはここを引き払うと言っていたが、どこに行く予定なのか知らないか？　日時は？　どんなことでもいいから」

「わからないわ。カールがホワイトシティとかいう名前を口にしているのを聞いたことがあるけど、たぶんコードネームのようなものだと思う。いずれにしても、あれだけのドローンや支援機材を移すには時間がかかるはず」

「あれだけのドローンと言ったが……何機もあるのか？」

「どれも一つの機種からの派生型で、自ら学習するように設計されている。私たちは

DEWD《デュード》と呼んでいるの。dedicated electronic warfare drone の略」

〈電子戦専用ドローン〉

「そうした無人航空機の中には、データ収集および偵察用のものもあれば、通信妨害用のものもある。さらには、索敵と攻撃を兼ね備えたものも。あれはかなりの出来ね」

〈冗談だろ〉

「すでにここを離れた二人の男性は、そのプロジェクトを担当していたの――でも、サンディがいなかったら、私たちの誰一人としてプロジェクトを成功に導くことはできなかったと思う」

「なぜなんだ?」

「彼女はすべてのDEWDの頭脳に当たるオペレーティングシステムの設計で突破口を開いたの。びっくりするくらい頭がよかったわ。突破口となったその発見を、彼女は Grand Unified Theory of cryptology、略してGUT-C《ガッツィー》と呼んでいた」

〈暗号学における大統一理論〉

タッカーは言葉遊びにも気づいた。「ガッツィー」は gutsy(勇敢な)とかかっている。タッカーはサンディが秘密裏に行なっていた作業のことを思い出した。彼女は賢かっただけではない。とてつもなく勇敢な女性だったのだ。

ノラはベッドに腰掛け、赤のスニーカーをはいた。喪失の悲しみを必死に隠そうとしていることがうかがえる。

「そうした次世代ドローンの目的について、何か思い当たることはないか?」

ノラは首を横に振った。「私たちの役割は製造することだけ。ここでは好奇心を抱きすぎるといいことがないから」

「あっちの作業場の方はどうなんだ? 証拠を集めることが——」

ノラが眉をひそめて立ち上がった。「建物のキーパッドのアクセスコードを知っているのは、カールとその部下たちだけ。ここは監視の目が厳しいのよ。仕事中以外の時間は比較的自由にここを出入りできるけど、携帯電話の電波で行動が監視されているし、たぶん通話も盗聴されているんじゃないかしら。でも、私たちのような仕事の場合、それは別に珍しいことでもないし」

木の床をこする足音を耳にして、タッカーは奥の廊下の方に注意を向けた。ダイアンに続いて、二人の若い男性が入ってきた。一人は金髪で背が低く、もう一人はアジア系だ。二人ともダッフルバッグを手にしていて、警戒するような表情を浮かべている。

「スタンとタカシよ」そう紹介したダイアンはまだ呆然としていて、今にも我を失いそうに見える。

「本当の話なのか?」そう訊ねるタカシの目には、疑いの色が浮かんでいる。

スタンがダイアンの手を取った。「ノラ、サンディの件は間違いないのか?」

ノラは胸の前で腕組みしながら、両方の質問に対してうなずきを返した。

タッカーは手を振って扉に向かうよう促した。「さあ、時間が——」

外で大きな悲鳴があがり、それに続いて重量のある何かの倒れる音が聞こえた。


ケインは相手の足首に歯を深く食い込ませる。血の味が舌の上に広がる。ポーチの下から段の隙間にブーツをはいた足を引っ張り込み、男の動きを封じる。

少し前、同じ男が段を上り、扉をノックするのを見た。その時には敵意が感じられなかったし、武器も持っていなかった。しかし、低い姿勢で走りながら再びやってきた男は、ライフルを手にしていた。

ケインは男の体からあふれる脅威を強く感じた。荒い息遣いも聞こえた。

ケインの感覚のすべては、男が危険だと知らせた。

最後の命令は頭の中にしっかりと焼きついていた。

〈隠れろ。静かに見張れ〉

しかし、新たな脅威は命令を上回るものだった。

だから、ケインは自らの判断で行動を起こし、静かに段を上ろうとする男の足首に嚙みついた。ケインが足首を引っ張るのに合わせて、甲高い悲鳴とともに男は体を板に打ちつけた。

血が体中を巡り、相手を一心に見つめるうちに、自然とうなり声があがる。相手がライフルを構え、段の隙間から狙おうとする。

ケインは牙をさらに深く、骨に達するまで食い込ませて、絶対に離すまいとする。

両者の視線が合う。

ケインはくらいついたままだ――死ぬかもしれないと思うものの、信頼がその気持ちを封じ込める。

ポーチの上の扉が開く音に続いて、こもった発砲音が聞こえる。

濃い色の液体が男の顔面に付着した。強烈なにおいがケインのもとにも伝わり、鼻と目が焼けるように痛む。相手は苦痛に身をよじりながら、うめき声をあげ、唾を吐き散らしている。

上から新たな指示が聞こえる。血で興奮した心に言葉が届き、聞き覚えのある声が冷静さと安らぎをもたらす。

〈離せ〉

ケインに嚙みつくのをやめるように指示した後、タッカーはＪＰＸを手にしたまま段を駆け下りた。トウガラシのスプレーを大量に浴びたウェブスターは、目が見えないうえに火傷のような痛みを感じているはずなのに、ライフルを構え、ポーチに向かって発砲しようとしている。

飛び下りたタッカーは、鋼鉄で補強したブーツのつま先を男のこめかみに叩き込んだ――相手の体から力が抜ける。

〈今夜もまた気を失うとは、いい気味だ……〉

ポーチの下からケインが飛び出してきた。タッカーはしゃがみながらJPXをホルスターに入れ、MP-5を肩に掛けた。この場でウェブスターを撃ち殺してやりたいという思いはあるものの、そこまで冷酷なことはできない。それにこれ以上の物音を立てることは危険を伴う。さっきのウェブスターの悲鳴を聞いた人間がいるかもしれない。

耳を澄ましたタッカーは、砂利をこするタイヤの音をとらえた。駐車場の方角からヘッドライトの光が見える。フランクが戻ってきたのだ。

何らかの理由で、ウェブスターは不審に思ったに違いない。おそらく、無線でチャックと連絡を取ろうとしたのだろう。応答がなかったため、何かがおかしいと判断したのだ。しかし、彼はほかの見張りにも警戒を――？

駐車場の方から銃声がとどろいた。

〈くそっ〉

Uターン用の道路を挟んで向かい側にある小屋の一軒で銃口が火を噴いた。銃弾が周囲のポーチや砂利に当たって跳ね返るが、どれも大きく外れている。倒れたボスに当たってしまうことを恐れているのだろう。

敵の慎重さに乗じて、タッカーはケインに合図を送ると、並んで段を駆け上がって扉の中に飛び込んだ。ノラが勢いよく扉を閉める。

「伏せろ！」タッカーが警告すると同時に、銃弾が扉の両側の窓ガラスを粉砕し、暗幕を切り裂く。タッカーは奥の廊下を指差した。「あっちだ！」

タッカーは銃弾の雨から離れるように指示しながら、四人の後を追った。敵は小屋の正面に集中砲火を浴びせ、獲物を身動きできない状態にしようとしているのだろう。

タッカーは無線機を取り出し、フランクを呼び出した。「建物の正面はあきらめろ！小屋の裏で落ち合うことにする！」

応答は返ってこなかったが、タッカーはフランクも手いっぱいなのだろうと判断した。依然として、駐車場の方からも銃声がこだまする。タッカーはバスルームで四人と合流した。片側には便器と横長の洗面台が、反対側にはカーテンで仕切られたシャワー室がある。その間の正面にあるのは二人の男性が移動する時に使用した窓で、まだ開け放たれたままだ。

タカシはうずくまった姿勢で目を大きく見開き、銃声が響くたびに顔をしかめている。スタンはダイアンに覆いかぶさっていた。

ケインのことをじろじろ見ながら、ノラが近づいてきた。「これからどうするの?」

窓の外から聞こえる甲高いブレーキ音がその質問の答えだった。

「ついてこい」タッカーは答えた。「窓から外に出ろ。何も考えずに、サバーバンの後部座席に乗ればいい」

窓に駆け寄ったタッカーは、外で待つ車を発見した。SUVのエンジンからは煙が上がり、窓はひび割れや銃弾が貫通した穴でクモの巣のようになっている。フランクはヘッドライトを消してこちら側に回り込んでくれていた。

〈いいぞ〉

フランクが車内から叫んだ。「来い! 急げ!」

タッカーはケインを抱え上げ、窓の向こうに下ろすと、自分もその隣に飛び下りた。片膝を突いた姿勢のままライフルを構え、左右に目を配る。残りの四人に向かって、小屋から出るように合図する。

四人が次々と外に出ると、タッカーはSUVを指差した。「早く行け!」

真っ先にノラが車に突進すると、三人の仲間のために後部座席の扉を引き開けた。だが、その陰にうずくまって仲間を待つうちに、数発の銃弾が後部バンパーに命中し、さらにはノラの頭上のガラスを粉々に砕いた。

〈しまった……〉

ライフルを構えたまま体を反転させたタッカーは、小屋の角で身を潜めている人影に気づいた。相手が再び姿を見せるまで待ってから、胸に三発の銃弾を撃ち込む。だが、周囲からいくつもの叫び声が聞こえる。ウェブスターの部下たちが包囲網を狭めつつある。すぐ近くから新たな悲鳴があがった。ダイアンの声だ。「スタン！」

タッカーが振り返ると、金髪の男性が地面に倒れ込むところだった。身を挺《てい》してガールフレンドを守っていたのだろう。背後から撃たれたらしく、横向きに倒れたスタンの肩からは血が噴き出ている。

ダイアンがスタンの上着をつかみ、立たせようとした。そこにタカシが駆け寄り、ダイアンと一緒に友人を後部座席に押し込んだ。三人に続いてノラも車に乗り込む。

タッカーはすぐに扉を閉め、フランクに向かって叫んだ。「車を出せ！　建物群の外周を回り込むんだ」

フランクは目を丸くしてタッカーの顔を見た。「おまえはどうする――？」

「ケインと俺は後で乗せてもらう。食堂の裏側で俺たちを拾ってくれ」

フランクは何か言い返したそうな表情だったが、タッカーは手のひらを扉に叩きつけた。「いいから行け！」

フランクは前に向き直り、アクセルを踏み込んで車を発進させた。

タッカーはサバーバンと並んで走った――だが、それもすぐ隣の男性用の宿舎までだ。

ＳＵＶが走り去るのを見送りながら、小屋の陰でケインとともにうずくまる。

タッカーはケインの鼻先を持ち上げた。みんなが脱出できるチャンスを作り出すためには、自分とケインが可能な限りの混乱を引き起こさなければならない。タッカーは相棒の濃い茶色の瞳を見つめた。こんなことをケインに頼みたくはないが、やらなければならない。

タッカーは宿舎として使用されている二つの小屋の間を指差した。「かくれんぼ。素早く敵を攻撃」

この指示はシェパードに対して、この施設群の中を走り回り、ターゲットを見つけたら短時間だけ攻撃し、すぐに逃げるように要求している。パニックの拡散を意図した作戦だ――その目的のためには、物陰から襲いかかっては嚙みつく体重三十キロの筋肉の塊にまさるものはない。

ただし、同時に危険な作戦でもある。

タッカーは迷ったものの、それもほんの一瞬のことだった。「行け」

ケインは走り出し、建物の角を回り込んで見えなくなった。

タッカーは立ち上がり、窓枠をつかむと、開け放たれたままの窓から男性用の宿舎の中に入った。低い姿勢で小屋の正面側に移動する。扉の掛け金を外し、そっと数センチ開いてから腹這いになり、アサルトライフルの銃口を建物の外に向けた。

施設群の裏手を走るＳＵＶのエンジン音で、ウェブスターの部下たちの注意は左手の方角に向いていた。

六人の見張りたちがＵターン用のスペースの中央を走り抜けている。

タッカーはライフルの狙いを定め、見張りの一団に銃弾を浴びせた。二人が倒れ、残る四人が左右に逃れる。その混乱に乗じて、タッカーは素早く立ち上がり、肩で扉を押し開けると外に走り出た。一直線に食堂用の小屋を目指す。

銃弾が走るタッカーの後を追うが、狙いが定まっていない。

右手でケインが立て続けに激しく吠え、男の悲鳴が響いた。その方角から二発の銃声がとどろく。相棒の身を案じ、タッカーは恐怖で喉が締め付けられるような気がした――だが、そのまま走り続けた。


銃声が鳴り響く中、ケインは複数の影に忍び寄り、その間をやすやすと抜ける。すべての感覚が暗闇の中に広がる。耳があらゆる叫び声を、砂利を踏むあらゆる足音を、落ち着きを失ったあらゆる息遣いをとらえる。鼻が空気中に漂う湿った汗のにおいを、かすかな硝煙《しょうえん》の香りを感じ取る。その道筋をたどり、獲物に背後から接近する。

歯が腱を切り裂く……

体が相手をうつ伏せに突き倒す……

爪が肉に食い込む……

だが、瞬く間にケインは姿を消し、影の中に身を潜め、怒りと脅しの咆哮《ほうこう》を周囲に響かせる。

そして、次の獲物を目指す。

ケインの無事を祈りながら、タッカーは食堂用の小屋の前に到達し、段を駆け上がると勢いを緩めずに扉を押し開けた。並んだテーブルの脇を走り抜け、キッチンに通じるスイングドアを目指す。キッチンの奥には出口があるはずだ。武器を構えながらキッチンに入ると、真正面に扉がある。

〈完璧だ〉

タッカーは裏口に向かって急いだ——だが、目の前で扉が勝手に開く。

外から聞こえるサバーバンのエンジン音が次第に大きくなる。

見張りが一人、後ずさりしながらキッチンに入ってきた。サバーバンが食堂の前に到達するのを待って、奇襲を仕掛けようという目論見《もくろみ》だろう。

男の注意が外に向いているので、タッカーはコンロの上にあった鋳物のフライパンをつかみ、背後から忍び寄った。後頭部にフライパンを叩きつける。骨が鈍い音を発し、男は驚きのうめき声とともに床に倒れた。

タッカーは見張りのライフルを奪い、肩に掛けた。

〈火力は多いほどありがたい〉

タッカーがキッチンの裏口の扉を開けて左右を見回すと、近づいてくるサバーバンの姿が見えた。衛星電話を取り出し、ケインに連絡を入れる。「攻撃終了、ジープに戻れ」

サバーバンはジープではないものの、車のもとに戻れという指示に変わりはない。ケインは鋭い聴覚でエンジン音をとらえていて、容易にたどることができるはずだ。

フランクがSUVの速度を落としたが、タッカーはそのまま進むように手を振って促し、車と並んで走った。二人の兵士が車に攻撃を仕掛けようとしていたが、タッカーはライフルを撃ちまくって敵を追い払った。

ケインの姿を探していたタッカーは、二軒の小屋の間を動く影が自分の方に向かっていることに気づいた。ケインだ。しかし、シェパードがこちらまでたどり着くより先に、小屋の正面側に人影が現れ、ケインにライフルの銃口を向けた。

タッカーは叫んだ。「よけろ、左！」

従順なケインが身をかわすのと、見張りの銃が火を噴くのは同時だった。シェパードが甲高い鳴き声をあげる。タッカーは声の方を見たいという衝動をこらえた。敵に意識を集中させたまま、二度引き金を引く。男の体が横倒しになった。

タッカーは片膝を突いた。ケインが駆け寄り、タッカーの脇腹に勢いよく飛び込んだ。

激しく息をしている。

背後でサバーバンの前の扉が開いた。

ノラが呼びかけた。「乗って！」

タッカーはケインを両手で抱え上げて身を翻し、助手席に飛び込んだ。「出せ！」フランクに叫び、ケインから手を離して扉を閉める。

タッカーは再びケインをきつく抱き締めた。

〈大丈夫であってくれよ、相棒……〉

15

十月十九日　中部夏時間午前一時十七分
アラバマ州レッドストーン兵器廠

フランクがアクセルをいっぱいに踏み込んで急発進させたサバーバンの車内で、タッカーはケインの体を両手で探った。手が臀部《でんぶ》の右側に触れると、ケインの体が小さく震える。タッカーは濃い体毛の下が温かい血で濡れているのを感じたが、かすかににじんでいる程度で、どうやらかすり傷のようだ。

「大丈夫だ、相棒」

温かい舌がタッカーの顔をなめると同時に、問いかけるような鳴き声があがる。

「ああ、俺も大丈夫だ」

タッカーはケインを助手席の下の床に置いてから、体を後ろにひねった。撃たれたのはケインだけではない。後部座席のダイアンは、嗚咽《おえつ》を漏らしながら膝の上のスタンの頭を抱えていた。ノラが男性に覆いかぶさるような姿勢になり、胸の上のあたりを丸めた服で押さえている。場所を空けるため荷室に移動したタカシは、二人の女性の上からのぞきながら心配そうな表情を浮かべていた。

「ノラ、彼の容体は？」タッカーは訊ねた。

ノラがタッカーを見上げた、「出血が多いわ。気を失っている。鎖骨の近くに銃弾の出口と思われる傷がある」

タッカーは表情を変えまいとした。見張りが使用していたのはホローポイント弾で、その通り道にあるものすべてをずたずたに切り裂く威力を有している。今すぐ医師による手当てを受けたとしても、スタンはおそらく助からないだろう。

ノラもそのことを察している様子だ。「脈がないみたいだし――」

ノラの背後で窓が砕け散った。銃弾がサバーバンの後部に降り注ぐ。

「伏せろ！」タッカーは叫んだ。

すでにフランクはいちばん端の小屋の先まで車を走らせていた。急ハンドルを切り、低く垂れたマツの枝の間を突っ切り、施設の周囲の森を貫く道に達する。前方が開けたため、フランクは敷地のフェンス沿いに延びる道路を目指して加速した。

タッカーは追っ手を警戒した。今のところ、後方の路上に光は見えない。ただし、この状況が長く続くとは思えない。

「もうすぐフェンス沿いの道路だ」フランクが知らせた。「右か、それとも左か？」

いい質問だった。右に行けば、この隔絶された施設と軍事基地の敷地をつなぐメインゲートまで最短距離で行ける。一方、左を選べば深い森の中を迂回した後、同じメインゲートに到達することになる。

どちらも素敵な選択肢とは思えなかった。現時点で、タンジェントがレッドストーンの憲兵に通報を入れたかどうかを知る術はない。侵入者たちを発見次第、射殺せよとの命令が基地全体に伝わっている可能性もある。

フランクが顔を向け、答えを待っている。

タッカーは後ろを振り返った。「みんなは泳げるか？」

ノラが眉をひそめた。「ええ。でも、どうして？」

タッカーはフランクの方に向き直った。「右に曲がってくれ。俺たちがフェンスに穴を開けた地点に行くんだ。ボートまで戻って、川を渡ることにする」

「川の上にいたら格好の的になってしまうぞ」フランクが反応した。

「だから泳げないと困るんだよ」

決定を聞かされても、フランクはまったくうれしそうな顔をしなかった。それでも、巡回路に達すると右に折れる。速度を落とすことなく、ＳＵＶは緩い砂利道に車体の後部を振られながらも角を曲がった。

振り返ったタッカーは、木々の間を動くヘッドライトに気づいた。さっきまでSUVが走っていた道を近づいてくる。銃撃戦による混乱状態から立ち直り、タンジェントが追跡を開始したのだ。

「後ろから追っ手が来るぞ」タッカーは知らせた。

「見えているよ」フランクはアクセルを踏み込み、さらに加速した。

タッカーは再び後部座席の方を向き、食堂で見張りから奪い取ったMP-5を差し出した。「誰かこいつの使い方を知っているか?」

「たぶん、使えると思う」タカシが手を上げた。「見張りが何度か射撃訓練をさせてくれたから」

〈それで十分だ〉

タッカーは後ろにいる若者に武器を手渡した。「相手が接近したら、後部の窓の隙間から撃ってくれ」タッカーはタカシに指示した。「ただし、低い姿勢を保つこと」

タカシはうなずいた。顔からは血の気が引いているものの、後ろを向いて武器を構えた。

前に向き直ったタッカーは、手を伸ばしてサンルーフのスイッチを入れた。屋根が開くと助手席の上でバランスを取りながら、開口部から上半身を突き出す。タッカーはライフルをサバーバンの屋根に置き、光学照準器を使って後方の路上に目を配った。一台目のタンジェントのサバーバンが視界に入ると、間髪を入れずに三発の銃弾をフロントガラスに撃ち込んだ。ガラスにクモの巣状のひび割れが入る。ＳＵＶはハンドル操作を失い、勢いよくフェンスに突っ込んだが、後続の四台が衝突現場をかわして追跡を続行した。

道路がカーブに差しかかったため、タッカーは車の姿を見失ったが、後を追うヘッドライトが木々の間を動いているのは確認できる。フェンスを切断してフランクと侵入した地点まで、あと四、五百メートルもないはずだ。

タッカーは車内のフランクに呼びかけた。「例の地点に到着したら、急停止して全員を降ろし、フェンスを抜けてボートまで連れていってくれ」

「それでおまえは――？」

「君たちが逃げたことをあいつらに気づかれないように、サバーバンを走らせ続けておびき寄せる。その後でケインとともに車を離れ、徒歩で移動するつもりだ」

〈そこから先は森の中で追っ手をまき、新たな地点でフェンスを切断して脱出できることを祈るだけだ〉

「だけど、俺たちを待つ必要はない。川を泳いで渡るから、向こう岸で落ち合うことにしよう」

「タッカー！」

フランクの叫び声は計画に異を唱えたわけではなかった。サバーバンが急ブレーキをかけたため、タッカーの体がサンルーフの開口部の手前側に打ちつけられる。車が未舗装の道路をスリップする中、タッカーは前方に体をひねった。次のカーブの先に、ヘッドライトを消した一台のサバーバンが道路をふさぐように斜めに停車している。

タンジェントのサバーバンは施設内に七台しかなかった。これが行方不明だった八台目に違いない。おそらく運転手は車とともにこの施設を離れていたが、少し前にメインゲートを通って戻ってきたところなのだろう。連絡を受け、こうして道を封鎖しているのだ。

サンルーフの上の高い地点から、タッカーは顔に傷を持つ見覚えのある男が車の陰でうずくまっているのを確認できた。SUVのボンネットにライフルを載せて構えている。

沼地で襲撃してきたフランス人だ。

慎重に狙いを定めている余裕はない。タッカーは前方で停車したサバーバンに向かってライフルを乱射した。フランス人も同時に発砲する。銃弾が次々にガラスを砕き、金属に当たって跳ね返る。

「突っ込め！」車が完全に停止する前に、タッカーはフランクに叫んだ。

フランクは指示に従い、再びアクセルを踏み込んだ。サバーバンのエンジンがうなりをあげ、後方に土を巻き上げながら加速する。タッカーは車内に戻り、助手席でケインをしっかりと抱きかかえた。

金属のぶつかり合う轟音とともに、SUV同士が衝突した。エアバッグが二つ作動し、一つがタッカーの体に食い込む。フランクが首を絞められたかのような悲鳴をあげると同時に、後ろからも同じような声が聞こえてくる。エアバッグは一瞬のうちにしぼみ、車内にタルカムパウダーが充満した。

咳き込んで手を払いながら体を起こしたタッカーは、フランクがSUVを相手の後部のクォーターパネルに衝突させていたことに気づいた。衝撃で道路をふさいでいた車の角度が変わっている。あの隙間ならば通り抜けられそうだ――ただし、急げばの話だが。

「行け、行け、行け……」タッカーは促した。

フランクもすぐに理解し、車体をこすりながらも大破したサバーバンの脇を抜けた。相手の車体の向こう側に出た時、黒い人影が車から走り去り、左手の森に駆け込んだ。フランス人は逃げながら発砲したが、タッカーはフランクの顔の前にライフルの銃身を通し、運転席側の窓から応戦して相手を森の奥に追いやった。

しかし、もはや脅威はフランス人兵士だけではなかった。タッカーたちは完全に動きを封じられはしなかったものの、足止めされかけたことで後方から迫るタンジェントの車列との距離が詰まってしまっていた。

銃弾がサバーバンの車体の後部にめり込む。

荷室からタカシが応戦した。若者の銃撃で先頭の車両がハンドルを取られ、道路脇に突っ込んで速度が落ちたために、一時的ながらも後続の車列の行く手をふさぐ形になる。

タカシは顔を上げて車内を振り返り、どうだと言わんばかりの笑みを浮かべた。

タッカーは叫んだ。「伏せ――！」

一発の銃声とともに、タカシの額が破裂した。若者の体が倒れた向こうの森の端に立っているのは、狙撃銃を構えた黒い影。

あのフランス人だ。

車がカーブを曲がったため、銃を持つ男の姿は視界から消えた。

午前一時二十四分

カール・ウェブスターは苦痛にあえぎながら小屋のバスルームの鏡の前に立っていた。腫《は》れ上がったまぶたの下から、鏡に映る自分の姿をかろうじて確認できる。水ぶくれができて赤い仮面をかぶったアライグマみたいな顔だ。鼻の穴がひりひりするのは、スプレー状の液体に含まれていたトウガラシ成分のせいだけではない。銃撃戦の間に安全な場所へ移してくれた部下が、目を覚ますために使用した気付け薬の影響も残っている。

意識を取り戻した時には、襲撃者たちはここのサバーバンの一台に乗ってすでに逃げた後だった。ところが一分ほど前、ラファエル・リヨンから施設のメインゲートに到着したとの連絡が入った。どうやらすでに状況について知らされていたらしい。巡回路にバリケードを築き、このグループとの戦いに自らの手で決着をつけてやると自信満々の口ぶりだった。

相手の言葉からは非難の意図がはっきりと感じられた。

激しい怒りを覚えつつ、カールは洗面台に顔をみたび突っ込んだ。洗面台には水と食器用洗剤と牛乳を混ぜた液体が張ってある。カールはまばたきを繰り返し、肌をこすりながら、冷たい液体で冷静さを取り戻そうとした。

体を起こすと、部下の一人がバスルームに入ってきた。「準備が整いました」

カールはうなずき、包帯の巻かれた足首をかばいながら部下に向き直った。

リヨンは誰を相手にしているのかを知らない。〈襲撃者たちの正体はもちろん、俺のことも知るはずがない〉

カールはまだ切り札を持っていた。リヨンが失敗した場合に備えて。

「鳥を空に放つんだ」カールは部下に命令した。「この件にけりをつけるぞ」

午前一時二十六分

タッカーは助手席に座ったまま体をよじり、ＳＵＶの後方を監視していた。車の向こうの道路に神経を集中させ、荷室に突っ伏したタカシの死体はできるだけ見ないようにする。タッカーは食いしばった歯の間から呼吸をしながら、フランス人の殺し屋を思い浮かべた。激しい怒りでタッカーの視界が狭まっていく。

その時、温かい舌が手首をぺろりとなめた。膝の横にいるケインが、苦悩と動揺を察知して慰めてくれたのだ。そのお返しに、タッカーは指先で相棒の首筋をつかみ、力強く握って安心させた。

全員がまだショック状態から脱していない。

後部座席では体を丸めたダイアンがすすり泣いていた。ノラはスタンの体に覆いかぶさっている。うつろな目を見開いたままなことから推測するに、金髪の男性はすでに出血多量で事切れてしまったに違いない。フランクがタッカーに視線を向けた。その表情から何を考えているかは容易に読み取れる。罪悪感に苛《さいな》まれつつも、次に何をすればいいのかを知りたがっている。

追跡を続ける車両の明かりが次第に接近してきた。フランクたちを車から降ろし、自分が囮《おとり》として残って敵を引きつけるというさっきの作戦は、もはや選択肢にはない。その代わりに、タッカーは右前方を指差した。そのあたりはフェンスの向こう側の森がいくらかまばらになっている。

「右に突っ込め。ブレーキはなるべく踏むなよ」

フランクはうなずいて理解したことを示した。

できるだけ短時間で川までたどり着かなくてはならない。

フランクは少し加速した後、ハンドルを切った。サバーバンが道路から外れ、フェンスに激突する。重量三トンの車体が金網を突き破った。フェンスを抜けると、フランクは右に左にとSUVを走らせながら、幹をかすめつつも木々との衝突を回避した。枝がぶつかり、車体の側面をこする。

タッカーは運転をフランクに任せた。首を回して道路の方に目を向ける。ヘッドライトはフェンスの切れ目まで達したものの、そこで停止していた。

〈どうして俺たちを追ってこないんだ？〉

不安を覚えながらもタッカーが前に向き直ると、でこぼこした地形を走行するサバーバンの車体が浮き上がった。前方の川面《かわも》に反射する月明かりが見える。

「スピードを落とすな」タッカーは指示した。「真っ直ぐ川に突っ込め」

「川岸は高さがある。宙を飛ぶことになりそうだな」

タッカーはうなずき、ノラとダイアンの方を振り返った。二人の女性は恐怖に怯えた目でタッカーのことを見つめている。

「このあたりの川幅はそれほど広くない。せいぜい百メートルくらいだ」

「ああ、どうしたらいいの」ダイアンがうめいた。

「安心しろ。向こう岸にたどり着ければ安全だから」

事実ではないものの、必要な嘘だ。

希望は生きる意欲を後押しする。

ダイアンはスタンのシャツをきつく握り締めていた。ノラが手を伸ばし、その指を離すように促す。「彼はもう死んだのよ、ダイアン。一緒に連れていくことはできないわ。スタンだって自分のせいであなたが死ぬようなことは望んでいないはず」

ダイアンを抱き寄せながら、ノラはタッカーに目を向け、無言でどうすればいいかの指示を求めた。

「川に飛び込んだら」タッカーは説明した。「車内はすぐに水でいっぱいになる。窓から外に出るんだ。なるべく仲間から離れないように。ただし、流れに逆らったらだめだ。とにかく向こう岸まで泳ぎ着き、あとは待つこと。はぐれてしまったとしても、必ず君たちを見つけ出す」

「何かが見えるぞ」フランクの声で、全員の注意が前方に移った。川までの距離は三十メートルもない。「左前方の川の上だ」

タッカーが川岸の近くに浮かぶ暗い物体に気づくまで、一瞬の間があった。

「ワスプ《スズメバチ》だわ」ノラが引きつった声をあげた。「偵察用ドローンよ」

「攻撃能力を備えているのか?」タッカーは問いただした。

「いいえ」ノラは開いたサンルーフから外を見つめている。「ターゲットを捕捉する役目。その後、目標を破壊するためのシュライクがやってくる」

タッカーは沼地で自分たちのことを攻撃した固定翼のドローンを思い浮かべた。

〈それが名前か〉

「今のところはまだ大丈夫かもしれない」ノラの話は続いている。「シュライクを離陸させるには時間がかかるの。ワスプの方が簡単で、すぐに先遣隊として送り込めるようになっている。でも、ワスプがレーダーで私たちを捕捉して追尾したら……」

〈ほどなくシュライクが襲来するというわけか〉

ようやくタッカーはタンジェントの見張りたちが深追いしてこなかった理由を悟った。川はドローンの監視下に置かれているのだから、時間をかけて部下たちを送り込み、この罠《わな》で獲物を一網打尽にすることができる。

「どうする？」訊ねながら、フランクがブレーキを踏もうとした。

タッカーは前方を指差した。「予定通りに進める。スピードを落とすな」

フランクが車を加速させるのに合わせて、タッカーはライフルをつかみ、サンルーフから上半身を突き出した。低く垂れ下がった枝に注意しながら、アサルトライフルを構え、ショルダーハーネスを前腕部に巻き付けて狙いを定める。

車内からフランクが叫んだ。「つかまってろよ！」

森の間から飛び出したサバーバンの車体が、川砂利の上で揺れたかと思うと、水面の上を高く飛んだ。遮る木々がなくなると、タッカーは四つのプロペラの力で空中に浮かぶドローンを目がけて発砲した。引き金を引いたまま、すべての弾を撃ち尽くす。チャンスはこの一回限りだ。

一部の弾が命中した。ワスプが空中で揺れる——次の瞬間、横に傾き、川に落下した。

〈今度は俺たちの番だ〉

エンジンのある前半分の方が重いサバーバンは、前につんのめりながら降下していく。

タッカーは車内に戻り、ケインの身を守った。車が水面に落下する。水がフロントガラス一面に広がったかと思うと、車両前部の窓から車内に入り込んできた。

タッカーは流れ込む水音に負けじと叫んだ。「脱出しろ！」

フランクは座席に両膝を突き、運転席側の窓から転がるように出た。タッカーはノラとダイアンが無事に脱出したのを確認してから、ケインを抱き上げ、浸水の続く助手席側の窓から押し出した。

ケインが車外に出た時には、水位はすでにタッカーの鼻の位置にまで達していた。フロントガラスの向こうでは、ヘッドライトの光が渦巻く堆積物の中で緑色に輝いている。タッカーは深呼吸をしてから体を押し上げ、ほかの人たちの後を追おうとした——だが、途中で動きがぴたりと止まる。

左足がシートベルトに絡まっていた。タッカーは足を引っ張った。だが、抜けない。不意に強い焦りを覚える。すでに完全に水没したサバーバンは、車体の前部を下にして、川底へ向かって急速に沈んでいく。タカシの死体が浮かび、タッカーにぶつかった。見捨てないでくれと訴えるかのように。

タッカーは足をひねったり足首を回転させたりしながら格闘した。ようやく左足が自由になる。タッカーは水を蹴って窓を抜け、月明かりに照らされた水面を目指した。数秒後、水中から夜の世界に浮上する。

ケインが犬かきで近づいてきたが、かなり苦労している様子だ。すでに川の流れに引きずられている。タッカーは下流に目を向けた。月が照らす下には、渦を巻く水しか見えない。タッカーは体を反転させ、水面を探し、探し続け――

七メートルほど右手に、水面から上に伸びる腕を発見した。それに続いて、フランクが頭を突き出し、唾を吐き出しながら咳き込んだ。

タッカーは声をかけた。「大丈夫か？」

「たぶんな！　女性たちはどこだ？」

「ここよ！」暗がりからノラの声が聞こえた。

タッカーは手を振る彼女を見つけた。遠くまで流されてしまっていて、距離にして五十メートルほど下流だろうか。

「ダイアンも一緒！　彼女、怪我をしているわ！」

フランクが二人の方に泳ぎ始めたが、タッカーは制止した。「俺の方が近い。君は向こう岸を目指してくれ」タッカーはケインをフランクの方に押した後、しっかりと指示を付け加えた。「岸に泳げ」

友人と相棒が泳ぎ去ると、タッカーは水を手でかき、足で蹴りながら、下流に向かった。流れに乗ったおかげで、すぐにノラのもとまで到達する。ノラはダイアンを片腕で抱え、頭が水面から出るようにしていた。頭部の傷から血が滴っている。ブルネットの女性は呆然としているようだが、意識はある。ショック状態に陥っているのだろう。

タッカーはノラに代わってダイアンを抱え、揃って対岸を目指した。ノラは夜空が気になるらしく、絶えず視線を向けている。タッカーも彼女にならった。何を恐れているのかは想像がつく。

タンジェントは複数のワスプを送り込んだのだろうか？　すでにシュライクは発進しているのだろうか？

タッカーは泳ぐ速度を上げた。

向こう岸が近づくと、砂地の川岸を走りながらこちらに向かってくるフランクとケインの姿が見えた。フランクの手を借りて、ダイアンを岸に上げる。彼女は脚に力が入らないらしく、ふらふらの状態だ。タッカーはダイアンのジーンズに長い裂け目があり、そこから血が流れ出ていることに気づいた。脱出の際に割れたサバーバンのガラスの破片で切ってしまったに違いない。

「姿を隠す必要がある」そう言いながら、タッカーは木々の方角に進むよう全員を促した。まだ今夜の狩りは終わっていない。

16

十月十九日　中部夏時間午前二時八分
アラバマ州レイシーズ・スプリング

軍事基地の向こう岸にある森の奥深くに入ると、タッカーは全員に停止を命じた。ただ逃げ続けるのではなく、そろそろ態勢を立て直さなければならない。

タッカーはダイアンを丸太の上に座らせ、太腿のまわりに応急処置として巻いておいたハンカチを調べた。布地から血がしみ出ている。医者に診せる必要があるが、ここから最も近いのはレイシーズ・スプリングの町だ。だが、小さな町にタンジェントが監視の目を光らせているのは確実だろう。

タッカーを真似てケインもダイアンの脚の傷のにおいを嗅ぐと、自分たちの置かれた苦境を察しているかのように大きく息を吐き出し、濡れた尻を地面に着けて座り込んだ。

暖かい夜とはいえ、ずぶ濡れのノラはぶるぶると震えている。

フランクが娘をいたわるかのように優しく手を回し、彼女を抱き寄せた。

ノラは体を預けたものの、夜空からは決して視線をそらさない。「あいつら、絶対にあきらめないわ」つぶやき声が漏れる。「今頃は作戦を練り直しているはず。たぶん、水中で私たちを見失ったのよ」

三人は頭上の林冠の隙間から空の監視を続けた。タッカーはドローン特有のエンジン音が聞こえないか耳を澄ました。どうにか隠れているとはいえ、遮るものは木々しかない。シュライクの手にかかったら簡単に始末されてしまうだろう。

〈だが、そのために連中はまず俺たちを見つけ出さなければならない〉

これまでのところ、空中を飛行するほかのワスプの姿は見当たらない。だが、ノラの言う通りだろう。間もなく追加の偵察用ドローンが森の捜索を行なうはずだし、その後にはシュライクが続くことになる。ノラの話によると、オリッサ・グループは十二機のワスプと二機のシュライクを製造したという。そのほかに、「ウォーホーク」とかいう名称の大型ドローンもあるらしい。これは楔《くさび》形をした機種で、劣化ウラン弾を装塡《そうてん》した二十ミリ砲が搭載されているとのことだ。

つまり、どんなドローンが襲来するのか、予想がつかないということになる。

「狩猟小屋に戻らないといけない」フランクが口にした。「ケースを取ってこないと」

「なぜだ？」タッカーは訊ねた。

レンタルした狩猟小屋での空き時間に、フランクが内部に保護用のパッドを詰めたハードケースで持参した装置をいじっていたことは知っている。その中には、沼地で襲撃を受けたシュライク用のCUCSも含まれていた。遠隔操縦装置は電源を切って狩猟小屋の中に残してきた。あの装置が行方不明になったことに気づいた後、タンジェントはCUCSが発する保護用の周波数を設定し直したはずだと判断したからだ。今になってそれを使おうとしたところで、自分たちの居場所を公表するようなものだろう。

「危険だ」タッカーは警告した。「やつらが怪しいと感づき、あの狩猟小屋を捜索するのは時間の問題だぞ」

「だったらなおさら急いで行動する必要がある」フランクは譲らない。「必要なものを確保してデュランゴに詰め込み、さっさとここからおさらばしようぜ」

「やつらは道路を監視しているはずだ」

「だけど、その監視の目をくらませるかもしれない」

ノラがフランクの方を見た。「どうやって?」

「君たちのCUCSの機器内部の信号技術を分析したら、閉回路の双方向方式だった。あの遠隔操縦装置はドローンに信号を送るだけでなく、フィードバックを受信することもできる」

ノラはうなずいた。「閉ループ方式になっていて、試作機の機能の状態を地上から監視することができるの」

「そいつに信号を追跡させる仕掛けを組み込んだから、ドローンが近くにいて特有の信号を発していたらわかるんだよ」

「そんなことが可能なのか？」タッカーは訊ねた。

ノラはフランクの顔を見て、専門的な質問を立て続けに浴びせたが、タッカーにはさっぱり理解できなかった。ようやくノラが視線を戻した。「可能だわ」

フランクもうなずいた。「それにそいつを微調整すれば、ドローンに向かって妨害電波を出すこともできると思う」

〈つまり、目をくらませるということか〉

「だけど、その微調整を行なう時間がなかったんだ」フランクは認めた。「もちろん、試してみる時間も」

「私が手伝うわ」ノラが言った。暗闇で輝く瞳は、彼女がすでに頭の中でこのパズルに取り組み始めていることを示している。

「急ぐ必要があるぞ」タッカーは警告した。

タッカーは再びダイアンを立たせたが、そこから先は半ば抱きかかえるようにして進まなければならなかった。彼女の苦しそうな息遣いがタッカーの不安をあおる。意識を失う一歩手前の状態だ。

幸運なことに、狩猟小屋までは五百メートルもなかったのであまり時間はかからなかったし、計画ができたおかげで意気も上がっていた。それでも、タッカーは三人に対して少し離れるように指示を出し、小屋の裏手の森の中に隠れさせた。電気はついていないようだったが、まずケインに丸太小屋のまわりを一周させ、近くに誰もいないことを確認する。その後でフランクとともに裏手の窓から小屋の中に忍び込んだ。

タッカーが救急箱を手に取る一方で、フランクはハードケース二個を確保し、窓から外に投げた。すぐに小屋を後にして、森の中に戻る。木々の間を抜ける道路の路肩に停めたダッジ・デュランゴまでは、五十メートルほどの距離だ。

車に近づく前に、フランクは森の外れで片膝を突き、ケースの一方を開いた。沼地から回収したCUCSの操縦装置を取り出し、螺旋《らせん》形をした金属製のアンテナをタッカーに手渡す。「そいつをできるだけ高く持ち上げてくれ」

タッカーが指示通りにすると、フランクはアンテナから垂れ下がったワイヤーを装置に挿し込んだ。小型のラップトップ・コンピューターも接続し、それを膝の上に載せる。

ノラは肩越しにのぞき込み、フランクが作業する様子を見守った。CUCSの電源が入ると、小さな画面に周波数マップのようなものが浮かび上がった。フランクがダイヤルを回し、それを見ながらノラが意見を述べる。

「そこよ！」ノラが画面を指差した。「Mバンドに反応があるでしょ。私たちを追うワスプが出している信号よ」

目に見えない脅威から守ってくれる魔法の剣のようにアンテナを掲げながら、タッカーは空を探した。「俺たちをすでに見つけたのか？」

ノラが首を横に振った、「ターゲットを発見したら、Ｘバンドに別の反応がある。それがシュライクまたはウォーホークに追撃を開始せよと伝える指示なの。そこから先、キラードローンはターゲットを抹殺するか、あるいは呼び戻されるかするまで、狩りを続けるというわけ。Ｓバンドにストロボパルスが現れたら任務終了ということ」

〈それだけは避けたいところだな〉

タッカーは空を見上げ続けていた。「ワスプの信号をたどることは可能なのか？　相手の居場所を突き止められるか？」

「その場でゆっくりと回転してくれ」そう指示しながら、フランクがラップトップ・コンピューターを開いた。

アンテナのワイヤーが絡まないように注意しながらタッカーが言われた通りにすると、フランクとノラが同時に「ストップ」と声をかけた。

コンピューターの画面にぐっと近づけたノラの顔が、ぼんやりとした光で照らされている。「あれが見える？　あの小さな点がドローンのＦＬＩＲ――前方監視型赤外線レーダーよ。バッテリー容量との兼ね合いで、探知できる距離はあまり長くないのよ」

「どのくらいまで可能なんだ?」タッカーは訊ねた。

「せいぜい五百メートルといったところ。川に沿って移動しながら、私たちを捕捉しようとしているんじゃないかしら。でも、どうやら真っ直ぐここに向かってくるみたい」

〈狩猟小屋を偵察するように指令を受けているのだろう〉

「残り時間は九十秒くらいね」そう言いながら、ノラはフランクの膝の上からラップトップ・コンピューターをひったくり、猛然とキーボードを叩き始めた。

「何をしているんだい?」フランクが訊ねた。

「あることを試しているの。あなたはCUCSから送信する準備を進めておいて」

タッカーは川の方角を見つめていた。「そいつがここに到達する前に、妨害電波を出せるのか?」

「もっといいこと」ノラは笑みを浮かべ、フランクが手に持つCUCSの画面を見ながら、さらに入力速度を上げた。「ワスプが採用している追跡ソフトならよく知っているの。あのコードは全部私が書いたんだから。飛行中にハッキングして、自由に操ることができると思う」

タッカーはノラを見下ろしながら顔をしかめた。「それで何をするんだ?」

「好きなことができるわ」ノラは入力の手を止めない。「シュライクに指令を出してタンジェントの連中に地獄の苦しみを与え、全員を燻製《くんせい》にしてやることも」

タッカーはノラの計画に心をひかれつつ、ダイアンに視線を向けた。木にもたれて座った姿勢で、頭は前に垂れたままだ。その傍らで彼女に寄りかかるケインは、傷ついた戦友に付き添っているかのように見える。タッカーはシェパードへの愛情が湧き上がるのを感じた。ケインは大きな優しい心と、あふれんばかりの思いやりの持ち主なのだ。

ノラの仲間の半数を失ってしまったことを認識し、タッカーは不意に強い疲労感を覚えた。しかし、すぐにそれに代わって、レンジャー部隊の隊員全員に刷り込まれている強い決意が燃え上がる。

「なかなか魅力的な案だが」タッカーは口を開いた。「この先のことを考える必要がある。対策を練って、次の戦いに備えておかなければならない」

〈その機会は必ず訪れる〉

この戦いはまだ終わりにはほど遠い。利用可能な戦力を結集する必要があるだろう。

「いったい何を考えているの？」ノラが訊ねた。

「そいつをいただくのはどうだ？」タッカーはノラとフランクの唖然とした顔に向き合った。「そのワスプを奪い取って、俺たちの味方につけることはできると思うか？」

フランクは地面に両膝を突いたまま反応した。「やってみる価値があるのは言うまでもないな。失うものは何もないんだから」

ノラもうなずいた。

「だったら頼む」

二人は作業に取りかかった。あいにく、ワスプへのハッキングはノラが想定していたよりも難航した。ドローンが間近に迫りつつあることを意識しながら、ノラの指が目まぐるしくキーボード上を動く。フランクの提案に対しては、悪態が返ってくることもあればうなずきが返ってくることもある。

「もうすぐそこまで来ているぞ」フランクが警告した。

タッカーは木々の間を探した。この期に及んで、もはやドローンから逃げ切ることはできない。ＳＵＶに乗っていたとしても無理なのだから、足で勝負を挑んだところで勝ち目はない。

「入れてくれないのよ」ノラがうめいた。

フランクがノラの震える肩に手を置いた。「君ならできる」断固とした調子の落ち着いた声だ。「意識を集中させろ。心を無にするんだ」

ノラは体を震わせながら深呼吸を一つすると、コードが次々と表示される画面に顔を近づけた。

突然、フランクが指差した。「ちょっと待った！　そいつはどうだ？」フランクはコードの行を読み上げた。「捕捉次第、自動追撃を送信……」

「かもしれないけど」ノラがつぶやいた。「私には――」

木々を通して聞こえる低い機械音に、ノラは口をつぐんだ。

時間切れだ。

「どうにでもなれ」そう言うと、フランクが手を伸ばし、リターンキーを押した。

全員が固唾をのむ――次の瞬間、大量のコードが点滅する二行に置き換わった。

　　すべての通信を取り消し
　　制御をCUCS12958に移行

「CUCS12958だって？」タッカーは訊ねた。「俺たちの装置のことか？」

フランクが勝ち誇った笑みを浮かべた。「そうに決まっているだろ」

ノラが入力を再開した。「ここから何ができるか、ちょっと試させて」

その直後、ノラはワスプを真上に移動させ、道路上で待機状態にさせた。ドローンはX字型をしていて、幅は一メートル弱、機体の色はマットブラックだ。Xの先端に一つずつ、計四つのプロペラが回転する静かな音とともに、地上から二メートル弱の高度に浮かんでいる。

「タンジェントの地上監視局に信号を送っているところ」ノラが説明した。「ワスプの推進力に異常が発生したと知らせているの。川に落下したように見せかけることができるわ」

〈つまり、行方不明になったと思わせるわけか〉

賢いやり方だ。

タッカーの見ている前で、ノラはワスプを巧みに操縦し、音もなく道路に着地させた。プロペラを回転させたまま地上にとどまるドローンを全員で見つめる。

「さて、どうする?」フランクが訊ねた。

タッカーは悠然とドローンに歩み寄った。「あいつらを痛い目に遭わせてやらないとな」

午前七時十七分

太陽が昇る頃には、状況が好転したとまでは言えないものの、すべてに明るい兆しが見え始めた。車は州間高速道路二〇号線を走行中で、ちょうどタスカルーサを過ぎたあたりだ。少し前に長距離トラック用のドライブインで車を停め、SUVの給油とケインのトイレ休憩をすませた。デュランゴのガソリンを満タンにする作業はフランクに任せ、タッカーは衛星電話でジェーンから最新情報を入手しているところだった。

「片脚を失うことになるかもしれないわ」ジェーンはダイアンの容体について説明した。

「でも、少なくとも今のところは——」

ディーゼル用の給油機の隣に停車していたトレーラーがエンジンをかけたので、ジェーンの言葉がかき消された。タッカーはトレーラーから離れ、電話を耳に押し当てた。「もう一度頼む」

「少なくとも作り話はまだばれていない、って言ったの」

タッカーはため息をついた。

〈いい知らせもあれば悪い知らせもあるということか〉

奪い取ったワスプも含めて全員をデュランゴに乗せ、レイシーズ・スプリングを発ってしばらくした後、タッカーはジェーンに連絡を入れた。当初の計画では、救出したオリッサ・グループのメンバーとともにアトランタでジェーンと合流し、そこで彼女の信頼するチームの力を借りて身を隠すことになっていた。だが、ダイアンの容体が深刻だったため、作戦の場をバーミンガムに移すことにしたのだ。ジェーンはダイアンの素性を隠すために偽のヴァージニア州の運転免許証を用意したほか、負傷の原因はボーイフレンドによる虐待だという設定も創作した。

「もう少し詳しい状況がわかるのはいつ頃だ？」タッカーは訊ねた。

「二十四時間以内。敗血症の危険があるようだったら、脚を切断することになるでしょうね」

「彼女の様子は？」

「病院にいる私の仲間——妹を心配する兄のふりをしているんだけど、その人の話だと彼女はかなり怯えているらしいわ。でも、ちゃんと話を合わせてくれている」ジェーンが小声になった。その声に不安の色が混じる。「あなたたちはどうなの？　みんなはどんな様子なの？」

「かなり頑張っている方だな」

タッカーが視線を向けると、ガソリンを入れ終えたフランクがノズルを給油機に引っかけているところだった。車の後部座席では、ノラが背中を丸くしてラップトップ・コンピューターをのぞき込んでいる。タッカーとフランクはバーミンガムに残るようノラに言い聞かせたものの、拒否された。これから先も、特にワスプを活用したいのならば、助けが必要になると言って譲らなかったのだ。フランクもその意見を否定することができなかった。

それでも、ノラの行動は役に立ちたいという気持ちよりも、友人たちを、とりわけサンディを殺害した相手に対する復讐心に起因するものなのではないか、タッカーはそんな気がした。夜通し走り続ける車内で、眠れずに窓の外の景色を眺めるノラは涙を流していた。アドレナリンの流出が治まり、失ったものの大きさが実感として迫ってきたのだろう。タッカーはそうした反応を痛いほど理解できた。銃撃戦の真っ只中においては、まわりで友人たちが傷ついたり息を引き取ったりしても、戦い続けなければならない。戦いが終わり、夜の闇の中で、ようやく喪失を振り返ることができる。意味をつかみ、死を悼み、悲しみと罪の意識を抱えたまま生きる術を見つけようとすることができる。

「これからどこに向かうつもりなの？」ジェーンの問いかけでタッカーは我に返った。

「ニューメキシコ州のラスクルーセスだ」

この唯一の手がかりを入手できたのもノラのおかげだ。彼女の話によると、タンジェントはレッドストーンを引き払い、拠点を移して作戦の次の段階に進もうとしていたらしい。

〈だが、それは何なんだ？　点々と死体を残してまで守らなければならない秘密とはいったい？〉

「タンジェント・エアロスペースの本社がラスクルーセスにあることはわかっている」タッカーは説明した。「それだけでも十分に調べる価値があるが、ノラは新しい作戦に関する名前を耳にしたらしい。『ホワイトシティ』と呼ばれる場所だ。たぶん、陸軍のホワイトサンズ・ミサイル実験場のコードネームだと思う」

「ラスクルーセスからほど近い距離ね」ジェーンがつぶやいた。「あなたの言う通りかも」

「そこに着いたらもっと多くのことがわかることを期待するしかない」

「とにかく、気をつけてね」

「俺がうっかりしても、ちゃんと見てくれているやつがいるよ」タッカーが見下ろすと、その視線に気づいたケインがしっぽを振った。銃弾のかすめた臀部には絆創膏が貼られているが、特に問題はなさそうだ。

別れの挨拶を交わした後、タッカーは電話を切り、ケインとともにデュランゴに戻った。フランクはフロントガラスを洗っているが、どうも力が入りすぎているように見える。単純作業なのに、不自然なほど神経を集中させている。

「どうかしたのか?」タッカーは訊ねた。

視線を向けたフランクは、信じられないと言いたげな表情を浮かべた。「どうかしたのかだって? わざわざ質問するのか?」

「ああ。バーミンガムを離れてから、ほとんど口をきいていないじゃないか」

フランクはタッカーのもとに歩み寄り、洗浄液の入った青いバケツにスクイージーを投げ入れると、大きなため息を漏らした。指で髪をかき上げながら、ノラの方を一瞥して声を落とす。「俺たちはあの子たちを救出するはずだった。それなのに、半分を死なせてしまったんだぞ」

タッカーはこの会話を予期していた。「俺たちが何もしなかったら、全員が死んでいただろうな」反論をぶつける。「これで少なくとも、ノラとダイアンは助かるかもしれない」

「だけど、俺たちがもっと慎重に行動していれば、もっとよく考えたうえで……」

タッカーはこの嘆きの言葉を耳にたこができるほど聞いていた。仲間の兵士の口からも、自分自身の口からも。「フランク、戦闘っていうのは嫌なものだ。ひどいことが起きる。最優秀の兵士でも誤りを犯すし、時には人を死なせてしまうこともある。それを思い悩んで立ち止まるか、そのことから何かを学んで先に進むか、どちらかだ」

フランクはつま先に視線を落とした。「俺には……そんなことができるかどうか、わからない」

タッカーは冷たく突き放す時だと判断した。「それならば、俺たちの関係はここまでということになる」

フランクはさっと顔を上げた。「何だって？」

「聞こえただろ？　気持ちの切り替えができないのなら、君は足手まといになる。誤りを犯しやすくなるだろう。俺たちを死なせる可能性もある」

「そんなことは――」

「意図的にすることはないにしても、心ここにあらずという状態では困るんだよ。心も体もここにいてもらう必要がある――そうでなければ、ここから消えてもらいたい。これからケインを散歩させてくる。十分以内に決めてくれ」

タッカーはフランクを残し、ケインを連れて草むらに向かった。つらく当たるようなことはしたくなかったものの、包帯を無理やり剝ぎ取って傷口を乾かした方がいい場合もある。その間、ケインは数カ所のにおいを重点的に嗅ぎ、自分が訪れたという痕跡を残した。予定の時間が過ぎると、タッカーはケインとともに車へと戻った。

すでにフランクは助手席に座っていた。タッカーが後部座席の扉を開くと、ケインがノラの隣に飛び乗った。

「みんな、準備はいいか？」タッカーは訊ねた。

ノラが同意の言葉らしきものをつぶやき、ケインもしっぽを振った。フランクはしばらく無言で前を見つめていたが、やがてうなずいた。

タッカーは運転席に乗り込んだ。「だったら出発だ」

東部夏時間午前十時二十二分
メリーランド州スミス島

「つまり、やつらを見失ったということなのだな？」プルーイット・ケラーマンは繰り返した。

机の奥に立ち、チェサピーク湾の景色とワシントンDCのシルエットには背を向けている。両手の拳をきれいに磨き上げられた机の表面に置き、コンピューターのモニターに内蔵されたカメラに顔を近づける。

画面上ではカール・ウェブスターとラファエル・リヨンの顔がこちらを見つめていた。

どちらからも答えが返ってこない。二人の背後に映っているのはタンジェントの地上監視局で、ハロゲンランプの薄明かりに照らされたコンピューターのワークステーションが連なっている。

「そういうことなのだな？」プルーイットは詰問した。

まぶたが腫れ上がり、目もほとんど開いていない状態のウェブスターが答えた。「やつらは死んだものと思われます」

「私が気にしているのは『思われます』の部分だ」

「やつらが逃走に使用した車両はテネシー川の川底に沈んでいました。車内には誰もいませんでしたが、川の流れはかなり急です。死体は今頃ケンタッキー州の近くまで運ばれていることでしょう」

リヨンが割り込んできた。「川沿いの街の警察無線を傍受して、溺死体の報告が上がっていないか確認しています」

「ほかに何かわかったことは？」

ウェブスターが答えた。「やつらが川の向こう岸にある狩猟小屋に滞在していたことはつかんでいます。管理人が犬のことを覚えていました。男二人の人相はわかりましたが、クレジットカードは使用していません。現金で支払っています」

怒りをこらえるリヨンの眉間には、深いしわが刻まれていた。兵士として作戦上のミスを、しかも自らのミスを容認できないのだ。「サバテロの電話に二本の着信があったことが判明しました」

ジェーン・サバテロの名前を耳にして、椅子に座るウェブスターが居心地悪そうに身じろぎした。ほんの一瞬、表情に罪悪感がよぎる。捜索の網の隙間から逃亡を許してしまったという、もう一つの失態を思い出したためだろう。

「発信者は衛星電話を使用しています」リヨンが続けた。「一般的ではない機種で、増強されています」

「増強とは何のことだ？」

「暗号化とか、プロキシの類いです。極秘に動いている可能性が濃厚と思われます」

「この男は我が国の政府が派遣した人物だと思うか？」プルーイットは訊ねた。「それとも、外部の関係者なのか？」

「現時点ではまだ判断できかねます。もう一度、あるいは二度ほど通話があれば、男の身元を押さえられるはずです」

プルーイットは背筋を伸ばし、腰の凝りをほぐしながら、このつまずきのせいで弱腰になるまいと心に決めた。「オリッサ・グループのうちの一人、あるいは複数が逃亡したと仮定して、彼らがどのようなダメージをもたらすと想定されるのだ？」

「何もありません」ウェブスターの返答からは心なしか焦りが感じられた。「プロジェクトの全貌を把握している人間はおりません。それは確かです」

「第二段階の方はどうなのだ？　今週、作戦の拠点を移す場所に関して気づいていた者はいるのか？」

ウェブスターはおもむろに首を横に振った。「考えられません。私の部下たちには口外しないようにきつく命じてあります」

プルーイットは眉をひそめた。

〈絶対的な保証からはほど遠いな〉

個人的な経験から、情報漏れが必ず起こりうることは承知している。

「当面の予定を遅らせますか？」ウェブスターが訊ねた。「問題がないのを確認してから先に進むことにしますか？」

プルーイットは顎を引き、可能性を計算しつつリスクを秤《はかり》にかけた。あらゆる影に怯えていたら、現在の地位に就くことはできなかっただろう。びくびくしている人間は出世など望めない。大胆でなければならない。

「いいや」プルーイットは決断した。「予定通りに進める」

きっと結んだリヨンの口元に、満足げな笑みがかすかに浮かぶ。「承知しました」

血なまぐさいことに関して、この男は常に前向きだ。

「ただし」プルーイットは注意を促した。「ホワイトシティに到着したら、念入りな備えをするように」

〈私は大胆な人間だが、愚か者ではない〉

「その男と犬が無事に逃げ延び、我々のもとを訪れた場合には、必ずそれ相応の歓迎をしてやれ」

第三部　ホワイトシティ

17

十月二十一日　山岳部夏時間午後一時八分
ニューメキシコ州ラスクルーセス

タッカーがホテルの部屋に入ると、フランクとノラがレッドストーン襲撃の戦利品を調べているところだった。絨毯の上にはワスプが置いてある。ドローンの内部の構造があらわになっていて、そのまわりには装置や道具が散乱していた。

「俺たちはこいつをレックスと命名したよ」フランクがにやりと笑いながら宣言した。

「レックス？」

フランクはケインを指差した。シェパードはタッカーが手に持つ中華料理のテイクアウト二袋のにおいを嗅ぎながら、すぐ後ろをついてくる。「おまえにはケインがいる。俺たちにはレックスがいる」

それに対してノラは目を丸くしただけで、すぐに小さなドライバーを手にドローンの脳内をのぞき込んだ。「意見が一致しているわけじゃないから」

タッカーは室内を横切り、簡易キッチンの横にある小さなダイニングテーブルの上に食べ物を置いた。

アメリカを横断する過程でレンタカーを二度取り替えた後、一行は昨夜遅くになってラスクルーセスに到着した。タッカーは街の外れにあるホテルを選んだ。カシータと呼ばれるバンガロー風の部屋とゴルフコースのあるリゾート施設で、メシラバレー・ボスク州立公園からは一キロも離れていない。タッカーたちの部屋には二つの寝室、磨き上げられたコンクリートの床、先住民風の小さな暖炉があるほか、何よりも素敵なのはバスルームにゆったりとつかれる浴槽が付いていたことだ。そのせいで、タッカーは危うくバスルームを寝室代わりにして一晩を過ごしてしまいそうになった。

夜が明けてウエボス・ランチェロスとオートミールという簡単な朝食をすませた後、フランクとノラはワスプの徹底的な解剖に取りかかった。タッカーは二人が本体上部の覆いを取り外し、作業を進める様子を眺めていたが、やがて会話が専門的な内容に変わり、とても英語とは思えないような用語ばかりが飛び交うようになると、ケインを連れてすぐ近くの州立公園の見物に出かけることにした。リオグランデ川沿いに広がる州立公園は、百二十万平方メートルの面積がある。公園内にはほとんど人の姿がなく、タッカーは相棒とともに藪《やぶ》や草地や川沿いの木々の間を抜ける小道を散索しながら、午前中いっぱいを過ごした。

しかし、そろそろ仕事に戻る時間だ。

「命名の件はともかくとして、何かわかったことは?」

「レックスはすごいなんてもんじゃないよ」フランクの口調はクリスマスの朝を迎えた子供のようだった。「すべてがこの頭蓋骨の内部に完備されている。バッテリー、誘導システム、レーダー、さらには容量十テラバイトのSSDまで」

フランクが指差す先にあるのは、ドローンの中央にある球体の収納部分だ。バスケットボールの二倍ほどの大きさがあり、クモの脚のような形をした三本の着陸脚によって支えられている。真ん中で交差する二枚の翼は大きなXの文字を作っていて、それぞれの先端部分にあるティアドロップ型の突起の内部には、ピッチを自在に変えることのできるプロペラが収納されていた。全重量は九キロしかない。

フランクは小型の機体の上に手のひらをかざした。「外装はカーボンファイバー製だ」

「光を吸収するように微小なハチの巣状の構造になっているの」ノラが補足した。「ステルスコーティングの一種ね」

フランクはうなずいた。「手強い相手だ」

「手なずけることはできるのか?」タッカーは訊ねた。

フランクは不敵な笑みを浮かべた。「俺様の天才レベルの頭脳とノラの知識があれば、確実に」

〈よし〉

タッカーは袋から中華料理の入った箱を取り出し、ふたを開け始めた。「ワスプの本来の目的の方はどうなんだ？　これから先、俺たちが何と出会うことになるのかに関して、何らかの手がかりはあるのか？」

ノラがしゃがんだ姿勢になりながらうなずいた。「新しい種類の戦争に備えての次世代の兵士、といったところだと思う」

「どんな戦争なんだ？」

「情報戦の台頭」

タッカーは顔をしかめた。「いったい何の話をしているんだ？　ハッキングとかのことか？」

「それよりももっと不気味で、はるかに危険だわ。電子戦とサイバー攻撃と心理戦をひとまとめにした総攻撃みたいなもの」

フランクがうなずいた。「ノラの話をちゃんと聞いた方がいい」

「続けてくれ」タッカーは促した。「説明を頼む」

「今の社会は何もかもがつながり合っていて、絡み合っていて、重なり合っている」ノラは切り出した。「デジタルのトランプのカードでできた不安定な家みたいなもの。それを壊して混乱を引き起こすのはわけないわ。しかも、権力者たちはそのことに気づいている。アメリカも含めて、各国はこの新しい種類の戦争用の軍事部隊を創設するために、何十億ドルもの資金をつぎ込んでいる。外国のカードの家を壊すための方法を学びつつ、自国の家を補強するのが目的だわ」

フランクもうなずいた。「あいにく、ロシアも中国も我々より先行している」

「よく理解できないんだが、その攻撃というのは具体的にどんなものなんだ？」

「さっきも言ったけど」ノラが続けた。「基本的には三本の矢が放たれると思って。電子戦は通信を邪魔することが目的で、武器誘導システムを混乱させたり、航空管制を妨害したりする。サイバー攻撃というのは、単にデータを盗むことだけではなく、一国のインフラ全体――発電所とか、水道やガスの設備、鉄道システムの類いを、ずたずたにすることにも関係してくる。最後の心理戦が、いちばん厄介なやつだわ。その目当てはソーシャルメディアやニュースメディアを通じて誤った情報を流し、恐怖をあおったりパニックを広めたりして、人々の士気を下げることにあるの」

フランクがため息を漏らした。「レッドストーンでの俺の役目――暗号ネットワーク戦のスペシャリストが戦う相手というのが、まさにその脅威なのさ。戦場がまったく新しい様相を呈しつつあるんだ」

タッカーは不安を募らせながらワスプを見つめた。「こいつがその兵士なのか？」

ノラがうなずいた。「サンディによる暗号解読アルゴリズムが備わっていて、ありとあらゆるものを解読しながら学習する能力を持っているから、レックスはただの偵察用ドローンじゃないわ。どんな電波通信でも密かに収集し、記録することができる。着陸脚からもデータ収集が可能なんだから。この子をブロードバンドやＤＳＬのケーブル、あるいは電話線に着陸させれば、吸血鬼のようにデータを吸い取ってくれるわ」

「攻撃能力の方はどうなんだ？」

「従来の意味での攻撃能力はゼロだ」フランクが答えた。「しかし、レックスには指向性バースト発信機能が備わっている。近い距離ならば――そうだな、八百メートル以内だったら、どんな回路でも攪乱《かくらん》できる。軍事用の強固なやつだってかなわないさ」

「話を整理させてくれ」タッカーは遮った。「この空飛ぶ電子戦士は敵からデータや情報を収集したうえに、破壊の爪痕を残して去っていくということなんだな？」

フランクとノラはともにうなずいた。

「だったら、俺たちはこいつをどう活用すればいいんだ？」

ノラを一瞥したフランクの顔には、いわくありげな表情が浮かんだ。「タンジェントにちょっとしたサプライズを届けられるかもしれない」

午後二時二十二分

タッカーは通りを挟んだ向かい側からタンジェント・エアロスペースの本社を注視していた。ガラス製の楔のような形をした四十階建てのタワービルが、ラスクルーセスの街並みを見下ろしている。ビルの表面は午後の陽光を浴びて光り輝いていた。

タッカーが座っているのは道路脇のベンチで、メスキートの木々が濃い影を投げかけている場所だ。野球帽と黒のサングラスで容貌を隠し、十六万平方メートルの面積があるタンジェントの所有地に通じる正面ゲートを観察する。高さのある錬鉄《れんてつ》性のフェンスの奥に広がる敷地内には、曲がりくねった小川、イギリス式の庭園、水のあふれる噴水などが配置され、ラスクルーセスの殺風景なビジネス街の中の緑豊かなオアシスになっている。

庭園の広いテラスのパラソルの下では、タンジェントの従業員たちが遅いランチを食べている。笑いながらおしゃべりを楽しんでいる人もいれば、頭を寄せ合って熱心に議論をしている人もいる。最近の殺戮《さつりく》について知っている従業員があの中にいるのだろうか、タッカーはふと思った。普段と変わらないその様子に、強い怒りが湧き上がる。罪を犯していようがいまいが、彼らはこの組織の歯車の一部なのだ。

それでも、タッカーはその怒りを抑えつけた。そうした感情を抱いた一因には、PTSDがあると理解しているからだ。戦いを経た後はいつも、被害妄想の気が高くなる。どこにいても、気がつくと敵の姿を探してしまっている。今も知らず知らずのうちに膝の上で拳を握り締めていて、一本ずつ指の力を抜いていかないと手を開けない状態になっていた。この思いが自然に消えていくことはわかっているが、ちょっとした薬が役に立つこともある。

タッカーは手を伸ばし、ケインの首筋の毛をかいてやった。シェパードはベンチの隣で地面に尻をつけて座り、頭上のメスキートの枝の間を飛び交う鳥たちの姿を眺めている。ケインにとって、レッドストーンでの出来事は過去の話だ。この場所でのこの瞬間を、木陰と鳥たちとタッカーの存在を楽しんでいる。タッカーはいつも、ケインの態度から安心感を覚える。四本足の相棒にとって、明日あるいはその次の日に起こりうることは、まったく存在しないも同然なのだ。

タッカーはケインの脇腹に手を添えたまま、その安らぎを感じ取った。十分もすると、息苦しさが治まり、血圧も下がってくる。フランクとノラがドローンの最終調整を行なっているリゾートホテルまで戻れる状態になると、タッカーは立ち上がった。

この日の午後のタッカーの任務は、タンジェント・エアロスペースの本社を調べることだった。警備員の人数、ゲートの防犯対策、監視カメラの位置は確認済みだ。それよりも重要な収穫は、タンジェントタワーの屋上に林立するアンテナ群の写真を怪しまれずに撮影できたことだ。

何者かが大量のデータの送受信を行なっていることは間違いない。

任務を終えたタッカーは、ケインを連れてタワーから離れ、新たにレンタルしたホンダ・パイロットに乗り込んだ。ホテルの部屋に戻ると、得た情報をフランクとノラに伝え、写真を見せる。

「こっそりと忍び込むのは無理だな」タッカーが結論を述べる前で、フランクはタンジェントのゲートの写真を食い入るように見つめている。

ノラが画面をスワイプして、タワーの屋上にあるアンテナ群の写真を表示させた。「ほかの方法があるかも。これを見る限り、タワーの上にはＥＬＦ――極超長波からマイクロ波まで、あらゆる種類の送受信アンテナが立っている」

「つまり、その間の電波用のものはすべて揃っている」フランクが付け加え、ノラに笑顔を向けた。「レックスにはちょっとした偵察飛行の準備ができていると思うかい？」

ノラは再び組み立てられたドローンに視線を向けた。「確かめる方法は一つしかないわね」

フランクがタッカーの方を見た。「おまえが出かけている間に、俺たちはレックスのオペレーティングシステムに搭載されている電子戦用ソフトウェアにアクセスして起動させた。ドローンは本来の製造目的をこなせるようになったはずだ」

「密かにデータを吸い取るわけだな」タッカーは言った。

ノラがうなずいた。「空中を飛行してタワーから五百メートル以内の距離に入れば、レックスはあのアンテナ群との対話を開始して、誰にも感づかれることなくタンジェントタワーに侵入できるはず」

「とはいえ、慎重に進めなければならないだろうな」フランクが注意を促した。「レックスが試作機だということを忘れないでほしい。まだ解決されていないバグが残っているはずだ」

「さらに言わせてもらうと、レックスを飛ばすのは夜だけにするべきね」ノラが補足した。「ドローンにはあらゆる種類のステルス技術と妨害機能が備わっているけど、それでも肉眼で発見されてしまう可能性があるわ」

タッカーはスケジュールを考慮した。「それならば、実行に移すのは今夜だな。ウェブスターたち一行はすべてをレッドストーンからここに移送中だ。すでに到着しているかもしれない。この作戦の次の段階が何であるにせよ、それがどこで行なわれる予定なのかを突き止める必要がある」

ノラが眉をひそめた。「カールがホワイトサンズ・ミサイル実験場に向かうと考えているんじゃなかったの？」

「今もそう考えている」タッカーは答えた。「だが、ホワイトサンズは八千平方キロメートル以上の広さがある。ウェブスターの作戦拠点がその中のどこに位置しているのか、正確につかむ必要があるんだ」

フランクがドローンの隣で床に片膝を突いた。「そういうことなら、こいつを――」

扉をノックする音で、全員がその場に凍りついた。

タッカーは二人に下がっているように合図すると、ショルダーホルスターからＪＰＸを抜いた。相手が扉の向こうから発砲してきたとしても銃弾を食らうことがないように、斜めの角度から扉に近づく。タッカーは扉の隣の窓に移動し、カーテンの隙間から外をのぞいた。

見覚えのある痩身の女性の姿が目に入る。ブロンドの髪をポニーテールに結び、顔は日よけ帽の下に半ば隠れた状態だ。

女性が一人きりなのを確認してから、タッカーは窓の陰から移動して扉を開けた。

客人が笑顔を浮かべた。「こんにちは、ハンサムさん」

女性の目は出迎えるため扉に近づいてきたケインに向けられていた。シェパードは尻としっぽをうれしそうに振っている。女性の視線が上を向いたが、タッカーの顔には歓迎の表情が浮かんでいなかった。

「いったいここで何をしているんだ、ジェーン」

18

十月二十一日　山岳部夏時間午後四時十七分
ニューメキシコ州ラスクルーセス

タッカーはジェーンを建物内に入れると、二つある寝室の一方に連れていった。フランクとノラが向ける問いかけの表情は無視する。寝室の扉を閉める前に、ケインが飛び込んできた。再会の輪に自分も加わりたいということなのだろう。

「君はここにいてはいけないんだ」タッカーは顔面が紅潮するのを意識しながら切り出した。「わかっているはずだ。自分の身を危険にさらしているんだぞ……俺たちも巻き込んでいるのは言うまでもない」

「ちょっと、落ち着いてよ。私を誰だと思っているの？　必要な手立てはちゃんと打ってあるんだから」

「その中には、ここを訪れると伝えるための電話を俺にかけたりしない、というのも含まれているのか？」

「その通り。それも手立ての一つ。私の電話であなたに連絡を入れたら、まずい事態になるもの」

タッカーはジェーンの言う通りだということに思い当たった。連絡を入れるのは必ずタッカーの側からで、その逆はだめだというのが取り決めだったのだ。

「それに」ジェーンは続けた。「たとえ私が電話しても、あなたは来ないように説得するに決まっている。そればかりか、荷物をまとめて別の場所に移ってしまうかもしれないでしょ」

〈確かにそうだ〉

「君の息子はどうしたんだ？」タッカーはネイサンの屈託のない顔を思い浮かべながら訊ねた。

「当分は安全な場所にかくまってもらっているわ。絶対に見つからないところに。それに作戦のこの段階では、私が彼のそばにいない方がいいように思うんだけど」

〈まったく、その通りだ〉

「あと、さっきのあなたの質問、『いったいここで何をしているんだ？』に答えさせてもらうと、あなたのチームに加わることにしたのよ」

「そのせいで殺されたらどうするんだ？　ネイサンはどうなるんだ？」

「タック、あいつらはこの件が片付くまで私を探し続けるはずだろうし、私もあいつらから追われ続けていることにうんざりしているのよ。いいこと、あなたと同じように、私も元陸軍の兵士。戦いがやってくるのをじっと待つことなんてしない、そうでしょ？　こっちから戦いを挑まないといけない」

タッカーはジェーンの表情を凝視した。過去に幾度となく見たことがある顔つきだ。決意を固めた顎、迷いのない視線、その瞳に輝く揺るぐことのない気持ち。

〈説得して考えを変えさせることはできない〉

タッカーはため息をついた。「わかったよ……今のところは」

ジェーンは肩をすくめた。「それで十分よ」

ジェーンはタッカーに歩み寄ると、ハグをして胸に顔を押しつけた。反射的に、タッカーも彼女を抱き締める。悪くない気分だ。懐かしい感触。

あまりにも短すぎる抱擁《ほうよう》の後、ジェーンは体を離し、タッカーの目を真っ直ぐに見つめた。二人の間には語られないままになっている事柄がたくさんある。けれども、どちらも二人の間を隔てる歳月という名の溝を埋めるための言葉を持ち合わせていない。

不意にタッカーは、顔を寄せてキスしたいという衝動に駆られた。

しかし、行動を起こすより先に、ジェーンが後ずさりして顔をそむけた。「最新の状況を報告した方がいいんじゃないの」

タッカーはうなずいた。落胆すると同時に、どこか安堵している自分がいる。

「最初にケインの新しい仲間を紹介させてくれ」タッカーは隣の部屋に戻り、ドローンを指差した。「ジェーン、こちらはレックスだ」

続いて、フランクとノラを紹介する。

ノラはジェーンを抱き締めた。「サンディがよくあなたの話をしていたのよ、ジェーン。こんな状況で出会うことになって、本当に残念だわ」

二人の女性がサンディの思い出話をしながら、涙を流したり小さな笑い声をあげたりしている間に、フランクがタッカーを脇に引き寄せ、声を落として訊ねた。「これは賢明なやり方なのか？　ノラを危険に巻き込んでしまっただけでも……」

タッカーは友人が不安げな表情を浮かべていることに気づいた。フランクはノラのチームの残りのメンバーに降りかかった運命に思いを馳せているのだろう。タッカーは一人の死者によって結ばれた二人の女性を見つめた。ジェーンとノラには不吉な共通点がある。ジェーンはプロジェクト623で唯一の生存者、ノラはオリッサ・グループで唯一の無傷の人物。

フランクが何を恐れているのか、タッカーにはわかっていた。

〈俺たちのせいでこの二人も殺されてしまわないだろうか？〉

タッカーはフランクの問いかけに答えた。「賢明ではないかもしれないが、必要なんだ。

今のところはそれでよしとしなければならない」

答えを聞いても、フランクの顔に安心の色は見えない。

〈俺も同じだよ〉

ようやくジェーンが二人に手を振り、ノラを見ながらうなずいた。「私が危険を冒してまでここに来たもう一つの理由は彼女にあるの」

「どういうことだ?」タッカーは訊ねた。

ジェーンが薄手のジャケットのポケットに手を入れ、大きなフラッシュメモリーを取り出した。タッカーはすぐにそれを認識した。サンディの母親から受け取ったフラッシュメモリーだ。

「パスワードを解読できたのか?」タッカーは訊ねた。

「協力してもらったおかげで。でも、中身は私の手には負えないものだったの」ジェーンはノラの顔を見た。「それに、あなたに見てもらわなければならないものもある」

ジェーンに促されて、フランクはドローンの隣の床に置いてあったラップトップ・コンピューターを机の上に移動させた。ジェーンがフラッシュメモリーをコンピューターのUSBポートに挿入する。すぐに開いたウィンドウの中には、たくさんのフォルダーがある。

最初のフォルダーの名前は「NORA」だった。

ジェーンが場所を空けた。「ノラ、このフラッシュメモリーの中身はすべて、あなたに宛てたものだと思うの。ジェーンはあなたのためにこれを残したのよ」

ノラはコンピューターの正面に立ち、深く息を吸い込んだ――やがて震える手を伸ばし、自分の名前を冠したフォルダーを開く。中にあったのは一つだけ、容量の大きな映像ファイルだ。タッカーの方を振り返ったノラの瞳には、恐怖の色がありありと浮かんでいる。

タッカーにもファイルの中身は予想がついた。ノラの後ろに椅子を移動させる。ノラは椅子に腰を下ろし、再び深呼吸をしてからファイルを開いた。

小さなウィンドウが開き、今は亡き女性の笑顔が現れた。

サンディ・コンロンがトランクルームと思しき場所で椅子に座っていた。落ち着きなくぴりぴりとした様子で、すべてがきちんと録画されているかを再確認している。

サンディの姿を目にした途端、タッカーは両脚から力が抜けていくように感じた。目の前の映像と、水没したフォード・トーラスのトランク内の腐敗しかけた死体が結びつかない。サンディが話し始めると、フォート・ベニング時代の昔の思い出が一気によみがえってくる。映像の中のサンディも、馴染みのある南部訛りで話している。軽く口を歪《ゆが》めて笑みを浮かべている。黒縁の眼鏡を指先で押し上げるという、不安を感じている時の癖を見せている。

ジェーンが隣に並び、そっと手を腰に回した。「大丈夫よ……」小声でささやく。

大丈夫なわけがない。

全員が画面を見つめて聞き入る中、過去のサンディが語り始めた。

「ノラ、あなたがこれを見ているとしたら、本当に残念なことだわ。私がしていることをあなたに教えるべきだったのかもしれないけれど、あなたを危険にさらすことはできなかった……あなたのことは」サンディの声が上ずり、その顔に様々な感情がよぎる。愛は言うまでもないが、それよりも恐怖と羞恥心が色濃く浮かぶ。気持ちの揺れを隠そうと小さな笑みを浮かべたサンディを見て、タッカーは胸が張り裂けそうになった。「きっと母のせいね。被害妄想と秘密主義は、私が育った山間部では暖炉の火や密造酒と同じように日常の一部だったから」

ノラは背筋を伸ばし、体をこわばらせて座っていた。タッカーは慰めてやりたいと思ったものの、手を触れたら彼女がばらばらに崩れてしまいそうな気がした。

「カールが例の日誌のページをもっと見せてくれたの」サンディの話は続いている。「シルヴァースプリングでのプロジェクト623で見たものと同じような内容だった。彼はそれがアラン・チューリングの手によるものだということも認めたけれど、それは私が予想していた通りだったわ。最後の記述がなされた時と思われる日付も確認できたの。一九四〇年四月二十四日。カールがそのページを見せてくれたのは、私がGUT-Cの開発で突破口を見出した後のことだったわ」

サンディの言うGUT-Cとは暗号学における大統一理論のことで、タンジェントの全スマートドローンの中核となる一連のアルゴリズムやコードを意味する。

タッカーの方を見たジェーンが、サンディの話の内容について問いかけるような表情を浮かべたが、タッカーは手で制止しながらつぶやいた。「後にしてくれ」

「あなたも知っての通り」サンディは続けた。「GUT-Cにはまだ問題が残っていた。私でも穴埋めできない欠陥があった。私が作品を完成に導くうえで、新たなページが手助けになるのではないか、カールはそう期待していたの。その通りだったわ——でも、私はその作業を秘密裏に、タンジェントの目の届かない場所で行なったの」

サンディはトランクルーム内を指し示した。「実際のところ、それほど難しい作業ではなかった。アラン・チューリングが大変な問題をほとんど解決してくれていたから。十分な時間と材料さえあったら、彼自身の手で完成させていたんじゃないかしら。結局のところ、『無秩序』が鍵だったの。チューリングが例のオラクルのために立てた仮説の通り……そのことは、私があなたのために書いて残したコードを見てもらえばわかるはずよ、ノラ」

フラッシュメモリーの中にはほかにも多くのフォルダーが含まれていた。ジェーンがここを訪れた目的はそこにあるに違いない。中身を完全に理解するためには、サンディの全作業に間近で関わってきた人が必要なのだ。

サンディの説明は続いている。「チューリングは自身の新たな一連のアルゴリズムを『ARES《アレス》』と名づけた。ギリシア神話の戦を司る神の名前をもじったものじゃないかしら。でも、その頭字語が表すのは Artificial Reasoning Engine Structure、つまり『人工推論機関構造』ということ。人工知能コンピューターの第一号の青写真に当たるものだわ。たぶん彼も、そのようなオペレーティングシステムの作成は流血と破滅を招くことになるとわかっていたんだと思う。ドローンに関する私たちの研究を改めて考えてみると、彼が正しかったように思えるの。私のシステムが完成した晩にはどんな恐ろしい事態が起きるか怖くなったから、秘密裏に造り上げたわけ。これをタンジェントの手に渡すわけにはいかない」

「そのせいであんなことになって」ノラが涙をぬぐいながらつぶやいた。

しかし、サンディの話はまだ終わっていなかった。「チューリングのアルゴリズムに取り組むかたわら、その日誌の在《あ》り処《か》を探ろうと試みたの。原本が存在する限り、ほかの人が同じことをする可能性もあるから」

画面の中のサンディがため息をつき、小さく首を横に振った。「残念ながら、その真相を突き止めることはどうしてもできなかったけれど、ある程度の発見はあったわ。具体的な事実というよりも噂にすぎないけれど、それでも興味深い内容よ。例えば、日誌の最後の日付の一九四〇年四月二十四日。当時チューリングが働いていたブレッチリー・パークの歴史について少し調査してみたわ。そこから判明したことによると、最後の日付から二日後に原因不明の火災が発生して、施設の大半が焼失してしまったらしいの。でも、もう少し掘り下げて調べたら、実際には破壊工作だったということをにおわす話や推測が見つかった……あるいは、ドイツ軍がイギリス国内に攻撃を仕掛けたのではないかという説まで。いずれにしても、そのことから日誌がほかの誰かの手に渡ったのではないかと思ったの。もしかしたら、今はアメリカ国内にあるのかもしれない」

〈それはほぼ確実だな〉タッカーは心の中でつぶやいた。

「そうだとしたら、持っている可能性があるのは誰？」サンディは語気を強めた。「プロジェクト623にもオリッサ・グループにも、政府の資金が入っているけれど、民間企業も関わっている。つまり、二つのプロジェクトの背後には共通の存在が隠れているかもしれないということ。裏で操る何者かが、その古い日誌を使って私利私欲のためにチューリングのプロジェクトを復活させようとしているのかもしれないわ。でも、その正体を特定することはどうしてもできなかった。あたかも存在しない何かを追っているかのようだったわ」

タッカーはジェーンの方を見た。「それに関して助けになってくれそうな心当たりがある。密かにワシントンのあちこちに探りを入れ、君のプロジェクトとレッドストーンでのプロジェクトの背後に潜む張本人を発見できる人間だ」

ジェーンが顔をしかめた。「いったい誰の――?」

サンディの声がジェーンの言葉を遮った。「間もなくあなたもわかるように、私はチューリングのシステムを完成させることに成功したわ、ノラ。そうしたのには二つの理由があるの。一つは本当に可能なのかを確かめるためだけれど、もう一つはある種の安全装置として。このすべての背後にいる人物を突き止められなかったから、私と同じことをする人がほかに現れた場合に備えて、阻止するための方法を発見したいと思ったのよ。壊し方を知るためには、まず造らないといけないでしょ」

「さすがね」ノラは画面上の女性に語りかけるようにつぶやいた。

「コードを完成させたら、あとは同じアルゴリズムを鏡に映すように反転させればいいだけ。私が作成したシステムのどんなバージョンでも破壊できるし、すでにタンジェントのために開発したGUT-Cコードにも対応している。私の設計に基づいて作成された人工知能に対して、ロボトミー手術を施すようなものね」

タッカーは「ロボトミー」という名前のファイルがあることに気づいた。サンディが開発したオペレーティングシステムを無効にするコードは、その中に含まれているに違いない。

画面の中のサンディがカメラに身を乗り出した。「ノラ、何としてでもやつらの企みを阻止して。アラン・チューリングはその本当の姿が明らかになると、ひどい扱いを受けて人生をめちゃめちゃにされた。でも、彼の最後の業績まで同じ目に遭わせてはだめ」サンディはカメラから顔を離し、じっと両手を見つめてから、再び画面に向き直った。「ノラ、愛している。今までちゃんと伝えたことはなかったけれど、言葉にしておくべきだったわ。遅すぎたんじゃなければいいんだけれど」

サンディが悲しげに微笑むとともにビデオが終わり、その笑みをとらえたまま映像は静止した。

ノラが手を伸ばして画面に触れ、指先でサンディの顎の線をたどった。その手が画面から離れる。ノラは頭を垂れ、そのまましばらく顔を上げようとしなかった。

ようやくノラが口を開き、うつろな声がかすかに聞こえた。「彼女はすごく頭がよかった……それにとてもきれいだった……」

ジェーンが近づき、ノラを抱き寄せた。「ノラ、つらいでしょうね」

ノラは肩を震わせながら、静かに嗚咽を漏らした。

午後十時十二分

リゾートホテルのゴルフコースの駐車場に立つタッカーは、暗がりで待ちながら震えていた。夜の帳が下りると、砂漠の気温は二十五度以上から五度以下にまで急降下した。タッカーはケインとともにＳＵＶの後方で見張りに就いているところだ。一時間前、タッカーとフランクはレックスをゴルフコースの芝地まで運び、タンジェントタワーの屋上に立つアンテナ群への密かな攻撃を開始した。

ホンダ・パイロットの車内からは、レックスの今回の出撃の案内係を務めるノラとフランクの話し声が聞こえる。ジェーンも二人と一緒で、できる範囲の技術的なアドバイスを与えている。

タッカーはケインの脇腹を軽く叩いた。「見張り役を務めるのは俺たちだけみたいだな」

ケインがしっぽを振った。

「ああ、俺もその方がいいよ」

さらに三十分が経過した後、リアゲートが開いてジェーンが頭を突き出した。「あなたも見た方がいいわ」

タッカーは体をかがめ、ケインに片方の腕を振った。「こっそり巡回」

今夜は不意打ちなどごめんだ。

シェパードは走り出し、暗闇を縫い、姿を消した。

それを確認してから、タッカーは明かりを落としたパイロットの車内に注意を向けた。念には念を入れて、ＳＵＶの車内灯の電球は外してある。光を発しているのは改造したＣ

ＵＣＳの操縦装置の小さな画面と、そこに接続されたラップトップ・コンピューターだけだ。コンピューターの画面上には、明かりのついたタンジェントタワーの先端部分を見下ろす映像が表示されている。レックスのカメラから送られている映像だ。

「そんなに建物の近くを飛行させたりして大丈夫なのか？」タッカーは訊ねた。

フランクはタッカーの心配を打ち消した。「これが飛行可能な最高高度だし、完全なステルスモードで飛ばしている。人目につかないようにする術を心得ているのはケインだけじゃないんだぜ」

ノラが補足した。「気づかれないようにしつつも、タンジェントのシステムに侵入するためにはここまで近づく必要があるの」

「それで、そっちの方の状況は？」

フランクが自慢げな笑みを浮かべた。「順調そのものだ」

ノラはそれほど楽観的ではない様子だ。「データのファイアーウォールを部分的に突破しただけ。これ以上深く探りを入れるのは控えないといけないわ。サンディのオペレーティングシステムにはまだバグや弱点が残っているかもしれない。できる範囲で少しずつデータを抽出しているところ」

「毎秒一ギガバイトを『少しずつ』とは言わないぞ」フランクは傷ついた様子で、あたかもノラに親友を侮辱されたかのような口調だ。

〈本当にそう感じているのかもしれないな〉

ノラが手を振って遮った。「レックスにサンディの最新のアルゴリズムを組み込んだら、あのドローンの能力に限界なんてないはずよ」

目の前の作業に集中しているため、ノラの気分はかなり上向いてきたようだ。夕方以降、彼女はずっと部屋にこもっていた。扉の奥からはかすかにサンディの声が聞こえていた。ノラがビデオをコンピューターで何度も見直していたのだろう。繰り返し見たところで、何か新たな情報が得られるとは思えなかった。それでも、ようやく部屋から出てきたノラはかなり落ち着いた様子で、瞳に燃える怒りが強い決意を後押ししているように見えた。

フランクはお抱えのプロジェクトに対する悪口を認めなかった。「レックスはそれだけの速さでデータを集めているだけじゃなくて、抽出した情報の処理も行なっているんだ。何か役に立つものを発見するまで、それほど時間はかからないはずだ」

ジェーンもうなずいた。「まったく驚きだわ。フランクとノラは検索条件を設定してやっただけで、そこから先はレックスが全部やってくれるんだから。ドローンはただ情報を集めているだけじゃない。例外を探して、傾向を記録して、基本的な解析まで行なっているのよ」

フランクが説明した。「レックスにはタワーとホワイトサンズ間の全通信を嗅ぎ回るように依頼した。あいつなら――」

ノラがフランクの言葉を遮り、画面に注意を引き戻した。二人の会話が瞬く間にタッカーには理解の及ばない専門的な内容に変わる。

ジェーンが片方の眉を吊り上げながら、タッカーに笑みを向けた。二人の仲のよさを面白がっていると同時に、無言でタッカーに語りかけている。〈私たちがあんな感じだった時のことを覚えている？〉

もちろん、タッカーは覚えていた。

フランクが体を少し脇に寄せた。「何かを見つけたんじゃないかと思う。ちょっと見てくれ」

画面の片隅に地図が表示されていた。映っているのはホワイトサンズの敷地で、基地の北端近くに青い点がいくつも固まっている。

「レックスがこの一週間の通信を検出したんだが、すべてがある特定のＧＰＳの座標群に向けられているんだ」

「それだけじゃないわ」ノラが補足した。「この二十四時間で、その通信量が急増しているの」

「そこで何かが起こりつつある」フランクが断言した。

タッカーはその動きの原因に心当たりがあった。

〈ウェブスター率いる一団がレッドストーンから到着したに違いない〉

タッカーは背筋を伸ばした。「誰かが現地に行って、何の騒ぎだか確認することになりそうだな」

「だったらどんな計画にするつもりだ？」フランクが訊ねた。「今回もまた狩りを装うのか？」

「二度目が通用するとは思えない」

「まあ、おまえが何を考えているにせよ、そこに長居するのはやめようぜ」フランクは地図上の点を指差した。「ホワイトサンズのこのあたりにはトリニティ実験場があった――初めて原子爆弾の爆発実験が行なわれた場所だよ」

「何を気にしているんだ？」

「俺が気にしているのは、いつかは子供を作りたいということさ。その場所で長時間うろうろしていたら、そのうち体が光り始めて、可愛い精子たちが全滅してしまうかもしれない」

ジェーンが何かを企んでいるかのように目を輝かせながら口を開いた。「そのことを心配する必要はないと思うわ、フランク。闇雲に砂漠をさまようつもりはないから」

タッカーはジェーンの顔を見た。夕方以降、彼女はずっとタッカーの衛星電話で作業をしていた。来たるべきことに備えて予習をしていたに違いない。タッカーはジェーンの顔に浮かんでいる表情が引っかかった。過去に何度も見たことのある顔つきだ。

「ジェーン、君がそんな顔をしているのを見ると、嫌な予感がするんだが」

ジェーンは微笑んだ。「当たっているかも」


（下巻に続く）

シグマフォース外伝
タッカー&ケイン シリーズ②
チューリングの遺産　上
War Hawk

２０１７年１２月７日　初版第一刷発行

著……………………………………… ジェームズ・ロリンズ
グラント・ブラックウッド
訳…………………………………………………………桑田 健
編集協力……………………………… 株式会社オフィス宮崎
ブックデザイン…………………………橋元浩明（sowhat.Inc.）
本文組版………………………………………………… ＩＤＲ

発行人…………………………………………………… 後藤明信
発行所……………………………………………… 株式会社竹書房
〒102-0072　東京都千代田区飯田橋２－７－３
電話　03-3264-1576（代表）
03-3234-6208（編集）
http://www.takeshobo.co.jp
印刷・製本……………………………………… 凸版印刷株式会社

ISBN978-4-8019-1284-7　C0197
Printed in JAPAN